À PROPOS DE L'AUTRICE

À neuf ans, Aurore Dumas concevait et montait une pièce de théâtre dans le pré où elle campait avec ses parents. C'est dire si l'écriture a été dès le départ la grande affaire de sa vie. Elle conserve précieusement un roman datant de ses sept-huit ans, *Les Robinsons de l'île aux perles,* relié et illustré par ses soins. Le premier d'une longue lignée de contemporains, d'historiques, de fantastiques et même d'érotiques. Son genre de prédilection reste le roman et la romance historiques, à la fois pour le dépaysement et la façon dont les événements passés éclairent le présent.

NOTE DE L'AUTRICE

Est-ce le fait d'avoir pour ancêtre un soldat de Napoléon III ou bien plutôt l'influence de mes lectures de l'époque ? J'ai un faible pour l'épopée napoléonienne, d'où émergent des personnalités remarquables qui, sans le Premier Empire, seraient demeurées dans l'ombre. Dans *Des illusions parisiennes,* issu d'un manuscrit de jeunesse, mon intention était de projeter mes personnages dans un contexte mouvementé qui infléchirait le cours de leur destin : ici, le délitement de l'Empire et ses derniers sursauts avant l'écroulement final. Il s'agissait aussi de montrer que tout n'était pas blanc ou noir et que les camps adverses avaient tous deux des arguments à faire valoir ; tout en n'oubliant pas de placer au centre l'histoire d'amour entre les deux héros principaux.

AURORE DUMAS

Des illusions parisiennes

Collection : ALIÉNOR

HARPERCOLLINS FRANCE
83-85, boulevard Vincent-Auriol, 75646 PARIS CEDEX 13
Service Lectrices — Tél. : 01 45 82 47 47 - www.harlequin.fr
ISBN 978-2-2804-4814-7 — 2728-5790

Composé et édité par HarperCollins France. Achevé d'imprimer en février 2021.
par CPI Black Print - Barcelone - Espagne
Dépôt légal : mars 2021.

FSC www.fsc.org
MIXTE
Papier issu de sources responsables
FSC® C159065

Pour limiter l'empreinte environnementale de ses livres, HarperCollins France s'engage à n'utiliser que du papier fabriqué à partir de bois provenant de forêts gérées durablement et de manière responsable.

AURORE DUMAS

Des illusions parisiennes

Aliénor

HARLEQUIN

À mon père, Henri Dumas, premier fan de ce roman, qui ne verra hélas pas sa sortie.

Le plaisir peut s'appuyer sur l'illusion, mais le bonheur repose sur la réalité.

CHAMFORT

Prologue

Le briska attendait de l'autre côté de la clôture séparant la vieille ferme normande de la route. Le cocher s'agitait sur son siège, et les chevaux montraient les mêmes signes d'impatience. Élisabeth et Jérôme, son ami d'enfance, n'en finissaient pas de se dire au revoir. En ce matin de septembre 1811, ils se séparaient au terme de deux années passées ensemble dans le village de Saint-Georges-des-Groseillers. Elle avait quinze ans, lui dix-sept.

Cette ferme que Jérôme s'apprêtait à quitter abritait la famille d'Élisabeth – les Chanteaume – depuis trois générations. L'arrière-grand-père et le grand-père de la jeune femme cultivaient la terre et, sans la Révolution, Henri, son père, les aurait imités. Mais, garçon intrépide, il avait préféré s'engager dans les armées de la République à laquelle avait succédé l'Empire. De retour dans l'Orne à l'occasion d'une période de paix, il avait épousé Madeleine, la fille d'un fermier voisin : brève parenthèse de douceur dans sa vie d'homme habitué à la rudesse des camps.

À la même époque, Adolphe Morin, fils aîné d'un notaire de Flers, se mariait avec Victoire, une Créole fragile rencontrée lors d'un séjour à la Martinique : les parents de Jérôme. De conditions différentes, Henri et Adolphe auraient eu peu de chances de se rencontrer, mais leur lieu de naissance et l'armée les avaient fait sympathiser. Ils s'étaient découverts natifs du même endroit – à peine une lieue séparait Saint-Georges-des-Groseillers de Flers – ce qui encouragea leurs liens. Henri devint l'aide de camp d'Adolphe qui avait refusé de reprendre l'étude paternelle et entamé une belle carrière d'officier, suivant ainsi les traces de plusieurs de ses ancêtres. Le père de Jérôme, nommé colonel à Austerlitz, fut blessé à Wagram. Le père d'Élisabeth, qui s'était jeté devant lui pour le protéger, reçut un coup de baïonnette mortel.

Élisabeth n'aimait pas se souvenir de cet événement qui remontait à deux ans, et dont le récit s'était répandu dans tout le village comme une traînée de poudre : le fils Chanteaume, vous savez ? Eh bien, il est mort en héros !

Pour sa mère et elle, brisées par la douleur, la nouvelle s'était accompagnée du débarquement massif de parents et de curieux dans leur maison si calme.

Elle n'avait goûté que la présence de Jérôme, accouru en hâte de Rouen avec sa mère qui toussait à fendre l'âme. Il avait trouvé les mots pour la réconforter, et une affectueuse complicité était née entre eux. Elle avait pris l'habitude de dire « mon frère » en parlant de lui. En réalité, il avait été le frère de lait du premier-né des Chanteaume, tué par le croup à l'âge de dix mois. Jérôme, lui, avait survécu, et Madeleine s'était consolée en le berçant. Élisabeth avait entendu tant de fois cette histoire qu'elle la connaissait par cœur, mais elle ne s'en lassait pas.

— Jérôme revenait-il souvent te voir ? demandait-elle à sa mère.

— Au début, oui. Quand tu es née, il a été fou de joie. Je le revois en train de tripoter tes doigts et tes orteils. Tu as commencé à marcher accrochée à sa main. Et puis, il est moins venu. Sa mère malade, le collège…

— Et pendant ce temps, nos pères se couvraient de gloire sur les champs de bataille.

Sa mère souriait. À l'époque, elle n'avait pas ces lignes au front ni ces rides fines aux commissures des lèvres. Elle avait vieilli d'un coup à la mort de son mari, même si sa présence et celle de Jérôme l'empêchaient de se laisser aller. Le colonel n'avait pas survécu longtemps à ses blessures et son épouse, minée par la phtisie, avait succombé à son tour. N'était resté à Jérôme qu'un oncle, frère cadet de son père. Un conseil de famille avait réglé son sort. Il rejoindrait son oncle Edgar, banquier à Paris, et entrerait au Prytanée militaire, selon le vœu de son père.

À quinze ans, Jérôme brûlait de venger l'auteur de ses jours, mais c'était compter sans sa constitution fragile, héritage de sa mère. Lorsqu'il s'était mis lui aussi à cracher le sang, il n'avait plus été question de l'envoyer à Paris ni de carrière militaire. « Pour guérir ce garçon, il faut l'air de la campagne et une bonne nourriture », avait assuré le médecin de Rouen appelé en consultation. Le banquier Morin s'était alors tourné vers l'ancienne nourrice, qui ne demandait qu'à l'accueillir.

Élisabeth préférait se souvenir de ces deux années heureuses, même si cela rendait plus cruelle la séparation d'avec lui. Le praticien ne s'était pas trompé. En peu de temps, Jérôme avait recouvré santé et vigueur. La nature, l'exercice et les crêpes affectueusement confectionnées par Madeleine avaient produit des effets miraculeux. La compagnie d'Élisabeth avait fait le reste.

— Il est temps de partir, Monsieur, dit le cocher, poliment, mais fermement. Nous avons un long chemin à faire jusqu'à Paris.

Ces paroles mirent Élisabeth au comble du chagrin. De grosses larmes, qu'elle ne songeait pas à étancher, roulaient sur ses joues rondes. Jérôme tira de sa poche un fin mouchoir de batiste et lui en tamponna les yeux. Lui-même devait être triste, mais, en digne fils d'un colonel tué au combat, il s'efforçait de ne pas le montrer.

— Élisabeth, je t'en prie, ne pleure pas, ou tu vas rendre mon départ encore plus difficile !

— Tu as raison, déclara-t-elle en se mouchant un bon coup. J'ai eu largement le temps de me faire à cette idée.

Elle savait depuis le début que Jérôme n'était pas destiné à vivre dans une ferme sans confort. Son oncle, devenu son tuteur, l'appelait auprès de lui. Tous deux n'appartenaient pas au même monde, bien que leurs pères eussent été amis et compagnons d'armes. Henri Chanteaume était fils de paysan, un soldat sorti du rang, au contraire d'Adolphe Morin, fils de notable. La présence de Jérôme à la ferme n'était que temporaire. Il lui fallait à présent retrouver les siens. Elle savait tout cela, mais elle l'avait soigneusement rangé dans un coin de sa mémoire, jusqu'au jour où la lettre fatidique était arrivée.

— Tu m'écriras, n'est-ce pas ? l'implora-t-elle.

— Oui, chaque jour.

Pour donner plus de poids à sa promesse, Jérôme étreignit Élisabeth de toute sa fougue juvénile. Comme il sentait venir d'autres larmes, il s'arracha à elle d'un mouvement qui se voulait héroïque, puis, sautant par-dessus le portillon peint en blanc, il grimpa d'un bond dans la voiture. À ce moment précis, les nuages pansus qui se pourchassaient dans le ciel d'un pâle azur s'écartèrent pour laisser passer un rayon de soleil. La chevelure couleur de miel d'Élisabeth se mit à resplendir, les perles accrochées à ses cils mouillés s'irisèrent. Elle agita la main dans sa direction. *Cette petite fille éclairerait le jour le plus sombre,* se dit-il, le cœur serré. *Elle me manquera.* Il avait souvent appréhendé ce départ qu'il savait inéluctable. Tôt ou tard, l'oncle viendrait le chercher. Dans ses lettres, celui-ci parlait de l'initier à ses affaires pour qu'il pût prendre sa succession. Cette idée le navrait, lui qui avait rêvé de courir sabre au clair sus à l'ennemi. Ses ambitions déçues, que lui restait-il, à l'exception de la chaude tendresse des deux femmes ? C'était la certitude de cette tendresse qui avait chassé la solitude glacée de ces semaines où il errait dans la maison trop vaste, tandis que sa mère agonisait. Maintenant, il devait s'inventer d'autres passions, un autre avenir. Ces lettres, il ne les avait pas montrées à son amie. À qui bon la faire souffrir, se projeter dans un futur où elle ne serait pas ?

Élisabeth agitait la main dans sa direction. Il répondit gaiement à son salut avant de se retourner et de fixer la route poudreuse devant lui.

Debout sur le seuil, Élisabeth suivit des yeux le briska jusqu'à sa disparition dans un nuage de poussière. Que faire désormais, sinon attendre le courrier ? Jérôme avait promis d'écrire, mais en aurait-il le loisir entre ses nouvelles occupations et ses études ? Un précepteur dépêché par son oncle était venu deux fois par semaine pendant deux ans. Elle avait profité de ses leçons. Elle était meilleure en mathématiques et en anglais, mais Jérôme la surpassait en latin et surtout en dessin.

— Tu as un fameux coup de crayon, lui avait-elle dit, admirative. Une fois à Paris, tu devrais demander à ton oncle de te payer des cours.

— Ça m'étonnerait qu'il accepte, il a d'autres projets pour moi. Et puis, je ne suis pas aussi doué que tu le crois. Je gribouille, c'est tout.

Son ton morne, désabusé, contrastait avec son visage

hâlé par le grand air. La vie à la campagne et une nourriture saine avaient eu raison de son début de phtisie, mais son rêve d'une carrière militaire était définitivement brisé. Était-ce pour cette raison qu'il était moins gai, plongé dans des pensées dont elle se croyait exclue ? Ses craintes cependant s'apaisaient quand il redevenait le Jérôme qu'elle connaissait, souriant et taquin.

Elle soupira, pensant aux tâches à accomplir. Elles lui paraissaient maintenant dérisoires : cuire le pain, baratter le beurre, arracher les mauvaises herbes du potager. Sa mère se trouvait à l'étable, occupée à traire leur unique vache. La pension de Jérôme ne leur serait plus versée. Dommage, car cet argent améliorait leur ordinaire. Heureusement, il restait encore la somme allouée aux familles des soldats morts au service de l'Empereur, ainsi qu'une petite rente venant du colonel Morin. Avec le cidre tiré des pommes du verger et le tissage effectué par sa mère, elles seraient à l'abri du besoin. Elle-même avait l'intention de se placer comme institutrice ou gouvernante à Rouen dès sa majorité. Bouger, voir du pays, même si ce n'était pas Paris.

Elle détacha son regard de la route et rentra dans la maison basse et trapue, recouverte d'un toit de chaume percé de trois lucarneaux. L'intérieur était sombre en comparaison du dehors, la faute aux étroites fenêtres à croisillons de bois. Seul le tic-tac de l'antique horloge troublait le silence. D'ordinaire, à cette heure, tous deux étaient attablés devant une pile de livres, occupés à un thème ou une version latine. Il levait souvent le nez pour lui demander son avis ou faire une remarque qui n'avait rien à voir avec la leçon. Parfois, elle cherchait dans le gros dictionnaire une définition manquante.

Aujourd'hui, il ne restait sur la table que quelques livres, un encrier avec la plume dont Élisabeth se servait et du papier. Incapable de se concentrer sur une tâche intellectuelle, elle commença à malaxer de la pâte à pain pour en faire une grosse boule. Ses mains virevoltaient, mais son esprit dérivait le long d'une route qui serpentait à travers des herbages bordés de haies et plantés de pommiers. La voiture devait avoir dépassé Flers à présent, et roulait vers Argentan. Demain, si les chevaux menaient bon train, Jérôme serait à Paris chez son oncle.

— J'espère qu'il lui donnera le foyer dont il a besoin, murmura-t-elle pour elle-même.

— De qui parles-tu, petite chérie ?

Élisabeth sursauta, ses mains s'immobilisèrent dans la farine.

— Ah ! c'est toi, maman. Je ne t'avais pas entendue arriver. Je parle d'Edgar Morin. Sans doute Jérôme se sentira-t-il un peu seul, au début, chez cet homme qu'il connaît à peine. Quand on pense qu'il ne s'est même pas déplacé pour venir le chercher !

— Il est venu pour l'enterrement de son frère et pour celui de sa belle-sœur, lui rappela sa mère. C'est beaucoup pour un homme aussi occupé que lui. Tu t'inquiètes à tort, mon Élisabeth.

Sans souci de se salir, Madeleine attira sa fille contre sa poitrine. Tant pis si elle devenait trop grande pour ce genre d'effusions. La chaleur se dégageant de cette jeune chair ferme et son odeur de lait et de savon de Marseille la ramenaient à l'époque heureuse où son époux était vivant et Élisabeth une enfant. Certainement, les pensées de sa fille, bien qu'empreintes de nostalgie, la projetaient vers un futur encore vague, mais plein de promesses.

— Je sais, j'ai tort, admit Élisabeth. Mais je voudrais

le meilleur pour Jérôme. N'en est-il pas toujours ainsi avec les personnes aimées ?

Madeleine sourit à cet aveu naïf, puis ses sourcils se froncèrent. Elle connaissait la nature franche et spontanée de sa fille. Il ne fallait pas que celle-ci entretînt des illusions sur cette relation, en dépit de cette boutade du colonel : « Henri, nous marierons ces enfants quand ils auront l'âge. » Un projet rendu encore plus improbable par la disparition des deux hommes. Elle cessa soudain de s'appesantir sur le passé.

— Laisse cette pâte, fit-elle d'un ton un peu brusque qui parut surprendre Élisabeth. Inutile de t'abîmer les mains avec de rudes travaux.

— Mais, maman…

Madeleine lissa la chevelure mordorée, si difficile à discipliner.

— Cela suffit. Vois, un de tes ongles est cassé ! Ton père voulait que tu sois une demoiselle, pas une paysanne, et j'y veillerai. Tu continueras à prendre des leçons avec le précepteur de Jérôme.

— Et l'argent ?

D'un coup de menton énergique, Madeleine désigna le métier à tisser dans un coin de la salle.

— Je travaillerai la nuit, s'il le faut. Tu recevras une éducation convenable. Les rêves de ton père doivent devenir réalité. Un jour, toi aussi, tu iras à Paris.

— À Paris ? répéta Élisabeth, ses yeux noisette fixés sur elle. Tu es sûre ?

Elle n'avait certainement jamais imaginé aller au-delà de Rouen ou d'Alençon, mais Madeleine était déterminée : la capitale ne serait pas un mirage hors d'atteinte pour sa fille.

Chapitre 1

Jérôme se préparait pour sa première sortie parisienne. Enfin, pas tout à fait. Il avait eu l'occasion de se rendre avec son oncle dans divers endroits de la capitale. Celui-ci avait tenu à lui montrer les nombreux embellissements décidés par Napoléon. De nouveaux ponts aux noms de victoires enjambaient la Seine. Les travaux de la colonne Trajane et de l'arc du Carrousel étaient achevés, mais d'autres chantiers s'ouvraient un peu partout.

La vue de ces édifices dédiés à la gloire de l'Empire avait un peu atténué sa tristesse. En dépit des efforts de son oncle, il s'habituait mal à la vie citadine. Il se languissait de la campagne et des deux femmes qui, deux années durant, l'avaient entouré d'une chaude tendresse. D'Élisabeth, surtout. L'évocation de leurs promenades, de leurs séances studieuses entrecoupées de fous rires, de leurs conversations à l'infini le remplissait de nostalgie.

En six mois, il ne s'était fait aucun ami au lycée impérial. Il trouvait ses condisciples prétentieux, tous fils de banquiers ou de bourgeois. Son cœur se serrait à la pensée du Prytanée militaire auquel il était primitivement destiné. Il y aurait fréquenté des camarades à son goût, de futurs officiers. Il approchait de ses dix-huit ans, presque l'âge de se battre. Là au moins, on aurait besoin de lui, pas dans ce Paris futile qui tâchait d'oublier la guerre et la dureté des temps en s'étourdissant de bals et de soirées.

Il avait accepté cette sortie pour ne pas mécontenter son oncle dont l'inlassable patience lui donnait mauvaise conscience. Pour un célibataire endurci, s'occuper d'un adolescent n'était pas évident, et Jérôme reconnaissait volontiers qu'il ne lui facilitait pas la tâche. D'ordinaire renfermé et maussade, il ne s'animait qu'à l'arrivée du courrier, surtout quand il s'agissait d'une lettre de Saint-Georges-des-Groseillers. Il se précipitait dans sa chambre pour la lire. La missive relatait en général des faits insignifiants. La Roussette avait vêlé, Madeleine travaillait pour une grande dame de Rouen, il avait neigé sur les pommiers en fleur. Il s'accrochait à ces bribes de son passé comme un naufragé à une bouée de sauvetage. Il répondait sur un mode identique, en soulignant les aspects positifs de sa nouvelle existence. Surtout, ne pas attrister Élisabeth, pour qui Paris représentait un idéal.

Un idéal, certes pas, se dit-il face au miroir qui lui renvoyait l'image d'un beau garçon au front haut, dont le hâle s'était effacé au fil des mois, *mais il y a des avantages, je le concède.* Aller au Théâtre-Français voir jouer Talma dans *La Mort de Pompée* en était un. Pourquoi bouder son plaisir ? « Il faut te cultiver. Tu ne peux pas ressasser éternellement tes bouses de vache et ta crème fraîche », lui avait jeté à la figure son oncle, l'une des rares fois où il s'était mis en colère. Jérôme songea un instant aux plantureux goûters de Madeleine, à la tarte aux pommes noyée sous des couches onctueuses de cette fameuse crème, avant de se concentrer sur son nœud de cravate. Le triple tour exigé par la mode de cet hiver 1812 requérait une adresse particulière. Le col amidonné de sa chemise blanche l'engonçait, tout comme l'habit de whipcord noir à collet montant. Seul lui plaisait le haut-de-forme juché sur ses cheveux châtains, son premier chapeau un peu chic. Il ne se lassait pas de l'admirer.

— Ne me remercie pas, lui avait dit Edgar. Ton père m'a laissé le soin de gérer ton héritage. Cette garde-robe, tu la dois aux dividendes de ton capital, je n'y suis pour rien. Tu toucheras l'argent à ta majorité. À toi ensuite de décider de son utilisation.

Qu'en ferait-il ? Ses vingt et un ans lui semblaient encore loin. Retournerait-il en Normandie pour peindre, ou prendrait-il la suite de son oncle ? Cette seconde option ne l'emballait pas, mais aurait-il le choix ? Edgar comptait sur lui, son unique héritier. La banque Morin, sise rue d'Uzès, était un établissement solide. Son propriétaire avait acquis un bel hôtel particulier non loin du faubourg Saint-Germain et comptait dans ses clients aussi bien d'anciens émigrés que des membres de la noblesse d'Empire. Il lui arrivait même de prêter de l'argent à l'Empereur en personne.

Jérôme sursauta. On frappait à la porte. Isidore, l'homme à tout faire de la maison, un jeune homme au visage franc et ouvert, se montra.

— Monsieur demande que vous le rejoigniez au théâtre. Il avait là-bas un rendez-vous urgent. Le briska est prêt.

Jérôme l'était aussi. Restait à prendre la canne à pommeau doré, un accessoire dont il se serait bien passé. Il suffisait de traverser la Seine pour se rendre au Théâtre-Français, mais un encombrement au niveau du pont des Tuileries ralentit considérablement la voiture. Les chevaux piétinaient tandis qu'à l'intérieur, lui s'impatientait. La perspective de rater le début de la pièce l'irritait.

Cette réaction l'étonnait d'autant plus qu'il avait d'abord refusé de s'y rendre. Quand il arriva, la salle était bondée. Les quatre étages de loges supportées par des colonnes corinthiennes, les draperies brodées d'or et le lustre monumental l'éblouirent. Quel beau sujet de tableau ! Difficile de recréer la nature de mémoire, alors, pourquoi pas la ville ?

Il était à ce point distrait par cette idée qu'il poussa au hasard une porte capitonnée de satin. Au lieu d'Edgar, il se trouva en face de deux personnes inconnues : un homme mûr, assis dans un fauteuil, et une jeune fille de son âge, debout au centre de la loge. Sa beauté était telle que Jérôme en oublia de s'excuser. Il demeura muet, cloué sur place, l'esprit en déroute. L'instant d'avant, il rêvait de peindre le décor et maintenant, fixer les traits de cette magnifique créature lui paraissait une nécessité absolue. Il détailla les cheveux d'un noir d'encre, échafaudés en un savant chignon, la carnation laiteuse, les yeux verts dans un visage à l'ovale pur, le nez d'une exquise perfection, la bouche menue. Puis son regard descendit vers la poitrine, soulignée par un ruban. *Je croyais que les jeunes filles se décolletaient moins bas,* pensa-t-il, en pleine confusion. Élisabeth oserait-elle porter cette robe en velours blanc, aux manches courtes et ballonnées ?

Il eut à peine le temps de se poser la question que la jeune fille demanda :

— Que voulez-vous, monsieur ?

Décontenancé par cette voix bien posée et mélodieuse qui trahissait une assurance tranquille et l'habitude des usages du monde, il balbutia :

— J'ai dû me tromper, je cherche la loge de mon oncle, Edgar Morin.

Un éclat de rire salua sa réponse, les lèvres corail s'entrouvrirent sur des dents petites comme des perles. Qu'avait-il dit de si comique ? La jeune fille s'avança, posa une main fine sur son bras et le guida au bord du balcon.

Il se laissait faire, fasciné. *C'était elle la raison de ma hâte de tout à l'heure. J'avais rendez-vous avec mon destin.*

— C'est ici, déclara-t-elle.

Sans réfléchir, il se pencha. Une légère poussée le précipita dans la loge en dessous. Par chance, le velours rouge des sièges amortit sa chute. Les occupants des loges voisines s'esclaffèrent. En levant les yeux, Jérôme vit la belle jeune fille encadrée par deux garçons d'une vingtaine d'années, l'un brun, l'autre blond. Tous trois riaient à gorge déployée. L'homme mûr, occupé à scruter la scène avec sa lorgnette, ne s'était aperçu de rien. Jérôme se redressa. Plus de peur que de mal. Juste une égratignure à son orgueil et des vêtements en désordre. Après être resté muet de stupéfaction, Edgar s'exclama :

— Comme te voilà arrangé, mon garçon !

Jérôme le regarda, étonné.

— Curieuse réaction de votre part. J'aurais pu tomber plus bas et me blesser gravement, me tuer peut-être. Allons-nous endurer cet affront sans réagir ?

— Que devrions-nous faire, à ton avis ? Monter et gifler cette petite peste ? Tu te couvrirais de ridicule et moi avec. Tout cela à cause d'une farce stupide de gamine.

— Cette personne a depuis longtemps passé l'âge des jeux.

— Je te l'accorde, mais son père fait affaire avec moi. Tu auras donc l'occasion de la croiser dans des bals.

Le sang de Jérôme, celui du colonel Morin, brave entre les braves, ne fit qu'un tour.

— À votre place, mon père interviendrait. Je n'assisterai à aucun des bals dont vous parlez. D'ailleurs, je m'en vais !

Edgar lâcha un soupir.

— Allons, Jérôme, ton père lui-même faisait preuve d'humour. Je me souviens de tours pendables perpétrés pendant notre enfance. Tu as été trop couvé par ces deux femmes, certes bien intentionnées, mais qui t'ont donné l'impression que le monde tournait autour de toi.

Jérôme faillit répondre que cette remarque était injuste, qu'il n'avait rien d'un enfant gâté, puis il réfléchit. Son oncle avait raison, il devrait s'adapter, sous peine de devenir un être isolé et asocial. Il leva à nouveau les yeux vers le balcon. Le groupe hilare n'était plus visible. Sans doute les plaisantins avaient-ils pris place au fond de la loge.

— Et moi qui voulais te présenter le baron Dubreuil à l'entracte ! soupira son oncle, qui avait suivi la direction de son regard. Un homme charmant. Dommage qu'il soit affublé d'une progéniture aussi insupportable ! Eva est orpheline de mère, et il se plie à tous ses caprices.

— Eva ? Un prénom banal qui ne lui va pas.

— Tu as raison. Florentine ou Athénaïs lui aurait mieux convenu.

— Ou Marie-Louise, comme l'impératrice. Nous aurons peut-être la joie de la voir ici ce soir, ainsi que l'Empereur.

— Je ne crois pas. Il y a un bal masqué aux Tuileries.

Ils se turent, le spectacle débutait. Jérôme cala ses reins un peu endoloris dans son fauteuil et se concentra sur la scène. La voix ample de Talma et son jeu impeccable l'impressionnèrent. On racontait que l'acteur était l'amant de Pauline, la sœur préférée de l'Empereur. La loge d'honneur avait beau être vide, cela ne parvint pas à gâcher son plaisir. La beauté des costumes et des décors lui fit songer une fois de plus à son amie. Comme Élisabeth serait heureuse de voir toutes ces merveilles ! Elle serait même capable de trouver des qualités à cette pécore d'Eva. L'idée de la croiser à nouveau l'irritait, mais le moyen de l'éviter !

À peine dans le couloir, ils se heurtèrent au père et à la fille. Eva affichait un air candide en contraste avec la gêne évidente du baron. Jérôme, qui n'avait vu celui-ci que dans l'ombre, lui reconnut une certaine allure. Sa fille avait hérité de lui ses yeux verts et son abondante chevelure, à présent argentée chez le père.

— Ainsi, vous êtes le jeune parent de mon ami Edgar, commença le baron. Je suis bien fâché de l'incident de tout à l'heure. Croyez-moi, je regrette que ma fille vous ait choisi pour victime.

— Un nigaud provincial dans mon genre était tout désigné, rétorqua Jérôme.

Il surprit le regard étonné de son oncle sur lui. Apparemment, celui-ci n'en revenait pas de le voir se défendre aussi bien. *Mieux vaut avoir du répondant dans cette société hypocrite et mondaine où chacun déchiquette son voisin à belles dents,* pensa Jérôme. Eva le gratifia d'un clin d'œil complice qu'il affecta de ne pas remarquer, puis sa bouche s'arrondit en une moue ravissante.

— Vous êtes beau joueur, monsieur. La prochaine fois, vous choisirez vous-même la victime, et nous en rirons ensemble.

L'occasion était trop belle de lui river son clou. Il la regarda droit dans les yeux et lâcha :

— Et si c'était vous, le motif d'amusement, mademoiselle, ririez-vous autant ?

Un instant désarçonnée, elle se reprit vite.

— Bravo, monsieur ! s'écria-t-elle gaiement. Ce n'est pas courant qu'on me donne une leçon.

Elle se tourna vers le baron.

— N'est-ce pas, père ?

— Hélas oui, ma chérie. Pour mettre tout le monde d'accord, je propose de boire une de ces limonades fraîches proposées par ces charmantes vendeuses. Qu'en dites-vous, mes amis ?

Comment faire autrement qu'accepter ?

Après avoir passé commande, tous quatre se dirigèrent vers le foyer. Jérôme trempa les lèvres dans le breuvage pétillant et le trouva amer en comparaison du cidre de Madeleine. Mais pourquoi en parler à son oncle et à ces étrangers ? Ils ne comprendraient pas, ou se moqueraient de lui. La conversation s'orienta vite sur les tensions survenues entre le tsar Alexandre Ier et Napoléon. Le second reprochait au premier ses visées sur la Pologne et son double jeu avec l'Angleterre. Les rapports s'étaient à ce point envenimés que L'Empereur avait envoyé des troupes se masser le long de la Vistule.

— Si le tsar veut la guerre, nous pouvons compter sur nos alliés, affirmait le baron. Napoléon a obtenu de Frédéric-Guillaume un contingent de vingt mille hommes. De son côté, l'Autriche lui en accordera trente mille. François ne peut rien refuser à l'époux de sa fille.

— Cette génisse autrichienne…, jeta Eva avec mépris. Elle est laide et lourde, et possède la stature d'un grenadier. Si l'Empereur avait pu épouser une femme de son choix, je me serais volontiers mise sur les rangs.

Elle lança à Jérôme un regard provocant. Son épaule s'appuyait comme par inadvertance contre la sienne et, lorsqu'elle se penchait, il pouvait apercevoir la naissance de sa poitrine. Il s'en voulait de désirer cette fille et de la détester en même temps. Si seulement elle lui inspirait de l'indifférence !

— Écoutez-la ! s'amusa Dubreuil. Tu n'avais aucune chance, ma chérie. S'il avait eu le choix, Napoléon aurait épousé la comtesse Walewska.

Les coins de la bouche d'Eva s'abaissèrent. Quand elle ne souriait plus, elle était moins belle. Jérôme nota ce détail avec satisfaction. Son oncle et le baron se remirent à parler de la guerre probable avec la Russie. Il prêta l'oreille à leurs propos et oublia Eva. D'autres batailles se préparaient, très loin de la France, cette fois. La belle entente entre Napoléon et Alexandre Ier était bien finie. Le tsar soutenait les Anglais, tant pis pour lui ! À nouveau, les regrets l'envahirent. Il aurait tout donné pour participer à l'entreprise. Il maudissait sa maladie, qui l'avait relégué au rôle de pantin de salon.

Le printemps précoce faisait éclater les bourgeons et jetait les promeneurs sur les trottoirs, dans les jardins et aux terrasses des cafés. Si Jérôme n'avait pas été plongé dans ses livres de classe, il aurait peut-être pu voir l'Empereur flâner comme un bourgeois sur les quais de la rive gauche. Mais il travaillait d'arrache-pied pour obtenir son baccalauréat. En dépit des leçons de son précepteur, il avait pris du retard sur ses camarades et écrivait à Élisabeth : « La mode est aux tuniques transparentes, bien que je n'aie pas vu une seule femme habillée de cette façon. Je mets à peine le nez dehors, il faut dire. J'occupe mes rares loisirs à croquer le paysage vu de la fenêtre de ma chambre. » Elle lui prodiguait des encouragements, mais ses lettres ne remplaçaient pas sa présence.

Allait-elle devenir une figure lointaine, à demi effacée, comme sa mère disparue ? Non, impossible. Il entreprit de la dessiner de mémoire, au fusain puisqu'il ne disposait ni de toile ni de chevalet. Difficile de rendre en noir et blanc un physique aussi plein de couleurs : les joues roses, la chevelure d'or sombre, les yeux noisette striés de vert. Pourtant, il y parvint. À force de patience, le visage émergea, porté par un cou élancé, suivi du buste discret et des bras minces, nus jusqu'au coude. Il avait représenté son amie dans la robe de linon à rayures arborée l'été.

On était loin de la garde-robe abondante et sophistiquée

d'Eva Dubreuil. Il lui était arrivé de l'apercevoir de loin, toujours vêtue d'une toilette différente. À chaque fois, il l'avait évitée. Il n'avait jamais parlé d'elle à Élisabeth. Dans son esprit, une cloison étanche séparait les deux jeunes filles dont les caractères se trouvaient, selon lui, aux antipodes l'un de l'autre. Et c'était très bien ainsi.

Chapitre 2

Jérôme n'en crut pas ses yeux en découvrant son nom au bas de la liste. Il était de la deuxième promotion des bacheliers de l'Empire, qui avait restauré le diplôme trois ans auparavant. Pour fêter l'événement, son oncle l'emmena chez Tortoni, un restaurant en vogue, réputé pour ses sauces appétissantes, mais aussi pour sa faculté à accueillir aussi bien les bonapartistes que les royalistes. Après le dîner, tous deux rentrèrent à pied par le boulevard des Italiens. La soirée de juillet était tiède, les Parisiens flânaient ou dansaient sur les places. Des flots de musique s'échappaient des établissements qui les bordaient. La guerre lointaine avec la Russie ne parvenait pas à entamer l'insouciance générale.

Tout en marchant, Edgar observa :

— Tu as besoin de vacances, mon garçon. Tu as la mine pâle d'un vrai Parisien et quelques livres en moins. Comme je ne peux m'absenter en ce moment, tu pourrais aller en Normandie. J'ai pris contact avec Mme Chanteaume. Elle est ravie à l'idée de t'héberger durant trois semaines. Naturellement, je la dédommagerai.

Jérôme ne put dissimuler sa joie, ce qui eut l'air d'attrister son oncle. Ces neuf mois n'avaient pas fait de lui un citadin, il restait accroché à ses racines. En même temps, il mesurait la solitude d'Edgar. Si, à quarante ans, son oncle n'était pas vieux, la fréquentation des comptes et des chiffres l'avait éloigné des satisfactions élémentaires. *Mon irruption dans son existence a bousculé ses habitudes, mais à la longue, il s'est attaché à moi. Après tout, je suis le seul parent qui lui reste.* La réciproque était-elle vraie ? Edgar était si secret, si habile à masquer ses sentiments.

Dans un élan de gratitude, il déclara :

— Trois semaines, ce n'est pas long, et je reviendrai prêt à affronter l'hiver parisien !

À l'expression de soulagement fugace sur le visage de son oncle, Jérôme comprit qu'il avait visé juste. Edgar redoutait-il une installation définitive en Normandie ? se demanda-t-il. Il boucla ses bagages l'esprit serein.

La chaleur de l'été accablait la capitale. La barrière de l'Étoile franchie, Jérôme enleva sa cravate et la fourra dans la poche de sa veste. Passé Dreux, ce fut au tour de la redingote. Il ne conserva que le chapeau censé le protéger du soleil ardent. Lorsque le briska quitta Flers pour s'engager sur la route étroite menant à Saint-Georges-des-Groseillers, il éprouva un soulagement intense, comme après une immersion dans un bon bain. Il avait découvert cet agrément à Paris, car ni la maison de ses parents ni celle de Madeleine n'étaient pourvues de ce luxe. La perspective de devoir se laver dans un cuveau de bois au milieu de la cour l'amusait.

Il demanda à Nicéphore, le cocher de son oncle, de l'arrêter assez loin de chez les Chanteaume. Élisabeth était avertie de sa venue, sans en connaître l'heure exacte. Il espérait la surprendre dans le verger ou le jardin mais, les deux étant déserts, il se rabattit sur l'intérieur, plongé dans une agréable pénombre. Madeleine s'était endormie devant son métier à tisser. Le menton baissé, des gouttelettes de sueur au-dessus de la lèvre supérieure, elle ronflait doucement.

Il ne la réveilla pas. Il avisa une cruche d'eau sur la table et but à longs traits. Élisabeth n'était toujours pas visible. Où la coquine se cachait-elle ? Il finit par la découvrir allongée sous un pommier, la fameuse jupe de linon retroussée jusqu'aux genoux, le corsage à moitié dégrafé. Cette posture qui cadrait si peu avec son amie le choqua de manière inexplicable. Les modifications survenues chez elle en moins d'une année sautaient aux yeux. La petite adolescente aux formes à peine esquissées possédait maintenant des seins, une taille et des hanches, sans compter ces mollets joliment tournés, d'une blancheur de lait, et ces genoux déliés. Ce spectacle ravit son œil de peintre et le chagrina en même temps. Il n'osait pas la secouer pour l'éveiller, comme il l'aurait fait l'année précédente. Ce fut elle qui, alertée par une présence inhabituelle, ouvrit enfin les yeux. Eux au moins n'avaient pas changé dans son minois hâlé.

Elle se releva d'un bond, rabattit sa jupe et rajusta sa blouse avec un naturel confondant, avant de lui sauter au cou et de lui plaquer sur la joue un baiser sonore. Jérôme eut contre lui le corps souple aux courbes douces entrevu un peu plus tôt. Ce contact le troubla.

— Laisse-moi te regarder ! s'exclama-t-elle en reculant. Ce teint de navet... Et tu as maigri, on dirait. On ne se nourrit pas bien, à Paris ?

— Si, mais la qualité l'emporte sur la quantité. La semaine dernière, par exemple, j'ai mangé des cailles rôties.

La moue d'Élisabeth lui rappela celle d'Eva Dubreuil. Décidément, elle devenait bien femme. Il n'était pas sûr d'apprécier cette transformation.

— Peuh ! Des cailles ! Il n'y a que des os à sucer. Ce soir, tu auras une tourte au lard arrosée du cidre de l'année.

— La semaine dernière, j'ai bu du champagne.

Il la vit se rembrunir et regretta ses paroles. Mais, déjà, elle avait retrouvé son sourire et s'élançait pieds nus à travers le pré, alerte et légère.

— Ça m'étonnerait que tu me rattrapes ! lui cria-t-elle. Je peux battre à la course tous les gars du village.

Il jeta son chapeau et se mit à courir. Impossible cependant de rivaliser avec cette fille de la campagne rompue à l'exercice physique. Il s'arrêta à la clôture, le souffle coupé. Élisabeth revint sur ses pas, sortit un large mouchoir de toile et, d'un geste doux, lui épongea le front en murmurant :

— Pauvre petit Parisien, nous allons te requinquer. Je suis heureuse de t'avoir ici. Tu me manques tant…

— Toi aussi, tu me manques, bredouilla-t-il.

C'est vrai, je suis devenu un vrai citadin, hypocrite et superficiel. Élisabeth, elle, n'a pas honte de montrer ses sentiments. Il avait été stupide de la comparer à Eva Dubreuil. Un abîme séparait les deux jeunes filles. Eva ne ferait jamais cette sorte d'aveu, elle le tournerait même en dérision. L'irruption de Madeleine le tira d'embarras.

— Tu as grandi, observa-t-elle, après l'avoir serré dans ses bras.

— Pas autant qu'Élisabeth. Elle s'est étonnamment développée.

— C'est le cas de la plupart des filles de seize ans. Tu es en nage. Viens te rafraîchir dans la salle. Ton cocher s'y trouve déjà.

Quelques jours suffirent à restaurer leur ancienne complicité. S'ils avaient tous deux changé, leur affection mutuelle demeurait intacte. Les sentiments de Jérôme se nuançaient de retenue. Il ne pouvait plus bousculer Élisabeth, ni la traiter en camarade. Si elle percevait cette distance sans bien en comprendre la raison, elle ne le pressait pas de questions qui n'auraient abouti qu'à le faire se refermer comme une huître. Il avait réagi de cette façon à son arrivée à Saint-Georges, à la mort de sa mère. Il prit lui-même l'initiative d'évoquer son existence parisienne, allant jusqu'à décrire son unique soirée au Théâtre-Français, sans mentionner sa rencontre avec Eva.

— Ce devait être magnifique, murmura Élisabeth, les yeux pleins d'étoiles. Et l'impératrice ? Tu l'as vue ?

La voix acidulée d'Eva résonnait encore aux oreilles de Jérôme : « Napoléon se lassera de sa génisse autrichienne. » Il eut envie de prendre la main de son amie et de l'appuyer contre sa joue, mais il se contenta de répondre :

— Non, elle n'était pas présente. Quand tu viendras à Paris, tu verras le croquis que j'ai fait de la salle. J'aurai aussi une surprise pour toi.

— Pour moi ? Ce jour ne viendra jamais, ajouta-t-elle, soudain mélancolique.

— Pourquoi pas ?

— Trop de choses nous séparent, Jérôme. Tu es un bourgeois et moi, une gamine de la campagne. Quand tu seras banquier, tu auras honte de m'avoir pour amie. Même si tu ne t'en rends pas compte pour l'instant, c'est ainsi.

Il protesta avec vigueur, tout en étant conscient de ne pouvoir faire aucune promesse qu'il ne pourrait tenir. Comment ramener le sourire sur ce visage créé pour la joie ? En désespoir de cause, il conta la mésaventure survenue au théâtre, en insistant sur le côté comique de sa chute : pari gagné. Comme il le prévoyait, le personnage d'Eva éveilla la curiosité d'Élisabeth. Elle demanda si la jeune fille était jolie. Il répondit avec précaution :

— Oui, assez, mais elle est snob et superficielle. Rien ne sort de sa bouche qui ne soit d'abord calculé. Elle ne te plairait pas.

— Et toi, elle te plaît ?

Il hésita avant de secouer la tête négativement.

— Dommage, trancha Élisabeth. Si tu la voyais plus souvent, tu pourrais me décrire ses tenues dans tes lettres. Ici, les journaux de mode arrivent avec retard. Peu importe, de toute façon. Maman n'a pas le temps de me confectionner de nouveaux vêtements. Cette jupe date d'au moins trois ans, imagine !

— Elle est encore bonne, il me semble.

— Tu plaisantes ? Elle est trop courte d'au moins deux pouces.

Elle prit l'ourlet entre ses doigts pour lui montrer, découvrant l'amorce de cuisses rondes à la peau satinée. Il rougit au spectacle de tant de charmes étalés. Oui, le temps de l'innocence était bel et bien fini. Il faudrait compter avec le désir qui élevait entre eux une barrière invisible.

Néanmoins, Jérôme n'abandonnait pas le projet de faire d'Élisabeth une Parisienne. Le plus difficile serait de convaincre son oncle d'accueillir la jeune fille. Il comptait lui en parler dès son retour, mais à peine le briska arrêté devant l'hôtel, Edgar vint à sa rencontre et l'étreignit avec vigueur. Cet élan d'affection de la part d'un homme si réservé le laissa pantois.

— Que se passe-t-il ? demanda-t-il.

— Rien, je suis simplement heureux de te revoir. J'espère que tu ne t'es pas trop ennuyé, là-bas.

— Entre mes bouses de vache et ma crème fraîche ?

Edgar se mit à rire. La gaieté lui allait bien, lui donnait

l'air plus jeune, plus détendu. Les plis sévères de son front s'estompaient.

— Tu as de l'esprit, ça pourra te servir. Excuse-moi d'avoir critiqué ta chère Normandie. Comment se portent les Chanteaume mère et fille ?

— À merveille. Élisabeth est de plus en plus jolie, si vous la voyiez…

Les yeux gris de l'oncle pétillèrent.

— Justement, je l'ai vue ; enfin, son portrait.

— Ce n'est pas possible, je ne l'ai montré à personne.

— Isidore m'a parlé de tes œuvres.

Malgré la différence de condition, tous deux avaient sympathisé. Au point qu'il avait donné à Isidore la primeur du tableau devant lequel ce dernier était resté béat d'admiration.

— Je n'ai pas résisté à l'envie de l'admirer, ajouta Edgar. Me pardonneras-tu d'avoir violé ton intimité ?

Jérôme faillit répondre « non », mais l'intérêt de son oncle paraissait sincère. De plus, il servait ses plans.

— Vous avez bien fait, mais ces dessins sont de simples ébauches.

— Ne sois pas modeste, tu es doué. Je m'y connais assez pour l'affirmer. Allons dans mon bureau, nous parlerons de mes projets pour ton avenir.

Partagé entre l'espoir et la crainte, Jérôme le suivit dans la pièce meublée d'acajou aux persiennes tirées. Edgar sonna Isidore pour qu'il apportât de la limonade fraîche.

— Je voulais que tu me succèdes à la tête de mes affaires, commença-t-il une fois la porte refermée sur le domestique. C'était négliger tes propres aspirations. Ton goût te poussant vers les arts, je t'engage à t'inscrire dès l'automne à l'Académie royale de peinture.

La réserve observée par Jérôme depuis des mois fondit

comme neige au soleil. Il se dressa d'un coup sur son siège, les yeux étincelant de joie.

— Comment vous remercier, mon oncle ?

— Ne me remercie pas, tu devras travailler dur. De plus, fréquenter l'Académie ne te dispensera pas des cours de droit et de finance. La peinture ne nourrit pas son homme, à moins de devenir célèbre ou d'épouser un beau parti.

Le visage de Jérôme se crispa sous l'effet de la contrariété.

— Vous pensez à Eva Dubreuil ?

— Pas précisément, même si une union entre nos deux familles me séduirait. Rassure-toi, je ne te forcerai à rien, seulement à être poli lors de votre prochaine rencontre. Août s'achève, la saison des bals va bientôt commencer. Puis-je compter sur toi ?

— Vous pouvez, mon oncle, promit-il, regrettant de n'avoir pu aborder la question de la venue à Paris d'Élisabeth.

Jérôme passa le reste de l'été à griffonner des croquis au Luxembourg ou sur les quais Conti et Malaquais. Son oncle l'emmena au Louvre, où il se remplit les yeux des tableaux exposés. Il écrivit à Élisabeth une dizaine de pages enthousiastes qui lui valurent des réponses sur le même ton. Elle se réjouissait sincèrement pour lui et ne montrait aucune amertume quant à son propre sort. Cette attitude renforça sa détermination à la faire venir près de lui, mais à quel titre ? Il y réfléchissait. L'éducation soignée d'Élisabeth la plaçait au-dessus de sa condition. Pas question pour elle d'occuper un emploi de servante. D'un autre côté, elle était trop jeune pour devenir gouvernante ou dame de compagnie. Il l'imaginait plutôt s'occuper d'enfants. Évidemment, elle pouvait résider avec eux en tant qu'amie : la solution idéale selon lui. La décision appartiendrait à Edgar. Si les liens s'étaient resserrés entre eux, mieux valait ne pas précipiter les choses.

Chapitre 3

Aux premières feuilles d'automne, Jérôme prit le chemin de l'Académie, son carton à dessin sous le bras. « Je suis en ce moment l'enseignement préparatoire et je suis un peu découragé », se plaignait-il à Élisabeth. « L'anatomie, la géométrie, la perspective ne m'emballent guère. Heureusement, l'étude d'après les modèles vivants rachète le côté rébarbatif du reste. » Elle l'incita à persévérer et à se distraire. Aussi, lorsque son oncle lui proposa de le remplacer à un bal masqué chez les Dubreuil, il n'hésita pas à accepter.

— Êtes-vous sûr de ne pas vouloir m'accompagner ? insista-t-il.

Si Edgar restait à la maison pour travailler, quel besoin avait-il de revêtir ce frac noir rehaussé d'une cravate d'une blancheur éblouissante, ce gilet piqué d'une épingle de diamant et ces culottes collantes d'un gris argenté ?

— Sûr, répondit l'intéressé, un sourire énigmatique sur les lèvres. Tu aimerais savoir où je vais, n'est-ce pas ? Eh bien ! Je ne te le dirai pas. Sache seulement qu'il existe des endroits à Paris où l'on s'amuse davantage que dans les salons du faubourg Saint-Germain.

Jérôme prit son courage à deux mains.

— Ne puis-je les connaître, moi aussi ?

— Non, mon garçon, ton père n'apprécierait pas. Au nom du ciel, Jérôme ! Ne me regarde pas avec cet air de reproche. Un homme a des exigences, tu l'apprendras sous peu, si ce n'est déjà fait. J'ai renoncé au mariage, pas aux satisfactions qu'il procure.

Jérôme rougit de sa naïveté. Ainsi, son oncle allait voir « des femmes », comme les nommaient avec mépris certains de ses condisciples. À moins que ce ne fût « une femme ». Cette faiblesse le lui rendait plus proche. Lui-même se sentait traversé de désirs de plus en plus précis. Le souvenir du décolleté plongeant d'Eva, des cuisses découvertes d'Élisabeth et des appas d'autres femmes entrevues au cours de ses promenades le poursuivait. Curieusement, la nudité des modèles de l'Académie le laissait froid. Ce soir, il aurait sans doute de nombreuses occasions d'être chaviré.

Les Dubreuil habitaient rue Visconti, à deux pas de la rue Jacob où résidaient Jérôme et son oncle. Une longue file de véhicules stationnait le long du trottoir, la cour intérieure sur laquelle ouvrait une entrée cochère étant pleine. Avant de descendre de voiture, Jérôme ajusta le loup en satin censé le rendre méconnaissable. Un laquais en livrée et gants immaculés l'introduisit dans un vestibule dallé de noir et blanc, décoré de plantes vertes et, de là, dans un vaste salon tendu de soie vieil or. Des dizaines d'invités s'y pressaient, tous masqués, la plupart portant des dominos. Jérôme se félicita de son choix qui lui permettait d'échapper au ridicule.

Un homme mûr de haute taille, drapé dans une cape sombre, s'avança vers lui et s'écria :

— Mon cher Jérôme ! Je suis heureux que vous soyez des nôtres en dépit de l'indisposition de votre oncle. Est-il mieux ?

— Un peu, mentit Jérôme. Il vous présente ses civilités.

— Ce cher Edgar… Quel bonheur de vous revoir, mon garçon ! Ma fille me disait justement l'autre jour : « M. Morin nous boude, papa. »

— Nullement, mais mes cours de peinture m'accaparent.

Son hôte poussa une exclamation :

— Un artiste ! Ce cher Edgar nous avait caché vos talents. Quand exposez-vous ?

— Pas tout de suite, je débute.

— Taratata ! Parmi mes connaissances figurent des amateurs d'art. Si je puis vous être utile…

Jérôme le remercia avec effusion. Il trouvait le baron sympathique, au contraire de sa fille. Eva ne tarda, hélas, pas à les rejoindre. Son domino topaze, lacé au col, ne laissait rien deviner de ses charmes, et un loup de dentelle assorti dissimulait le haut de son visage. Derrière les fentes du masque, ses yeux étincelaient.

— Enfin vous ! Tant mieux, je commençais à m'ennuyer. Mais vous n'êtes pas costumé, fit-elle remarquer.

Il s'agissait plutôt d'une constatation que d'un reproche au vu de son sourire.

— Je n'ai rien trouvé à ma taille, s'excusa-t-il.

En réalité, il n'avait pas cherché. Se travestir en marquis pommadé, en arlequin ou en pirate ne l'emballait guère.

— Ce n'est pas grave, dit-elle. M'accorderez-vous cette valse ?

D'ordinaire, c'était aux hommes de le demander, pas l'inverse, mais la fille du baron bravait les codes et n'en faisait qu'à sa tête. Le ton péremptoire, qui ne souffrait pas de refus, déplut à Jérôme, tout comme sa façon autoritaire de lui prendre le bras pour l'emmener au centre de la pièce, où des couples tournoyaient. Il eut beau lui signaler qu'il ne connaissait pas la dernière danse à la mode, Eva ne l'écouta pas. La main droite de Jérôme se retrouva donc à encercler une taille fine, tandis que l'autre enlaçait les doigts gantés de sa cavalière. Il se sentait gauche et empoté. Élisabeth aurait ri en le découvrant dans cette position ridicule ; pas à la manière méchante d'Eva, mais elle aurait ri quand même.

— Voyez comme valser est facile, commenta Eva. Il suffit de glisser sur le parquet et de tourner.

Il fit une tentative qui lui parut pitoyable et, dans sa maladresse, écrasa le pied chaussé de mules souples et dorées. Eva ne broncha pas. Elle continua à le guider, gracieuse : un cygne voguant sur un étang. Son capuchon était tombé en arrière, et la lumière des girandoles moirait de reflets bleus ses cheveux noirs. Elle exhalait une fragrance entêtante de jasmin. *Toute ma vie, je détesterai cette odeur. Les jeunes filles ne se parfument pas, d'habitude. Élisabeth sent l'herbe coupée et la fleur de trèfle.*

— Quand cesserez-vous de nous ridiculiser ? lui glissa-t-il.

— Nous ne sommes pas ridicules, mon cher Jérôme. N'avez-vous pas remarqué ? Les danseurs se sont arrêtés pour nous admirer.

Force lui fut de le constater. Il eut envie de la planter là, au risque d'être impoli, et de se réfugier derrière les plantes vertes bordant la salle. La pensée de son oncle le retint. N'avait-il pas promis de bien se tenir ? En échange, il obtiendrait peut-être ce qu'il souhaitait si ardemment.

Il serra les dents et s'efforça de suivre le rythme. Une salve d'applaudissements ponctua leur prestation, dont il se serait bien passé. Il comptait s'éclipser après avoir rempli son rôle : vain espoir. Eva n'entendait pas le lâcher.

— Je vais vous présenter mes amis. Ils sont très gais et vous plairont.

Il en doutait, mais comment résister à cette tornade ? Le tenant toujours par le bras, Eva l'entraîna vers un groupe de jeunes gens. Ils avaient ôté leurs masques et rabattu leurs capuches. Jérôme reconnut parmi eux les deux garçons de la loge. Ceux-ci ne parurent pas se souvenir de lui. Ils l'avaient oublié, pris dans le tourbillon d'autres divertissements. Que ne pouvait-il en faire autant !

— Voici Jérôme Morin, le neveu du banquier. Jérôme, vous avez devant vous Lucile de Malemort et sa sœur Armande, Mme de Chalis et, pour les messieurs, Stéphane de Malemort, frère de ces dames, Pierre Portal et Raoul de Villefujier, le plus sérieux des trois.

Ce dernier ne ressemblait en effet pas aux deux autres. Plus âgé, l'air raisonnable, il était aussi moins beau, et même laid, avec sa longue figure chevaline marquée de rides précoces. Mais des yeux noirs, pétillant d'intelligence, rachetaient les défauts de sa physionomie. Jérôme le considéra avec bienveillance.

Sur un claquement de doigts d'Eva, un laquais surgit avec un plateau d'argent sur lequel étaient disposées des flûtes de champagne. Au moment où ils approchaient les lèvres du breuvage mousseux, Raoul de Villefujier suggéra :

— Et si nous portions un toast à la prise de Moscou ?

Jérôme le regarda avec encore plus de sympathie et, levant son verre, déclara d'une voix ferme :

— À la prise de Moscou et à l'Empereur !

Ses paroles se répercutèrent dans le salon. Cette fois, il n'avait plus peur ni honte d'attirer l'attention. Il se tailla un beau succès auprès des invités du baron, tous fervents bonapartistes, surtout lorsqu'il évoqua le souvenir de son père. Il lui sembla qu'Eva le dévisageait avec admiration, mais comment savoir, avec elle ? Elle était insaisissable et fuyante, pareille à ces truites pêchées dans le Noireau, en été.

— Je meurs de chaud, se plaignit-elle, un instant plus tard.

Mais pas de soif, faillit répliquer Jérôme. Cette jeunesse dorée buvait plus que de raison, les filles comme les garçons. Lui-même avait du mal à garder les idées claires. Il en concevait une vague honte. Sa place aurait été à la bataille de la Moskova, avec les braves, pas dans ce salon étouffant. Les Russes avaient incendié leur capitale pour ne laisser aux Français qu'un tas de cendres. Il voyait presque les flammes danser devant ses yeux.

Au fur et à mesure de l'avancée des heures, les visages se creusaient ou se mettaient à luire, les corps s'avachissaient. Seuls quelques téméraires s'aventuraient encore sur la piste de danse. En dépit de ses lamentations, Eva conservait une figure lisse, une fraîcheur de rose qui fascinait Jérôme. Elle avait dénoué le lacet fermant son domino et, dans l'entrebâillement, sa gorge blanche, parcourue de légères veines bleues, était un vivant appel à la caresse. Il s'épongea le front. *Je vais prendre congé. Ce sera plus raisonnable.*

La fine mouche dut le deviner. Elle s'adressa à lui d'un air languissant :

— La tête me tourne. Voulez-vous m'accompagner dans le jardin d'hiver ? Il y fait plus respirable.

En même temps, elle s'appuya à lui, comme si elle chancelait. Malaise réel ou feint ? Jérôme se sentit obligé de la soutenir.

À côté de l'atmosphère suffocante de la salle de bal, le jardin d'hiver lui sembla un havre de fraîcheur. Au milieu des orchidées et des palmiers en pot, Eva ressuscita miraculeusement, un peu trop vite au gré de Jérôme.

— Enfin seuls ! s'écria-t-elle. Ce genre de soirée est amusant au début. Après, on se lasse.

— Comme vous vous lasserez de m'asticoter.

Elle le regarda, stupéfaite, avant d'éclater de rire.

— Vous ne me lasserez jamais, vous êtes par trop déroutant.

— Qu'entendez-vous par là ?

— Que vous êtes franc. Ce n'est pas le cas des gens présents ce soir.

— Même vos amis ?

Elle haussa ses belles épaules, dévoilées par le domino qui avait glissé en arrière.

— Oh ! mes amis ! Voilà un bien grand mot. À l'exception de Raoul, je n'en vois aucun susceptible de mériter cette appellation. Vous, Jérôme, vous êtes différent. Voulez-vous être mon ami ?

Elle avait un étrange regard, insoutenable et fixe. Gêné, il balbutia un « oui » peu convaincu. Il n'avait qu'une envie, fuir le plus loin possible de cette vénéneuse et tentante créature. Nullement découragée, Eva se rapprocha de lui d'un mouvement vif et, sans hésitation, l'embrassa. Un instant saisi, il répondit à ce baiser, puis, dans un sursaut de rage contre lui-même, mordit la bouche offerte. Eva poussa un cri et s'écarta. Un filet de sang coulait de sa lèvre supérieure, mais le triomphe éclatait sur son visage.

— Satisfaite d'avoir gagné votre pari ? lui demanda-t-il.

— Lequel ?

— Celui que vous avez fait avec Malemort, Portal et les autres. Ils doivent rire de moi, s'ils sont encore assez lucides.

— Vous vous trompez sur toute la ligne. Laissez-moi vous dire…

— Rien du tout ! Je m'en vais.

Elle revint se blottir contre lui et murmura d'une voix basse et séductrice :

— Ose prétendre que tu n'as rien éprouvé, et tu pourras partir.

Ces inflexions charmeuses, le contact de cette chair et l'arôme capiteux qui en émanait le bouleversèrent. Seule l'idée d'être la risée de la bande de jeunes mondains le ramena sur terre. D'une secousse énergique, il se libéra. Sourd aux appels de l'enchanteresse, il se dirigea vers le salon, le cœur en déroute et les joues en feu. La musique résonnait de nouveau.

Dans le vestibule, deux élégantes se repoudraient à l'aide de petits miroirs en forme de cœur extraits de la bourse portée à leur ceinture. Bien malgré lui, il surprit des bribes de leur conversation.

— Ma chère, je suis désespérée. Ma bonne d'enfants, une véritable perle, vient de me planter là pour convoler. Je ne sais à qui confier mes petits anges. N'auriez-vous pas une idée ?

Jérôme reconnut Armande de Chalis, que lui avait présentée Eva : une jeune femme de vingt-quatre ou vingt-cinq ans, aux cheveux châtain clair, costumée en Colombine. Pareille occasion ne se représenterait pas de sitôt. Oserait-il intervenir ? Brusquement, il se lança. Saluant cette dame d'une inclinaison de tête, il déclara avec son sourire le plus enjôleur :

— Pardonnez-moi de vous interrompre, je vous ai écoutée involontairement. Il se trouve que je connais une personne susceptible de veiller sur vos bambins. Elle est douce, honnête, bien élevée et, de surcroît, parle anglais.

Les yeux bleus et légèrement protubérants de Mme de Chalis s'écarquillèrent, puis elle réagit avec enthousiasme :

— Mais c'est merveilleux ! Vous me sauvez, cher monsieur…

— Morin, Jérôme Morin. J'ai eu l'honneur de vous être présenté tout à l'heure.

— Parfaitement. Quand puis-je rencontrer cette personne ?

Elle ne se souvient pas de moi, s'amusa-t-il. *Si j'avais de l'orgueil, j'en serais vexé.* Il calcula mentalement combien de temps il lui faudrait pour convaincre son oncle. Quant à Élisabeth, il ne doutait pas de son accord.

— Elle vit en Normandie, c'est donc l'affaire d'une dizaine de jours.

— Êtes-vous sûr qu'elle acceptera de s'occuper de deux garçons de trois et cinq ans ? s'inquiéta la jeune mère. Dans le cas contraire, j'aurai le plus grand mal à dénicher l'oiseau rare.

— N'ayez aucun souci de ce genre, Mlle Chanteaume est une parente.

Il avait adopté un ton résolu. En réalité, il n'en menait pas large en rentrant chez lui. Ne s'était-il pas trop avancé ? Comment Edgar réagirait-il ? À son grand soulagement, ce dernier n'était pas au logis. Signe que sa soirée se déroulait le mieux du monde. Tant mieux ! Il serait plus enclin à se montrer conciliant. Jérôme avait le reste de la nuit devant lui pour peaufiner sa stratégie.

Chapitre 4

Edgar fut d'accord. Jérôme l'avait entendu rentrer au matin. Lui-même n'avait pas beaucoup dormi, naviguant entre le souvenir brûlant du baiser reçu et la perspective de revoir son amie. Sans perdre de temps, il était descendu à la salle à manger. Son oncle buvait une tasse de café, *Le Moniteur* posé près de lui. Déjà habillé et rasé de frais, il affichait une mine un peu chiffonnée, démentie par l'éclat radieux de son regard. *Oui, sa nuit s'est bien passée*, avait pensé Jérôme.

— Tu es bien matinal, mon garçon, avait observé Edgar. Pourtant, tu n'as pas dû te coucher tôt. Alors, cette réception ?

Jérôme s'était assis en face de lui. Les pâles rayons du soleil d'automne effleuraient le visage creusé par la fatigue. Pour la première fois, il avait trouvé à Edgar une ressemblance avec son père disparu. Cette constatation le lui rendait plus cher.

— Distrayante, avait-il répondu, et aussi instructive.

— Comment cela ?

Après lui avoir exposé l'affaire, Jérôme avait plaidé la cause d'Élisabeth, rappelant les liens qui unissaient leurs deux familles. Son oncle l'avait écouté avec attention, sans intervenir. Quand Jérôme s'était arrêté, hors d'haleine, il avait souri et dit :

— Je connais les Chalis : l'ancienne noblesse ralliée à Napoléon. Si je puis leur être agréable et te complaire en même temps…

Suffoqué par la joie, Jérôme n'avait pu prononcer un mot. Peindre et avoir Élisabeth auprès de lui : les deux rêves caressés depuis un an se concrétisaient !

— Je vais de ce pas écrire à Mme Chanteaume. Élisabeth est mineure, il nous faut l'accord de sa mère. Évidemment, elle logera ici, puisqu'elle sera sous ma responsabilité. Cette petite égaiera notre intérieur de célibataires.

Il avait ajouté avec un clin d'œil :

— Surtout si elle est aussi jolie que son portrait.

Décidément enclin à le gâter, Edgar l'emmena visiter l'atelier du peintre David, hôtel de Cluny. Jérôme n'en revenait pas d'être présenté à l'auteur du célèbre tableau du couronnement admiré au Louvre. Enhardi par la bienveillance que le peintre lui témoignait, il lui confia caresser le rêve secret de devenir un jour son élève. David demanda à voir ses croquis et lui prodigua des conseils judicieux. Un jour peut-être le compterait-il au nombre des heureux élus. Jérôme repartit avec des étoiles dans les yeux. Ce Paris tout d'abord haï lui paraissait maintenant un endroit merveilleux, symbole de tous les possibles.

Élisabeth débarqua huit jours plus tard. Entre-temps, l'atmosphère de fête avait disparu de la capitale à la suite des mauvaises nouvelles de Russie. Les défaites avaient succédé aux victoires. La Grande Armée entamait sa retraite vers le Niémen.

Cette rivière lointaine où se jouait le sort de l'Empire intéressait moins Élisabeth que la Seine, à sa portée.

Depuis l'arrivée de la lettre d'Edgar Morin, elle vivait sur un petit nuage. Sa mère, réticente au début, partageait à présent son excitation. L'assurance qu'Élisabeth serait traitée en fille de la maison et non en domestique avait emporté sa décision. Ce départ signifiait une meilleure vie pour elle. Élisabeth savait se tenir en société et ce qu'elle ignorait, elle l'apprendrait au contact de gens raffinés. Et puis, elle pourrait peut-être épouser une des relations des Morin, ou Jérôme lui-même, réalisant ainsi le vœu du colonel ? Madeleine laissait vagabonder son imagination avant de redescendre sur terre. *Des mots en l'air ! Un fils de famille ne se marie pas avec une paysanne. J'espère que mon Élisabeth ne se fait pas d'illusion à ce sujet.*

Mais Élisabeth était à cent lieues de l'envisager. Son trousseau monopolisait son attention. Elle ne possédait que deux robes d'hiver acceptables en dehors de son costume de voyage écossais, et le temps manquait pour en confectionner d'autres. Aucun chapeau non plus dans sa garde-robe. Comme il était hors de question de sortir « en cheveux », Madeleine exhuma de la grande armoire de chêne une capote achetée à Rouen, au début de son mariage. À l'aide de quelques rubans, elle lui donna un air à la mode.

Le jour dit, un voisin emmena Élisabeth en carriole jusqu'à Flers, où elle prendrait la malle-poste. Après un long trajet à travers les campagnes et les villages, le lourd véhicule pénétra dans la capitale par la barrière de l'Étoile. La jeune fille oublia sa fatigue, la nourriture médiocre et les lits durs des relais, pour admirer l'Arc de triomphe en construction évoqué par Jérôme dans ses lettres. C'était autre chose de le voir en vrai.

À sa descente de diligence, des regards ironiques

lancés à son couvre-chef ternirent sa joie d'être enfin arrivée, mais sa nature optimiste reprit rapidement le dessus. La pensée des napoléons enfouis dans sa poche la rassérénait. Sa mère avait économisé sou à sou pour qu'elle pût s'offrir des toilettes correctes. Elle n'allait pas se démoraliser pour si peu.

La voiture de l'oncle était en retard. Elle l'attendit patiemment sous la pluie qui ruina son pauvre chapeau. Comble de malchance, la roue d'une berline cahotant dans une ornière éclaboussa sa jupe. Jérôme récupéra une créature transie et crottée, dont les yeux brillants exprimaient son bonheur de le retrouver.

Il expliqua en matière d'excuse :

— Une charrette s'est renversée sur le pont des Tuileries, répandant tout son contenu.

La réserve dont il avait parfois fait preuve l'été dernier semblait dissipée. Spontanément, il se pencha pour l'embrasser, mais elle le repoussa.

— Je sens le chien mouillé, le prévint-elle, la lèvre retroussée en une moue comique, et toi, tu es si chic…

Il avait l'air d'un jeune dieu dans sa redingote havane, ouverte sur un gilet de panne boutonné de nacre, et son pantalon de nankin bleu pâle enfoncé dans de hautes bottines vernies. Visiblement gêné par l'admiration contenue dans le regard d'Élisabeth, il répliqua :

— Tu le seras tout autant après avoir pris un bon bain chaud et t'être changée.

— Un bain ? Un vrai bain ?

— Oui, finie la trempette dans le cuveau de bois ! En ville, on peut mariner des heures dans une eau parfumée à l'iris ou à la fleur d'oranger.

En attendant, la seule eau disponible était celle du ciel, qui tombait en abondance. Le cocher des Morin avait déployé un immense parapluie dont il les abrita, le temps de monter en voiture. Élisabeth eut beau coller le visage à la vitre, une buée épaisse lui déroba la grande artère boisée où le briska s'engageait. Les intempéries n'empêchaient pas les voitures de s'y presser. Passé la place de la Concorde, Nicéphore longea la Seine. Le fleuve et les édifices disparaissaient dans un nuage blanchâtre, à l'exception des monuments les plus hauts. Jérôme les lui nomma : le Louvre, les Tuileries.

Le pont responsable de son retard avait été dégagé, il n'y eut plus qu'à le franchir et à remonter la rue Saint-Germain-des-Prés, bordée de part et d'autre d'élégants hôtels particuliers. Jérôme lui désigna au passage celui des Chalis.

La rue Jacob était beaucoup moins huppée. La façade de l'hôtel Morin ne payait pas de mine en comparaison des splendeurs à frontons et à colonnes, à proximité. Il ne comportait ni cour ni jardin, mais une remise pour les chevaux donnant sur l'autre rue. Mais, au-delà de la porte à laquelle on accédait par un perron de trois marches, Élisabeth découvrit un luxe dont elle n'avait pas idée. Le vestibule de marbre, avec sa console à l'antique surmontée d'une glace octogonale, reflétait le bon goût du maître de maison, tout comme les portes closes, soulignées d'un liseré doré, et la gracieuse rampe de l'escalier qui s'élançait vers les étages.

Elle se souvint de son unique visite chez les parents de Jérôme, à Flers, et de leur intérieur encombré et hétéroclite. Victoire, la Créole toujours dolente, ne se souciait guère de son environnement, et son époux était constamment sur les champs de bataille.

Sur le coup de sonnette de Jérôme, une brunette accorte accourut du fond du hall. De deux ou trois ans plus âgée qu'Élisabeth, son allure résolue et son minois éveillé trahissaient une absence complète de timidité.

Ses yeux noirs la parcoururent avec curiosité, mais sans la moindre trace d'irrespect.

— Voici Jeanne, la présenta Jérôme. Elle veille au bon fonctionnement de la maisonnée et sera ta camériste.

Élisabeth fut sur le point de répondre qu'elle n'en avait pas besoin. La peur de fâcher la petite brune la retint.

— Isidore, son fiancé, cumule les fonctions de majordome et de valet de chambre, poursuivit Jérôme. Nous avons en outre une cuisinière, une fille de service et un valet d'écurie. Mon oncle préfère un personnel restreint plutôt qu'une pléthore de serviteurs qu'il connaîtrait à peine.

— Nous en valons vingt à nous six, souligna Jeanne en esquissant une petite révérence. Mademoiselle voudra sans doute déposer son bagage et se rafraîchir.

Élisabeth chercha le regard de Jérôme.

— Va donc ! dit-il. Nous nous verrons au dîner.

La jeune domestique la précéda dans l'escalier, les volants de son tablier blanc frémissant telles des ailes d'ange. Elle portait la malle en cuir usé qui avait suivi Henri Chanteaume dans toutes ses campagnes. Qu'aurait-il pensé, lui, habitué à la rudesse de la vie de camp, en voyant sa fille servie comme une princesse ? « Voilà ma petite Élisabeth parée des plumes du paon », aurait-il plaisanté, faisant résonner son grand rire sonore, éteint pour toujours. *Papa !* Le nom murmuré se perdit dans le claquement des bottines de Jeanne sur les marches en marbre. Élisabeth refoula la nostalgie qui l'envahissait. Après tout, son rêve le plus cher ne prenait-il pas corps aujourd'hui ?

Je serais mal venue de me plaindre, songeait-elle un peu plus tard, barbotant dans une baignoire de cuivre où elle pouvait tenir tout entière. Les glaces tapissant les murs du cabinet de toilette renvoyaient d'elle une tête aux cheveux relevés, un cou élancé et le haut d'un buste épanoui. Une mousse abondante dissimulait le reste.

Élisabeth n'en revenait pas de ce luxe, inimaginable à la ferme. Sa chambre, découverte à la hâte, lui semblait plus simple, tapissée de toile de Jouy et meublée d'un lit bateau drapé de satin jaune, sa couleur préférée, d'une commode en acajou et d'une table à coiffer supportant un miroir ovale au piètement en forme de lyre. Elle était soulagée de ne pas loger chez les Chalis. Affronter l'oncle de Jérôme serait suffisamment intimidant, pire que l'épreuve des miroirs.

Le bain commençait à refroidir, et des frissons la secouaient par intermittence. Après s'être rincée à l'aide d'un broc d'eau propre et tiède, Élisabeth hasarda une jambe, puis une autre et enfin le corps au complet. Ce dernier était d'une blancheur de lait, à l'exception des pointes roses de ses seins. Jamais elle ne s'était vue en pied, en tout cas pas dans une complète nudité. Elle croisa les bras sur la poitrine à l'entrée de Jeanne, un drap de lin blanc et des serviettes entre les mains. Elle prit le premier et s'en drapa aussitôt.

— Quel dommage ! s'écria Jeanne. Si j'avais une poitrine comme la vôtre, je ne la cacherais pas. Sans compter vos autres avantages.

Élisabeth sourit à ces compliments audacieux, modérés par la suite du discours :

— Par contre, votre visage est un désastre ! Ce soir, je vous apporterai un onguent de ma fabrication pour atténuer ce hâle fâcheux. À Paris, les femmes ont le teint pâle, même celles du peuple. Vous ne pouvez vous montrer ainsi dans la rue, a fortiori dans le monde.

— Je n'irai pas dans le monde. Enfin, pas que je sache. Je suis ici pour travailler, pas pour parader.

Soudain pensive, elle se dit qu'elle n'appartenait ni à l'univers de Jérôme ni à celui de Jeanne. Où était sa place ? Une fois de plus, le côté solaire de sa nature l'emporta, d'autant que la femme de chambre s'exclamait :

— Allons donc ! Une beauté telle que vous ne restera pas longtemps en retrait, je vous le garantis ! Monsieur et Monsieur Jérôme y veilleront. J'ai entendu le premier parler de vous et, foi de Jeanne, ses propos étaient des plus flatteurs.

— Ce n'est pas bien d'écouter aux portes, la taquina Élisabeth. Je dîne ce soir à la table de M. Morin. À votre avis, que dois-je porter pour ne pas commettre d'impair ?

Jeanne l'entraîna séance tenante vers la chambre. Sa malle avait été défaite et ses vêtements rangés dans les tiroirs. Jeanne opta sans hésiter pour la moins usée des deux robes, en lainage gris tourterelle.

— Les tons neutres s'accordent avec vos cheveux, Mademoiselle. Demain, j'ajouterai un galon au bas de la jupe pour la rallonger. Je ne peux rien pour la taille, hélas. La mode la veut haute, ceinturée sous les seins.

— J'ai de l'argent pour acheter une ou deux toilettes. M'accompagnerez-vous dans mes emplettes, Jeanne ?

La jeune fille battit des mains.

— Avec plaisir. Les boutiques du Palais-Royal proposent des tenues ravissantes et pas chères. Bien sûr, ce ne sera pas le couturier Leroy, mais un ou deux détails supplémentaires vous donneront l'allure d'une authentique Parisienne.

Une authentique Parisienne ! Une fois habillée et coiffée à ravir par les soins de Jeanne, Élisabeth gagna d'un pas plus assuré la salle à manger, où Jérôme et son oncle l'avaient devancée. Elle s'attendait à trouver une ressemblance entre Edgar Morin et le père de Jérôme, mais autant le second fascinait par sa prestance et sa faconde, autant le premier semblait discret et réservé. Dans ses yeux gris, où elle avait redouté de lire de la condescendance, la bonté s'inscrivait et même, de l'admiration. Elle baissa le regard pour ne pas passer pour une effrontée.

— Votre image ne mentait pas, Élisabeth, et confirme que mon neveu a un sacré talent, déclara-t-il.

Ses cils se relevèrent. Son hôte pointait l'index vers un dessin au fusain accroché au mur dans un cadre argenté. L'unique tableau de la pièce en dehors d'une représentation de Bonaparte au pont d'Arcole.

— Voilà la surprise dont je t'ai parlé à Saint-Georges, annonça Jérôme. Qu'en penses-tu ?

— Très réussi, bredouilla-t-elle, gênée de se retrouver en point de mire.

Les invités de l'oncle devaient se demander qui était la jeune fille du portrait. La prenaient-ils pour sa maîtresse ? Elle aurait préféré la discrétion de la chambre de Jérôme à cette exposition. Tant pis. À nouveau, le sentiment d'être déclassée l'envahit.

— Nous sommes ravis de vous accueillir, reprit Edgar, visiblement désireux de la mettre à l'aise. Cette maison avait besoin d'une touche féminine.

Elle domina sa timidité pour le remercier, puis tous trois passèrent à table. Avec des gestes empruntés, Élisabeth prit place en face de Jérôme autour du guéridon en faisant office. Une nappe de dentelle recouvrait le plateau de marbre. Une domestique, vêtue comme Jeanne d'une robe noire, d'un bonnet tuyauté et d'un tablier à bavolets, apporta des mets étranges auxquels elle n'avait jamais goûté. Ainsi mangea-t-elle pour la première fois des asperges et des pommes de terre frites et découpées en fines lamelles. Les verres et les couverts lui parurent des objets barbares. À quoi servaient cette flûte à col étroit, ce couteau effilé, cette fourchette à manche court ? Faute de le savoir, elle se calqua sur son ami. Son hôte lui posait une question de temps à autre, à laquelle elle s'efforçait de répondre avec clarté. Jérôme l'encourageait du regard ou faisait une remarque spirituelle lorsqu'il la devinait embarrassée. Au dessert – un délicieux soufflé à l'orange —, Élisabeth se sentait presque à l'aise. Les laissant en tête à tête, l'oncle gagna le fumoir attenant à la salle à manger.

— Son rituel du soir, chuchota Jérôme. Ensuite, il ira se coucher ou ressortira pour une destination qu'il ne m'indique pas toujours.

— Il m'a jaugée pendant tout le dîner. Crois-tu que je lui aie plu ?

— Oui. À qui ne plairais-tu pas ?

— Tu exagères, Jérôme. Je ne suis qu'une provinciale mal habillée et empotée, avec un teint à ne pas mettre le nez dehors.

— Quelle idée ! D'où sors-tu ça ?

— C'est l'avis de Jeanne.

Il haussa les épaules.

— Tu n'aurais pas dû l'écouter. Tu es très bien comme tu es.

Il la considéra pourtant d'un œil critique. Était-ce sa robe, cette vieillerie plusieurs fois rapetassée par Madeleine ? Non, plutôt sa coiffure. Au lieu du chignon ficelé en hâte, Jeanne avait remonté sa chevelure sur le sommet de la tête en laissant quelques mèches retomber de part et d'autre : du plus bel effet.

Vexée, Élisabeth le contredit avec vigueur :

— Je ne trouve pas. Jeanne me donne des conseils judicieux. Elle m'a promis de m'emmener au Palais-Royal pour compléter ma garde-robe.

— Cet endroit est dangereux pour les femmes seules. Nous irons ensemble.

Mais tu ne connais rien à la mode ! se retint-elle de lui lancer, avant de se rappeler qu'il était à l'origine de sa présence dans la capitale. Elle ne le remercierait jamais assez. Il ne fallait pas, par un excès d'indépendance, compromettre leur entente.

— D'accord. Demain, après ma visite aux Chalis, si tu veux bien. Maintenant, je vais me retirer, le voyage m'a fatiguée.

Jérôme la raccompagna jusqu'à sa chambre tout en se félicitant de la retrouver souple et conciliante. Cette inconnue, si âpre à défendre son point de vue, l'avait déconcerté. Qu'elle pût changer, subir d'autres influences, lui déplaisait profondément. Et si elle se mettait à ressembler à Eva Dubreuil ? Une pensée insupportable. *Jaloux, tu es jaloux,* se répétait-il. *Pourtant, tu ne l'aimes pas, sauf en tant que grand frère protecteur.* Il alla se coucher sur cette certitude.

Chapitre 5

Au petit déjeuner, aucun des deux ne fit allusion à leur discussion de la veille. Malgré la nouveauté des lieux et le matelas ferme du lit, Élisabeth avait dormi d'une traite. Elle dévora avec appétit des tartines de confiture et but du thé à l'anglaise, dont la mode s'était répandue dans la bourgeoisie comme dans l'aristocratie. La lumière grise du matin créait une ambiance différente, ou était-ce l'absence d'Edgar, parti à la banque ? L'image sur le mur lui semblait partie intégrante du décor.

— Je t'accompagnerais bien chez les Chalis, dit Jérôme après avoir plié sa serviette, mais j'ai un cours à l'Académie royale de peinture.

Elle l'informa qu'elle se débrouillerait. La rue Saint-Germain-des-Prés se trouvait à deux pas, et Mme de Chalis n'allait pas la manger. Le portrait tracé par Jérôme avait de quoi rassurer.

Ce préjugé favorable se vérifia des deux côtés. Élisabeth fut accueillie dans un boudoir tout en boiseries crème à filets d'or et se vit offrir le breuvage découvert le matin. Même vêtue de sa robe la moins seyante, l'autre étant livrée aux mains expertes de Jeanne, elle produisit une excellente impression.

— Je vous imaginais moins jeune et moins jolie. Tant mieux si vous l'êtes. J'aime être entourée de figures agréables. Les enfants aussi y sont sensibles. Vous viendrez le matin et une partie de l'après-midi. Le soir, les garçons se couchent tôt et vous aurez mieux à faire, je suppose.

Élisabeth reposa sa tasse de thé savouré à petites gorgées. Que signifiaient ces paroles étranges ?

— Vous savez, je ne compte pas sortir beaucoup.

— Comment ? Il y a des endroits si gais dans la capitale : les bals musettes, l'Opéra, le Tivoli. À votre âge, on aime la danse. Moi-même, je m'y adonne dès que mes obligations et mes bambins me le permettent. À propos, je vais demander qu'on amène ces chers petits, vous ferez connaissance.

Armande de Chalis tira sur un cordon de soie. Dans la minute suivante, une domestique à coiffe de dentelle ornée de longs rubans flottants parut sur le seuil, poussant devant elle deux garçonnets, l'un habillé d'un costume marin, l'autre empêtré dans sa robe longue. Leurs taches de rousseur soulignaient leurs mines pâles de petits citadins. Élisabeth pensa aux maladies infantiles qui les guettaient à Paris ou ailleurs.

D'un geste spontané, elle se leva et se dirigea vers eux. Ils se laissèrent embrasser malgré leur apparente timidité. Leur mère était aux anges.

— D'habitude, Arthur et Charles pleurent à la vue d'étrangers. Vous leur plaisez, mademoiselle Chanteaume.

— Élisabeth. Tout le monde m'appelle ainsi.

— Alors, je m'alignerai sur tout le monde. Pouvez-vous commencer dès demain ?

Élisabeth s'apprêtait à répondre, mais un souffle parfumé s'engouffra dans la pièce, lui clouant le bec. Une jeune fille d'une beauté spectaculaire entra sans se faire annoncer. Brune, les yeux verts, la taille élancée, elle portait une de ces toilettes qu'elle-même rêvait de posséder : une redingote grenat, soutachée de noir et garnie de fourrure au col et au bas des manches. Élisabeth nota chaque détail de la tenue, tandis que l'inconnue feignait de ne pas la voir. Après avoir jeté sur une méridienne sa capote assortie et ses gants de chevreau rouge, elle parut s'apercevoir enfin de sa présence. Un coup d'œil à la robe fanée et au chapeau auquel Jeanne avait redonné à grand-peine du gonflant, et Élisabeth se sentit rejetée impitoyablement.

Armande de Chalis, qui n'avait rien perdu de la scène, intervint :

— Ma chère Eva, vous ne connaissez pas encore Mlle Chanteaume, une parente des Morin. Elle vient juste d'arriver dans la capitale.

Le nom de Morin produisit un effet miraculeux sur la visiteuse. Son expression changea du tout au tout. Un sourire exquis remplaça la moue dédaigneuse, et une main où brillait une bague de rubis se tendit vers Élisabeth.

— Enchantée de vous rencontrer, mademoiselle. Armande a omis de mentionner mon nom : Eva Dubreuil. Jérôme ne m'avait pas parlé de vous. Il ne dit presque rien sur lui-même, il est vrai.

Elle avait donc devant elle la jeune personne dont Jérôme avait parlé en mal. Il n'avait pas tout à fait tort. Prête à oublier sa première impression désagréable, Élisabeth s'écria :

— Ah ça ! Il n'est pas bavard. Pourtant, lui m'a parlé de vous.

— En termes flatteurs, j'espère ?

Élisabeth rougit. Pouvait-elle avouer à Eva en quel mépris son ami la tenait ? Une fois de plus, Armande lui sauva la mise.

— Mlle Chanteaume a proposé de veiller sur les garçons

quelques heures par jour. N'est-ce pas adorable ? Tant de divertissements l'attendent par ailleurs.

Les yeux verts d'Eva s'étrécirent au point de devenir deux fentes minces. Elle ressemblait à une chatte, tantôt ronronnant, tantôt griffant. Il ne ferait pas bon être son ennemie. *Encore moins son amie,* compléta Élisabeth en son for intérieur.

— Adorable, en effet. Peut-être trouverez-vous un moment pour me rendre visite un après-midi, Élisabeth. Vous serez la bienvenue.

— La bienvenue ? Elle a vraiment dit cela ? s'était étonné Jérôme, quand Élisabeth lui avait raconté sa rencontre avec Eva. Elle ne manque pas d'audace !

— Rassure-toi, je n'irai pas. D'abord parce qu'elle te déplaît, ensuite, parce qu'elle ne m'inspire pas confiance.

Elle avait tenu sa promesse. Prise par ses nouvelles fonctions, elle n'aurait guère eu de temps à accorder à Eva de toute manière.

Les Chalis ne tarissaient pas d'éloges sur sa façon de s'occuper des deux petits garçons, et trois mois avaient passé comme un éclair. Succédant à un automne pluvieux, un hiver rigoureux s'était abattu sur la capitale. Élisabeth était étonnée des monceaux blancs encombrant chaussée et trottoirs. En Normandie, la neige restait une rareté, comme le froid persistant. Elle se félicitait d'avoir déniché un witchoura pour trois fois rien dans une boutique du Palais-Royal. Elle avait aussi acheté avec son argent deux robes, dont celle qui la vêtait en ce moment, et une capote neutre de bon ton. « J'ai jeté l'autre au feu, lui avait signalé Jeanne avec enjouement. Je ne pouvais décemment pas la donner aux oiseaux pour en faire leur nid. » Si sa mère l'avait entendue ! Élisabeth lui avait envoyé ses premiers gages. Ainsi, la pauvre n'aurait plus besoin de s'user les yeux devant son métier à tisser.

Mais, ce soir-là, son unique préoccupation était de savoir si elle était assez bien habillée pour le bal de la duchesse de Bassano. Elle avait beau se contorsionner, faire pivoter sur son axe le miroir de la coiffeuse, impossible de se voir de la tête aux pieds. Devant sa psyché, Eva Dubreuil ne devait pas se livrer à ces interrogations torturantes. Elle était belle, riche, sûre d'elle. Lui reprocherait-elle d'avoir négligé son invitation ? Non, elle aurait mieux à faire. Peut-être même avait-elle oublié la campagnarde fagotée croisée chez les Chalis. Élisabeth admit une bonne fois pour toutes qu'elle ne déparerait pas l'assemblée dans sa robe en crêpe blanc au décolleté modeste et aux manches ballon. Son prix bas s'expliquait par un accroc à la taille qui la rendait invendable. Déchirure habilement recousue par Jeanne et dissimulée par un ruban argenté. La même nuance se répétait sur le bandeau retenant ses cheveux. Une simplicité auquel Jérôme ne pourrait rien trouver à redire. Pas un bijou ne venait rompre la ligne de son cou et l'arrondi de ses bras, moulés dans les longs gants de rigueur.

— Dommage, les jeunes filles ne peuvent en porter, regretta Edgar, lorsque Élisabeth, se décidant enfin à quitter sa chambre, atteignit le bas de l'escalier.

— Eva Dubreuil en porte bien, signala-t-elle.

La réflexion lui avait échappé. Après un regard inquiet à Jérôme, elle ajouta :

— De toute façon, je n'en possède pas.

Jérôme n'avait pas prononcé un mot. Si les hommes présents au bal la regardaient comme lui en ce moment, elle en éprouverait à la fois du contentement et de la gêne.

Soudain, il remonta l'escalier quatre à quatre et revint un instant plus tard, un collier entre les doigts.

— Il appartenait à ma mère, expliqua-t-il d'une voix étranglée. Les perles sont ternies à force d'être restées dans leur coffret, mais…

— Elles sont magnifiques. Je peux, tu crois ?

— Bien sûr, Élisabeth, la rassura l'oncle. Les perles sont tolérées à votre âge, en attendant les diamants qu'un homme mettra un jour prochain à vos pieds.

Elle s'empourpra. Depuis son arrivée à Paris, elle rougissait facilement. Même si Edgar lui témoignait de la bienveillance, il continuait à l'impressionner.

Je voudrais lui rendre au centuple sa générosité, se dit-elle. *Il m'a incluse dans l'invitation. Il aurait fort bien pu me laisser au logis.* Pendant que Jérôme attachait le collier d'une main tremblante, elle dédia à Edgar un sourire éclatant. Autre motif de satisfaction, les Chalis ne tarissaient pas d'éloges sur la manière dont elle s'occupait de leurs enfants. Arthur savait toutes ses lettres bien avant d'être confié à un précepteur, et Charles était moins agité.

Nicéphore avait avancé l'attelage devant la porte, aussi le passage entre la chaleur douillette de l'hôtel et l'intérieur de la caisse ne fut pas trop rude.

La duchesse de Bassano donnait, en son hôtel d'Elbeuf, les plus belles fêtes de Paris. S'y mélangeaient aristocrates de l'Ancien Régime, nobles d'Empire comme le baron Dubreuil qui avait rendu des services à Napoléon et bourgeois enrichis, comme l'oncle de Jérôme.

Une fois passé le portail de fer, des domestiques en livrée et perruque poudrée se précipitaient pour éclairer les arrivants. Sans se soucier de ses fins souliers lamés, Élisabeth franchit d'un pas décidé la distance séparant la voiture de la demeure. Elle aurait marché sur des braises, s'il l'avait fallu ! À son entrée dans le hall de marbre tendu de velours rouge, sa légèreté de cygne et sa fraîcheur firent se retourner bien des têtes. Grâce à la pommade de Jeanne dont elle s'enduisait chaque soir les joues, elle arborait la pâleur à la mode. Non, Eva ne la reconnaîtrait pas.

Élisabeth se surprit à fouiller l'assistance, à la recherche d'une chevelure d'ébène et d'une silhouette voluptueuse : en vain. Les femmes présentes étaient pareillement blondes et insipides. Quant aux hommes, ils lui paraissaient tous si à l'aise, si sûrs d'eux-mêmes, qu'ils lui inspiraient de la crainte.

Son regard tomba sur un spécimen brun d'environ trente ans, appuyé au chambranle d'une des portes blanc et or. Il dominait l'assistance de sa haute taille, et ses larges épaules tendaient à craquer son habit noir. Élisabeth, fascinée, ne s'arracha pas assez tôt à la contemplation de ce visage au teint mat, encadré de favoris d'un noir de jais. Leurs yeux se croisèrent. Ceux de l'homme brillaient d'un feu sombre. Il s'écarta de la porte et se dirigea vers elle d'une démarche nonchalante, mais assurée. Elle resta figée par la timidité. Un coup d'œil à droite puis à gauche lui permit de se rendre compte qu'elle était seule. Edgar était parti chercher des boissons chaudes, et Jérôme avait emporté les manteaux au vestiaire. Toute fuite était impossible. Elle rejeta alors la tête en arrière et attendit stoïquement l'adversaire. Pourquoi le nommer ainsi, d'ailleurs ? Il n'avait pas l'air redoutable, et son sourire était des plus engageants.

— Ne vous ai-je pas déjà vue ? s'enquit-il.

Ce préambule d'une grande banalité ôta à Élisabeth une partie de sa réserve. Si elle tardait à répondre ou riait nerveusement, elle passerait pour une bécasse stupide.

— Cela m'étonnerait. Je suis à Paris depuis peu et c'est ma première sortie.

Elle prit conscience qu'elle n'aurait pas dû se dévoiler à ce point et se traita d'idiote. Sans se moquer, il répondit :

— Mais pas la dernière, j'espère ! Votre charme rafraîchissant fait défaut à ce genre de soirée. Je suis Hugues de La Ferté-Beaufort, pour vous servir. Et vous ?

— Élisabeth Chanteaume.

— Élisabeth… Un prénom ravissant.

Entendre un homme aussi séduisant le prononcer d'une voix chaude la troublait. Elle balbutia :

— Je suis née en Normandie, à Saint-Georges-des-Groseillers.

À son air d'ignorance, elle eut honte de ces paroles naïves. Comment un homme aussi en vue qu'Hugues de Beaufort pouvait-il connaître son village minuscule ? Il n'allait pas tarder à la planter là, en quête d'une conversation plus passionnante. Mais rien de pareil ne se produisit.

— Quel âge avez-vous ? demanda-t-il à brûle-pourpoint. Seize, dix-sept ans ?

— Bientôt dix-sept.

— Vous êtes encore une petite fille, une exquise petite fille, observa-t-il, comme s'il le regrettait.

— Vous vous moquez de moi. À côté d'Eva Dubreuil, par exemple, j'ai l'air d'une paysanne endimanchée.

Hugues de Beaufort parut surpris.

— Comment ? Vous connaissez notre belle Eva ? Alors, vous êtes plus lancée que vous le prétendez. Est-elle de vos amies ?

— C'est-à-dire…, bégaya Élisabeth qui perdait pied. Je l'ai vue une seule fois. Je pensais la croiser ce soir, mais…

— Elle se montrera au douzième coup de minuit, telle Cendrillon. Elle soigne ses effets. Ce petit jeu est usé jusqu'à la corde. Je préfère votre naturel à son charme frelaté. Les musiciens accordent leurs instruments. M'accorderez-vous la prochaine valse ?

— Je ne sais pas danser, je…

Jérôme lui avait montré les pas, mais c'était une chose de s'entraîner dans un salon avec son meilleur ami et une autre de tournoyer au milieu de danseurs avertis avec un parfait inconnu, et d'essuyer le feu de regards critiques. Hugues de Beaufort sourit, et ce sourire adoucit singulièrement ses traits énergiques.

— Chut ! Je vous apprendrai.

Sa haute silhouette lui dérobait la porte par où Edgar et Jérôme entreraient. Élisabeth hésita. Pourquoi s'attardaient-ils dans le hall, la livrant à ce personnage attrayant et autoritaire ? Et Hugues n'allait-il pas se froisser, si elle refusait ?

Elle refoula ces questions torturantes, se laissa prendre par le coude et emporter dans le tourbillon des valseurs. La main de son cavalier lui tenait fermement la taille. La grâce d'Élisabeth suppléait à son absence de technique. Elle s'adaptait sans effort au rythme d'Hugues et se détendait peu à peu dans les bras qui l'enserraient comme s'ils ne devaient jamais la lâcher : une expérience excitante. La griserie prit fin lorsqu'elle aperçut Jérôme, debout près des tables aux nappes damassées étincelantes de cristaux. Il fixait d'un regard dur leurs évolutions. Non loin de lui, Eva Dubreuil, dans un fourreau vert tilleul, maniait un éventail en plumes d'autruche. Les jambes d'Élisabeth tremblaient, la tête lui tournait. Cachant son malaise, elle continua à danser, mais le cœur n'y était plus.

— Si vous voyiez votre mine, Jérôme ! Vous avez l'air furibond, comme si on vous avait enlevé quelque chose.

Cette petite peste avait vu juste. Il était furieux. Poser les effets au vestiaire avait pris plus de temps que prévu. De plus, Eva Dubreuil s'était presque jetée sur lui en l'apercevant. Comme à son habitude, elle l'avait étourdi de propos superficiels, l'empêchant de rejoindre Élisabeth. Découvrir cette dernière se donnant en spectacle avec un homme à la réputation détestable lui avait causé un choc. Bien qu'admis dans les cercles bonapartistes, Beaufort était un partisan convaincu du retour du roi. De plus, il courait sur lui des histoires scandaleuses. Pourtant, Edgar le laissait danser avec sa protégée sans paraître s'en émouvoir. Il faut dire qu'il était en grande conversation avec le baron Dubreuil.

— Je ne suis pas fâché, répliqua-t-il avec humeur. Ce genre de soirée ne m'amuse pas, c'est tout.

— Ce n'est pas le cas de votre parente. Allons, venez, je vous retiens pour le quadrille. Au diable vos soucis !

Elle emprisonnait son épaule d'une étreinte possessive. Il s'écarta, trop vite au gré d'Eva. Le coup d'éventail bien appliqué sur sa main en témoigna, suivi d'un aigre :

— Quelle mouche vous a piqué ? Non, vous n'êtes pas drôle, ce soir. Élisabeth, au moins, se paie du bon temps. J'en suis ravie.

— Pas moi, siffla Jérôme entre ses dents.

— Vous ne voulez donc pas qu'elle se divertisse ?

Il jeta un coup d'œil peu amène à la robe blanche et à l'habit noir virevoltant dans un accord parfait et répondit :

— Elle devrait le faire avec un garçon de son âge, pas avec ce Beaufort.

Eva haussa ses épaules rondes, mises en valeur par un décolleté à la limite de la décence.

— Oh ! lui ou un autre, quelle importance !

— Justement, si. Pour Élisabeth, cela peut en avoir beaucoup. Elle sort de sa province, ce n'est pas une mondaine de votre espèce.

Le visage d'Eva se ferma. Ses traits mobiles se crispèrent,

les coins de sa bouche abaissés exprimaient le dépit. Elle en était presque laide, et il en éprouva du contentement.

Mais Eva, reprenant son masque superficiel, déclara :

— Elle apprendra à ruser. À Paris, l'esprit vient aux filles à la vitesse de l'éclair.

Elle bâilla, montrant un palais rose, et ajouta :

— J'aimerais beaucoup qu'Élisabeth soit mon amie.

Élisabeth, devenir l'amie d'Eva ! La neige et le feu, l'ange et le démon. Et si la maligne disait vrai ? Si Élisabeth se métamorphosait au contact de ce monde vide et creux, où seules les apparences comptaient ? Jérôme aurait voulu bondir au centre de la salle, l'arracher aux bras d'Hugues de Beaufort et la ramener rue Jacob, mais son oncle ne lui pardonnerait pas un esclandre.

La valse se terminait, remplacée par un quadrille, danse compliquée dont Élisabeth ignorait encore les subtilités. Les partenaires se mirent en ligne. Sourd aux sollicitations d'Eva, Jérôme s'adossa à l'une des colonnes et n'en bougea plus. La fille du baron finit par l'abandonner, avant d'être interceptée par Raoul de Villefujier, son éternel soupirant. Élisabeth et Hugues s'étaient dirigés vers un buffet où l'on servait le champagne. Quel effet aurait cette boisson sur une jeune fille accoutumée à boire du cidre ou de l'eau ? Il la vit y tremper ses lèvres avant de plisser son joli nez. Hugues se mit à rire et elle rit aussi. La gorge de Jérôme se noua. Cette bulle de gaieté dont il était exclu, il allait la faire éclater !

Sans plus se soucier des réactions d'Edgar, il se dirigea droit vers le couple, saisit Élisabeth par le bras et, sans un mot, l'entraîna à sa suite. Hugues demeura interdit, sa coupe à la main, n'osant intervenir.

[illegible]

Elle [illegible]

[illegible] Isabelle [illegible]

[illegible] colonnes [illegible] Hugues [illegible] la campagne. Qu'[illegible] besoin [illegible]

[illegible]

[illegible]

Chapitre 6

En contraste avec l'agitation et le brouhaha de la salle, le hall offrait une oasis de paix et de silence. Pas pour longtemps. Après un instant d'hébétude dû à la surprise, Élisabeth avait recouvré ses esprits. Elle se fâcha tout rouge.

— Tu es fou ! s'écria-t-elle, le repoussant. Qu'est-ce qui t'a pris de me ridiculiser ?

— Je n'en ai pas besoin, tu t'en charges très bien toute seule !

Elle le somma de s'expliquer. Il s'exécuta, de mauvaise grâce :

— Il fallait nous attendre avant de parler à n'importe qui et d'exhiber tes chevilles de manière indécente.

— Je n'ai fait qu'imiter les dames présentes ici ce soir, et personne n'y a trouvé à redire. Quant à Hugues de Beaufort, il n'est pas n'importe qui. Il est aimable et courtois, contrairement à une personne de ma connaissance.

Ses yeux s'étaient assombris sous l'effet de la colère, sa gorge se soulevait à cadence régulière. Jérôme n'avait plus devant lui la petite gamine de Saint-Georges, mais une femme décidée à défendre son indépendance. Ébranlé, il ne réagit pas. Edgar, qui s'était lancé à leur recherche, lui porta le coup de grâce :

— Élisabeth a raison. Tu l'as privée d'un plaisir innocent, je me demande bien pourquoi.

— Mon oncle, murmura-t-il, atterré, comment pouvez-vous la défendre ? Hugues de Beaufort n'est pas une fréquentation pour elle. Il est ultraroyaliste. À ce propos, la raison de sa présence sous le toit des Bassano m'échappe.

Il n'avait pas évoqué le goût d'Hugues pour les femmes, afin de ne pas s'aliéner définitivement Élisabeth. Edgar répliqua :

— Le choix de leurs invités leur appartient. Je te trouve bien sévère, mon garçon. Élisabeth ignorait ce que tu viens de dire. N'est-ce pas, Élisabeth ?

Elle hocha la tête. En réalité, tout son être se révoltait. Sans doute avait-elle été imprudente en acceptant de danser avec un inconnu, mais pouvait-on rejeter un homme à cause de ses opinions politiques ? Elle en conçut de la sympathie pour lui, en plus de l'attirance déjà éprouvée. Et elle en voulait à Jérôme de se montrer aussi rigide. Où était le joyeux garçon avec qui elle avait passé deux ans en totale complicité ? Elle ne le reconnaissait pas dans ce Parisien maussade, replié sur ses principes. À quoi bon revenir dans la salle de bal pour essuyer des regards ironiques ?

— Revenez avec moi, la pria Edgar, comme s'il avait lu dans ses pensées. On ne vous pardonnerait pas de déserter pour un motif aussi futile.

— Mais… Le comte ?

— Rassurez-vous ! Votre désertion ne l'empêchera pas de se divertir.

Élisabeth eut l'occasion de le vérifier. Le quadrille s'achevait. Elle aperçut la tête brune d'Hugues de Beaufort penchée sur la main d'une très belle femme rousse. Tous deux commencèrent à tourner. L'éclairage des lustres de cristal faisait flamboyer la chevelure de sa cavalière et briller les fils d'argent semés sur sa robe, si bien que chaque mouvement transformait la jeune femme en tourbillon lumineux.

Les yeux d'Élisabeth s'embuèrent. Comment rivaliser avec cette créature somptueuse ? Edgar eut beau l'inviter à danser, le cœur n'y était pas. Elle ne pouvait détacher les yeux du frac noir et de la robe rose scintillante. Pas une fois le comte ne regarda de son côté. Elle eut l'impression d'être effacée de l'univers où elle avait pénétré un moment par effraction. La soirée dont elle se promettait tant de joies était irrémédiablement gâchée.

Ce jeune paltoquet ! pensait Hugues avec irritation. Cette façon de le séparer brutalement de sa cavalière, au détriment de la politesse la plus élémentaire, sentait le campagnard mal dégrossi ! Les prunelles marron l'auraient foudroyé sur place si elles l'avaient pu. Il n'avait pas identifié tout de suite leur propriétaire, mais en le voyant reparaître à la remorque d'Edgar Morin et d'Élisabeth, il avait compris de qui il s'agissait. De la racaille bonapartiste. Sans la Révolution et l'Empire, Morin serait un petit notaire dans une étude obscure de province, et son neveu suivrait la même voie au lieu de se pavaner dans le salon des Bassano. Des parvenus, encore. Mais le duc était ministre des Relations étrangères, un personnage à cultiver.

De tous les invités, seule Agathe de Vandeuil trouvait grâce à ses yeux. Comme lui, Agathe était issue d'une vieille famille aristocratique. Sentant venir l'orage, ses parents avaient émigré, tout comme les Beaufort et tant d'autres nobles. À un âge tendre, Hugues avait été déraciné du jour au lendemain, d'où sa détestation des responsables de son exil. Il avait beau avoir retrouvé miraculeusement intacts à son retour son château de La Ferté-Beaufort et son hôtel parisien, il exécrait tout ce qui procédait de la Révolution, l'usurpateur corse en premier.

— Mon cher, vous ne croyez pas si bien dire, susurra la voix moqueuse de sa cavalière.

Agathe, précisément.

Il s'était dirigé droit vers elle après la déplaisante petite scène. Le quadrille achevé, il l'avait invitée à nouveau : à valser, cette fois, et bien qu'elle se montrât plus brillante dans cet exercice qu'Élisabeth, l'image de la ravissante jeune fille s'interposait entre eux.

— Ai-je vraiment pensé tout haut ? demanda-t-il.

— Oui. Du reste, vous avez raison. À la décharge du jeune Morin, il n'habite Paris que depuis un an ou deux. Et la robe de sa cousine pauvre sent furieusement sa province.

Lui l'avait jugée d'une simplicité charmante, mettant en valeur d'agréables rondeurs. En comparaison, le corps d'Agathe était mince et nerveux, sous sa toilette somptueuse.

— Une parente pauvre ? s'étonna-t-il, éludant la rosserie.

— Oui. Elle en est réduite à jouer les nounous auprès d'Armande. Je le tiens de Lucile de Malemort.

— En tout cas, elle est bien jolie.

Tout en feignant de l'ignorer pour ne pas provoquer la hargne du petit Morin, Hugues la lorgnait chaque fois qu'une figure l'envoyait non loin de lui. Oui, elle était jolie, fraîche et d'un naturel confondant. Son penchant immodéré pour les vierges innocentes lui avait déjà valu des ennuis de la part de pères furieux et de fiancés mécontents. Élisabeth était-elle fiancée à Morin ? Ce lien aurait justifié un tel comportement.

Agathe sembla une fois de plus le percer à jour, car elle murmura :

— Si vous arrêtiez de fixer cette péronnelle ? C'est outrageant pour moi, ne trouvez-vous pas ?

L'intonation ironique atténuait le reproche. Hugues détacha le regard de la jeune fille en robe blanche pour considérer le petit visage tendu vers lui : un minois triangulaire de chat, des yeux étirés vers les tempes, une bouche généreuse. Agathe n'était pas à proprement parler une beauté, mais elle était excitante. Il l'écrasa contre lui, au mépris des usages qui imposaient une certaine distance entre les valseurs. Les seins aigus heurtèrent son torse. Il en sentait les pointes à travers l'étoffe de son habit, et une chaleur familière lui gagna l'entrejambe.

— Mes talents surpassent ceux de votre petite danseuse, insinua Agathe. Que diriez-vous de les expérimenter dès ce soir ?

Cette proposition directe laissa Hugues interloqué. Orpheline de bonne heure, à la tête d'une grande fortune gérée par un tuteur indulgent, Agathe tranchait sur les oies blanches de son milieu par son indépendance d'esprit, mais jamais il n'aurait pensé qu'elle se jetterait ainsi à sa tête.

— Eh bien ! lui retourna-t-il. Je suis votre homme. Après le bal, nous partirons chacun de notre côté pour préserver votre réputation.

— Qui est déjà bien écornée. Retrouvons-nous à mon domicile. Mon tuteur a le sommeil lourd, en plus d'être sourd comme un pot.

Les jours suivants, Élisabeth et Jérôme s'évitèrent, vaquant chacun à leurs occupations ; pour lui ses cours de peinture, pour elle, la garde des enfants Chalis. Leurs jeux l'égayaient. Une atmosphère tendue régnait dans la maison, contrastant avec l'harmonie habituelle. À table, Jérôme observait un silence boudeur, décourageant les tentatives de son oncle pour le dérider. Élisabeth souffrait de la situation, mais pas question de faire le premier pas. Jérôme s'était montré d'une grossièreté inqualifiable. Qu'avait dû penser d'elle son cavalier d'un soir ? *Une fillette que l'on tance, voilà comment j'ai dû lui apparaître.* La honte la rongeait. Après maintes hésitations, elle décida d'aller lui présenter ses excuses. Au fond, c'était un prétexte pour le revoir, car il n'avait pas quitté son esprit depuis la réception. Il lui arrivait de rêver de lui et à ce qui aurait pu se passer, si Jérôme n'était pas intervenu. Une coupe de champagne, d'autres danses et puis… En général, elle se réveillait avant la fin, frémissante et déçue. Son esprit en ébullition et son jeune corps assoiffé de vie brûlaient de connaître la suite.

Il lui fut facile de se procurer l'adresse d'Hugues de Beaufort par le biais de Jeanne. « Rue de Lille, à deux pas de l'hôtel de Beauharnais, vous ne pouvez pas vous tromper. » Élisabeth s'y rendit à pied après un après-midi enfermée avec les bambins. Le jour commençait à baisser. La bise transperçait son witchoura trop peu couvrant, lui piquait les yeux et lui cuisait les joues. Ses doigts mal protégés par des gants fins devenaient gourds. De même, ses bottines légères n'étaient pas adaptées pour affronter les trottoirs enneigés. Ces inconvénients lui donnèrent un instant envie de rebrousser chemin, mais elle n'était pas pour rien la fille de son père.

Le dos courbé pour se garantir du vent, elle poursuivit sa route jusqu'à la rue de Lille. Par chance, le portail était ouvert. Elle le franchit timidement. Au fond de la cour d'honneur se dressait une façade classique dont les fenêtres se découpaient en rectangles lumineux. Le cœur plein d'espoir et de crainte, elle gravit les degrés du perron et souleva le heurtoir de la porte en chêne sculptée. Au bout d'un quart d'heure, qu'elle passa à grelotter dans le vent, un majordome se montra.

— Monsieur est parti hier dans ses terres, la renseigna-t-il, l'air maussade. Il n'a pas précisé quand il reviendrait.

Il avait débité cela d'un ton si laconique qu'Élisabeth ne douta pas un instant qu'il s'agissait d'une fable employée quand Hugues ne souhaitait pas être dérangé. Pour finir, l'homme lui claqua la porte au nez.

Si le comte est absent, à quoi riment ces fenêtres illuminées ? se demanda-t-elle. À peine dans la rue, ses soupçons furent confirmés par l'irruption d'un impertinent petit cabriolet vert, attelé à un cheval à la robe fauve. En jaillit une femme, jeune, à en juger par sa promptitude à descendre, et chaudement emmitouflée. Elle se dirigea d'un pas conquérant vers le perron descendu un instant plus tôt par Élisabeth. S'agissait-il de la beauté rousse du bal ? La distance, la nuit et le port d'un chapeau ne permettaient pas de distinguer ses traits. La porte se rouvrit dans la seconde, laissant la femme s'y engouffrer.

Élisabeth eut un pincement au cœur tout à fait injustifié. Elle connaissait à peine Hugues de Beaufort et ce qu'il faisait de sa vie ne la concernait pas. Il était libre de recevoir qui il voulait et d'écarter les importuns, ou les importunes. Était-ce le vent qui remplissait ses yeux de larmes ou la déception d'avoir été éconduite ? Comble de malheur, il s'était remis à neiger. Négligeant d'admirer la demeure égyptienne du prince Eugène, mentionnée par Jeanne, Élisabeth reprit le chemin de la maison. Edgar ne serait pas rentré, et Jérôme lui ferait la tête, comme d'habitude.

Cette perspective peu réjouissante la poussa à modifier ses projets. Elle n'avait pu s'entretenir avec Eva Dubreuil chez les Bassano. Pourquoi ne pas lui rendre visite, comme celle-ci le lui avait proposé ? Une façon de se réchauffer, d'oublier sa déconvenue, *et surtout de satisfaire ta curiosité, ne le nie pas.*

Rue Visconti, l'accueil fut cordial, à la hauteur de ses espérances. Une jeune servante pétulante, en tablier empesé, la conduisit directement dans la chambre de sa maîtresse. L'odeur de jasmin, déjà respirée chez les Chalis, flottait dans la pièce : le parfum d'Eva. Cette dernière se prélassait sur un lit au chevet en bronze décoré de feuilles d'acanthe, de rosaces et de palmettes, au milieu d'une quantité invraisemblable d'exemplaires du *Journal des dames*. À son entrée, elle bondit sur ses pieds et vint au-devant d'elle, un sourire aimable sur les lèvres.

— Chère Élisabeth ! Je savais que vous viendriez aujourd'hui : simple intuition féminine. Désirez-vous une friandise ?

Joignant le geste à la parole, Eva allongea la main vers une bonbonnière garnie de sucres de pomme, mais Élisabeth l'arrêta.

— Merci, je préférerais un thé chaud. Je suis transie.

— Bien sûr ! Où avais-je la tête ? Asseyez-vous dans ce fauteuil, près du poêle. Il fait un temps à ne pas mettre un chien dehors, et vous n'avez pas de voiture. Je vous félicite d'être sortie pour distraire une pauvre esseulée.

Élisabeth s'enfonça dans le fauteuil moelleux désigné par Eva. Les yeux mi-clos, cette dernière l'observait. Était-elle dupe au sujet du motif de sa visite ? Mal à l'aise, Élisabeth ôta ses gants et se mit à les triturer, tandis qu'Eva poursuivait d'un ton badin :

— Dommage, nous nous sommes manquées l'autre soir. Vous étiez avec Hugues de Beaufort et moi avec Jérôme. Un peu ombrageux, votre cousin.

Bien sûr, elle n'avait rien perdu de la pénible scène. Rien de ce qui concernait Jérôme ne lui échappait. Élisabeth prit son courage à deux mains pour demander :

— À votre avis, M. de Beaufort s'en est-il formalisé ?

Assise en face d'elle dans une pose lascive, Eva se mit à rire. Avec sa tête renversée en arrière et ses longs cheveux noirs répandus dans son dos, elle ressemblait à une jeune bacchante. Élisabeth l'envia. Cette fille était si belle, si libre d'allure, exactement ce qu'elle aurait voulu être !

— Je n'imagine pas Hugues se formalisant de quoi que ce soit. Il n'obéit pas aux règles communes.

— Vous le connaissez bien ? s'enquit Élisabeth, incapable de résister à la curiosité.

— Assez bien. C'est un homme très en vue, reçu partout, bien qu'il ne soit pas pour l'Empereur.

— À cause de ses opinions, Jérôme m'a interdit de le fréquenter.

Cette remarque porta à son comble l'hilarité d'Eva. Élisabeth rougit, consciente d'en avoir trop dit. Une fois de plus, sa spontanéité lui jouait des tours.

— À mon avis, ce n'est pas la véritable cause. Hugues est un coureur de jupons patenté. Il a eu pour maîtresses les plus jolies femmes de Paris, y compris Pauline Borghèse, avant qu'elle se toque de Talma.

— J'ai vu une femme entrer chez lui tout à l'heure, indiqua Élisabeth, brûlant ses vaisseaux.

— Ce doit être Agathe de Vandeuil. Elle lui tourne autour d'une manière éhontée depuis un bon moment.

Eva se pencha et, d'un mouvement vif, pinça le menton

d'Élisabeth. Son négligé de linon vert pâle s'entrouvrit, découvrant des seins blancs et fermes.

— Petite coquine ! s'exclama-t-elle. D'une candeur désarmante et, en même temps, d'une audace inouïe. Il ne faut pas courir après les hommes, mais au contraire, les laisser venir. Celui-là est coriace. Puisque nous en sommes aux confidences, appelons-nous par nos prénoms et tutoyons-nous.

— Je n'oserai jamais.

Élisabeth était partagée entre l'envie de fuir cette chambre confinée et le désir de rester. La proximité d'Eva la troublait presque autant que celle d'Hugues de Beaufort. Comment était-ce possible ?

— Bien sûr que si, voyons ! Je ne suis pas beaucoup plus âgée que toi : dix-neuf ans. D'abord, viens plus près de moi et voyons si tu as des chances de mettre cet homme à tes genoux. En général, les femmes sont subjuguées par lui, pas l'inverse.

— Et vous ? osa demander Élisabeth.

— Moi ? J'ai été amoureuse de lui il y a trois ans, autant dire une éternité. Enlève ton chapeau, que je te voie mieux ! De toute façon, c'est une horreur.

Une horreur, sa capote neuve, achetée cinq sous au Palais-Royal ? La gorge d'Élisabeth se serra. En même temps, elle laissa Eva lui ôter le couvre-chef décrié, et démolir le chignon patiemment édifié par Jeanne. Elle était incapable de se lever et de s'en aller. Eva la tenait sous son charme puissant et la rapprochait d'Hugues de Beaufort. Deux excellentes raisons de s'incruster. Elle huma avec une sorte d'ivresse l'odeur de jasmin enveloppant la fille du baron.

Cette dernière constata :

— Beaux cheveux. Ta coiffure ne les met pas en valeur.

Elle prit sur la table à coiffer une brosse à manche de

nacre et, avec des gestes doux, lissa la chevelure d'or sombre qui se mit à crépiter. Ensuite, elle l'enroula en volutes savantes et la fixa avec des épingles. Élisabeth voulut se contempler dans la psyché, mais Eva l'en empêcha.

— Après. Tu as de nombreux atouts, le nez, le teint, la bouche, énuméra-t-elle d'un air rêveur. Au tour de la gorge, maintenant. En as-tu, au moins ?

Pour le vérifier, elle coiffa de ses paumes lisses les seins d'Élisabeth. Celle-ci la laissa faire, subjuguée par le flot de paroles de sucre et de miel, et la chaleur des doigts à travers le tissu. Eva se montrait-elle toujours aussi familière avec ses amies ? À peine le temps de s'interroger, elle se trouvait déjà délivrée des mains indiscrètes.

Eva murmura d'une voix rauque :

— Parfait. Elle aussi gagnerait à être montrée. L'autre soir, tu avais un décolleté de couventine. Qu'Hugues n'ait pas persévéré ne m'étonne pas. La prochaine fois que tu le verras, il sera conquis, je m'y engage personnellement.

— Merci, bredouilla Élisabeth, seulement je ne suis pas sûre…

— De vouloir le séduire ? Mais si, voyons ! Ton béguin pour lui crève les yeux, même si tu dois absolument le lui dissimuler.

— Pourquoi ?

Eva tira sur une mèche folle qu'elle était en train de rectifier. Élisabeth poussa un petit cri.

— Petite bécasse ! La franchise est mal vue dans notre société. Si tu veux y trouver ta place, il te faudra abandonner ces scrupules ridicules. Dans le cas contraire, je te conseille de retourner d'où tu viens.

Le ton dur contrastait avec l'amabilité précédente. Élisabeth, un instant décontenancée, redressa les épaules et lança :

— Il n'en est pas question. Je m'efforcerai de m'adapter.

— À la bonne heure ! Tu es une fille intelligente. Avec un physique comme le tien, tu ne joueras pas longtemps les nounous. Crois-moi, si tu m'écoutes, tu iras loin.

— Je suis trop jeune pour me marier, répondit Élisabeth qui n'imaginait pas autre chose.

— Qui te parle de mariage ? Ou alors… Edgar Morin a peut-être des vues sur toi. Ce vieux célibataire cousu d'or.

Élisabeth protesta avec vigueur, sans s'occuper cette fois de la réaction d'Eva. Sa nouvelle amie exagérait. L'oncle de Jérôme la considérait comme une nièce de plus, pas comme une fiancée possible.

— Lui, je veux bien, admit Eva. Il n'en est sûrement pas de même de ses amis.

Elle mit fin à la discussion et passa dans la pièce attenante, dont elle revint avec une capote de soie marron et une robe de même nuance, accompagnée d'un châle de cachemire. Après avoir ajusté le chapeau sur la tête d'Élisabeth, elle lui ordonna de se déshabiller. Élisabeth hésita un instant, mais Eva était si convaincante qu'elle céda et se retrouva en brassière légère et pantalon brodé, face à une Eva guère plus vêtue. La fille du baron l'aida à enfiler la robe, ne se privant pas d'effleurer au passage une hanche, une taille ou une épaule. Élisabeth avait fermé les yeux, à la fois confuse et ravie. Les caresses de sa nouvelle amie faisaient naître en elle des sensations inouïes. Une onde de frissons la parcourait, de la pointe des seins au bas-ventre. Ses oreilles étaient chaudes, tout comme son front. À cause du feu d'enfer brûlant dans la cheminée ou de l'excitation éprouvée sous les doigts experts ?

Consciente de son trouble, Eva lui demanda d'une voix sourde :

— Es-tu allée en pension ?

— Non. Le précepteur de Jérôme m'a instruite en même temps que lui.

Un petit rire fusa, suivi de ces paroles incompréhensibles :

— Dommage, tu ne sais pas ce que tu as perdu.

Abandonnant ses douces rondeurs, Eva entreprit de boutonner le corsage dans le dos. Cette tâche terminée, elle enjoignit à Élisabeth de rouvrir les yeux et, la faisant pivoter, l'emmena devant la glace où elle pouvait se voir en entier. Élisabeth eut du mal à reconnaître en cette inconnue à l'élégance raffinée la petite Normande qui, l'été dernier, galopait dans la prairie, pieds nus et jupons relevés. La nuance ambrée de la toilette soulignait son teint et ses cheveux, sa coupe épousait les lignes de son corps, comme si elle avait été cousue sur elle. Seuls bémols, le chapeau écrasait son petit visage, et le décolleté vertigineux de la robe interdisait le moindre sous-vêtement.

— Ces larges bords donnent une petite touche mystérieuse, lui assura Eva. Pour la poitrine, il suffira de la voiler avec le châle de chez Ternaux. Le witchoura par-dessus, tu ne risques pas de prendre froid. De toute façon, je te prêterai ma voiture. Mon amie ne doit pas attraper la mort, alors qu'elle est prête à se lancer dans la vie.

Cette dernière phrase toucha Élisabeth. Eva était-elle sincère, ou jouait-elle la comédie ? Soudain, le sens de ses paroles lui apparut pleinement. Elle murmura dans un souffle :

— Vous voulez dire que vous me donnez ces merveilles ?

— Que « tu » me donnes. Des chiffons, j'en ai plein mes placards. Tu peux en avoir d'autres, si tu veux.

— Je ne peux accepter, ils doivent valoir une fortune.

Eva haussa les épaules avec insouciance.

— Et alors ? Profite de ma générosité, elle ne durera pas toujours. Rassure-toi, je plaisante. Maintenant, buvons à notre amitié ! Je garde dans le bas de mon armoire un cordial dont tu me diras des nouvelles.

Chapitre 7

Élisabeth rentra rue Jacob les joues en feu et l'estomac barbouillé. La fin de la visite se perdait dans une sorte de brouillard. La faute à l'alcool absorbé et au discours volubile d'Eva. Qu'aurait dit sa mère en la voyant s'enivrer ? Et Jérôme ? Et l'oncle ? Dans la voiture, elle suça une pastille de menthe qu'Eva lui avait glissée pour détourner les soupçons. Les dames du faubourg Saint-Germain buvaient-elles toutes autant ? Trompaient-elles ainsi l'ennui d'une existence creuse ? Élisabeth se jura de ne pas les singer. Elle se bornerait à copier leur chic inimitable et leurs manières exquises.

Juste avant son départ, la femme de chambre d'Eva avait étalé sur le lit une merveilleuse toilette blanche et or, et disposé sur la coiffeuse un diadème, un collier et des bracelets. Élisabeth avait cligné des yeux, éblouie.

— C'est pour le bal paré aux Tuileries, lui avait expliqué Eva d'un air blasé. Nous avons reçu un carton d'invitation.

— Tu as de la chance d'approcher l'Empereur.

— Ah ! tu trouves ? Je l'ai déjà vu plusieurs fois, je lui ai même été présentée. C'est un homme comme les autres.

— N'est-il pas tout de même un peu extraordinaire ?

— Ne te fie pas à ses portraits. Il a beaucoup engraissé et ne ressemble plus au vainqueur d'Austerlitz.

Jetant un ultime regard à la féerie de dentelle et de gaze, Élisabeth avait soupiré :

— N'empêche ! J'aimerais être à ta place.

Et valser dans les bras d'Hugues de Beaufort à en perdre haleine ? Était-il invité, l'homme auquel elle ne cessait de penser ? Ou l'avait-on écarté en tant qu'adversaire du régime ?

— Tu le seras un jour, avait prophétisé Eva. Sauve-toi vite, maintenant, sinon l'oncle Morin et Jérôme s'inquiéteront.

Elle n'avait pas tort. Tous deux se précipitèrent vers elle dès qu'elle eut passé le seuil. Le premier, souriant et amical, le second, le reproche à la bouche.

— Nous avons commencé à dîner. Pour l'amour du ciel, où étais-tu… ?

Jérôme se tut devant l'incroyable métamorphose d'Élisabeth. Les robes des boutiques et même la charmante tenue portée chez les Bassano n'avaient rien de comparable avec ces atours tapageurs, tout droit sortis des ateliers de Leroy. Un cadeau de Mme de Chalis ? Non, impossible. Un soupçon naquit dans son esprit, confirmé par le parfum exhalé par le tissu. Élisabeth ne se donna pas la peine de nier :

— Je me trouvais chez Mlle Dubreuil. Une visite que je lui devais. Je sais, enchaîna-t-elle à l'adresse d'Edgar, j'aurais dû vous avertir.

— Ne vous excusez pas, ma chère enfant. Vous avez papoté, brassé des fanfreluches et vous n'avez pas vu le temps passer. Il est normal que vous préfériez la compagnie d'une amie de votre âge à celle d'un ours dans mon genre et d'un garçon d'humeur maussade.

Élisabeth regarda Jérôme, l'air triomphant, le menton

levé, une moue de satisfaction aux lèvres. Il se sentit blessé, mais le dissimula sous l'ironie :

— Merci pour le « maussade », mon oncle.

Puisque Edgar défendait Élisabeth, il n'avait plus qu'à s'incliner. Il ne tenterait rien pour empêcher cette relation, dictée selon lui par de savants calculs que son amie ne soupçonnait pas. Entre elle et lui, le fossé se creusait. Élisabeth s'éloignait à toute vitesse vers de trompeuses lumières, sans qu'il pût la retenir.

Paris est très gai, en ce moment. Nos récentes victoires sur la Prusse sont peut-être les prémices d'une paix durable. Je me borne à relayer l'opinion de Jérôme. Lui et moi sommes réconciliés après avoir été en froid un certain temps. Il m'en veut de mener ma vie à ma guise, et mes amis lui déplaisent. Tant pis ! Son oncle n'est pas de son avis et m'encourage à profiter au maximum des plaisirs offerts par la capitale.

Élisabeth interrompit un instant sa lettre à sa mère. La brise tiède de mai pénétrait par la fenêtre ouverte du salon, incitant à la paresse et à la flânerie. Cet après-midi-là, elle avait la ferme intention d'emmener les petits Chalis au parc. Une promenade colorerait leurs joues blêmes, les rendrait moins nerveux. Armande ne serait pas d'accord, elle qui craignait pour ses fils les courants d'air et le voisinage de gamins du peuple, mais elle tiendrait bon. Après sept mois à Paris, elle avait gagné en assurance. Appris à travestir la vérité, aussi. Sa mère ne devait pas s'inquiéter. Elle serait bien capable d'accourir si elle la sentait en danger ou malheureuse ! Élisabeth n'était ni l'un ni l'autre, seulement triste de voir se relâcher des liens qu'elle avait crus solides. Elle se hâta de terminer :

Jérôme travaille beaucoup et très sérieusement. Depuis que le temps s'est mis au beau, il va sur le quai Conti pour peindre, comme aujourd'hui. Moi, je ne me plains pas, ma tâche auprès des petits garçons est facile et agréable.

Elle n'ajouta pas que Jérôme lui adressait à peine la parole et que les bambins piquaient des colères noires, dues à leur existence en vase clos. Elle cacheta le pli et attacha sous son menton les rubans de sa capote « à la Paméla[1] », cadeau d'Eva. Elles s'étaient rencontrées plusieurs fois depuis ce fameux après-midi de janvier, chez les Dubreuil ou chez l'une ou l'autre des amies d'Eva. Si ces rencontres déplaisaient à Jérôme, il ne le montrait pas.

Élisabeth était sur le point de sortir lorsque Isidore parut, encombré d'une gerbe de roses-thés.

— Pour vous, Mademoiselle. Un livreur vient de les apporter.

— De la part de qui ?

— Le nom est, paraît-il, sur la carte.

Il lui tendait un bristol couvert d'une belle écriture élégante. S'il s'agissait de l'oncle ? Absurde ! Ils se voyaient tous les jours, et Edgar n'avait aucune raison de lui envoyer des fleurs. Jérôme non plus, ou alors des chardons bien piquants. Elle se résolut à lire :

Mademoiselle, veuillez accepter ces roses en témoignage de mon admiration. Des affaires de famille m'ont retenu plusieurs mois dans mes terres, et je viens juste de rentrer à Paris. Je vous attendrai à 3 heures au café des Mille Colonnes, au Palais-Royal. Ma voiture nous conduira à la campagne. J'ai convaincu Armande de

1. Chapeau à la mode, inspiré de ceux portés par Paméla, l'héroïne du roman épistolaire de Samuel Richardson.

Chalis, une amie, de vous accorder votre après-midi, si tel est votre désir, bien sûr. Votre Hugues de Beaufort.

— « Votre Hugues de Beaufort », répéta Élisabeth, extasiée.

Elle prit le bouquet et le porta à ses narines. Il embaumait. Elle se revit debout sur le perron d'une demeure illuminée, dont les portes s'étaient juste entrouvertes pour elle. Et si Hugues était bien absent, ce soir-là, si la visiteuse était repartie bredouille, si… Pourquoi ne pas accorder à son beau cavalier le bénéfice du doute ? Il la relançait, comme Eva l'avait souhaité. Elle l'intéressait donc. Elle donna les roses à Isidore et se mit à tournoyer dans le hall, les bras tendus vers un danseur imaginaire. Isidore la contemplait, le nez dans les fleurs, un sourire malicieux sur le visage.

— À votre avis, suis-je assez chic ? lui demanda-t-elle.

— Pour vous promener dans l'herbe, certainement, Mademoiselle.

Il lui adressa un clin d'œil. Il ne la trahirait pas. Oui, cette robe de percale bleue suffirait bien. D'ailleurs, il était trop tard pour en changer. Elle héla un fiacre et se fit conduire au Palais-Royal. Elle n'y était jamais allée seule et se perdit un peu dans le dédale des jardins et des galeries.

La terrasse des Mille Colonnes regorgeait de clients, venus se chauffer au soleil printanier, tout en sirotant une bière ou une limonade. Comment reconnaître Hugues de Beaufort dans cette marée humaine ? Enfin, elle l'aperçut, assis à une table ronde. Son habit bronze, divinement coupé et ouvert sur un gilet de piqué blanc, paraissait trop chic pour la campagne. Un frisson parcourut le corps d'Élisabeth. Elle s'efforça de maîtriser son émotion et s'avança. Il l'avait remarquée, lui aussi. Au risque de renverser le verre et la bouteille placés devant lui, il se leva d'un bond et, s'emparant de sa petite main gantée de filoselle, la porta à ses lèvres.

— Quel plaisir de vous revoir, mademoiselle Chanteaume ! Vous êtes partie si vite du bal des Bassano…

Sa voix vibrait de sincérité, ses yeux la caressaient de leur velours noir. Elle sentit ses joues s'empourprer. Elle perdit pied, chercha une repartie intelligente, n'en trouva pas et bredouilla :

— Appelez-moi Élisabeth.

— Un si charmant prénom. Asseyez-vous donc, il fait diantrement chaud, aujourd'hui. Je vais vous commander une limonade.

Aussitôt dit, aussitôt fait. Élisabeth fut impressionnée par sa tranquille assurance. Cet homme était né pour diriger aussi bien que pour plaire. Il était de la même race qu'Eva, celle des gens nés avec une cuiller d'argent dans la bouche. À côté d'eux, elle ne pesait rien, en dépit de ce charme agreste dont on lui rebattait les oreilles et qu'elle finissait par prendre en grippe.

— Vos fleurs sont ravissantes, déclara-t-elle enfin. Ce n'était pas nécessaire de m'en envoyer, mais je vous remercie.

— Comment, pas nécessaire ? On a toujours plaisir à rendre hommage à une jolie femme.

Élisabeth rougit à nouveau. Une fois de plus, elle n'avait pas été à la hauteur. S'en aller avant de perdre le peu de dignité qui lui restait. Comme elle esquissait un geste de repli, Hugues posa une main possessive sur son bras.

— Vous n'avez pas l'habitude des compliments, n'est-ce pas ? J'oubliais que vous venez de province, pardonnez-moi.

— Il n'y a rien à pardonner. Je suis une paysanne stupide. Plusieurs mois passés à Paris n'ont pas réussi à me dégrossir.

Hugues desserra son étreinte et lui sourit.

— Détrompez-vous ! Vos progrès ne se remarquent peut-être pas au premier coup d'œil, mais ils sont réels. Votre toilette, par exemple.

Cette robe bleue dont Eva s'était lassée ? Se moquait-il ? Non, apparemment.

— Il vous suffit de regarder autour de vous, poursuivit Hugues. Cette débauche de galons, de tresses et de rubans est censée détourner l'attention des silhouettes imparfaites. Vous, ma chère, n'en avez nul besoin.

Cette tentative de la mettre à l'aise lui alla droit au cœur. Elle demanda où se trouvait la campagne dont parlait le billet.

— À deux pas d'ici, sur le versant nord de la butte de l'Étoile. Les Parisiens raffolent de cet endroit. Ils peuvent s'y mettre au vert sans quitter la capitale.

— Ce serait idéal pour les petits Chalis. Si je pouvais convaincre leur mère…

— Armande est têtue. Elle craint la promiscuité pour ses enfants. Pensez-vous d'abord aux autres avant de penser à vous-même ?

— Autrefois, oui, répondit-elle avec franchise. Il faut attribuer le changement à mes fameux progrès, je suppose. Hugues éclata de rire. Cette petite était plus fine qu'il ne l'avait cru. Elle remuait ses sens blasés, réveillait en lui des émotions oubliées. Surtout, ne pas la brusquer. Bien qu'elle semblât plus détendue, il la devinait sur la défensive. Il avait tout l'après-midi pour l'apprivoiser, sans avoir à redouter une intervention désagréable.

— J'espère que notre excursion ne posera pas de problème à votre cousin, dit-il.

Elle fronça ses fins sourcils, d'un ton plus sombre que ses cheveux.

— Il n'a pas son mot à dire. En réalité, Jérôme et

moi ne sommes pas parents, seulement amis. Enfin, je le croyais.

Elle se tut, sans doute consciente d'en avoir trop dit. Il la regarda, surpris.

— Qu'entendez-vous par là, Élisabeth ?

— Que certaines affections ne résistent pas au temps.

Sa voix trébucha sur le dernier mot. Spontanément, il lui prit la main et la garda dans la sienne.

— Si elles sont sincères, elles peuvent durer la vie entière, déclara-t-il d'un ton grave.

Élisabeth frémit. Au diable Jérôme et sa jalousie stupide ! Hugues était autrement intéressant. Il l'écoutait au moins, prenait ses souhaits en considération, au lieu de l'assommer de reproches et de mises en garde. *La vie entière*, se répéta-t-elle avec exaltation. *Et si c'était vrai ?* Elle flottait sur un nuage dont elle ne redescendrait pas de sitôt. Le bras d'Hugues passé sous le sien, ils s'acheminèrent jusqu'au landau stationné près de là. Hugues l'aida à monter et à s'installer sur la banquette. Sa main effleura au passage ses chevilles découvertes, ses hanches et sa taille. Eva avait agi de même et causé un émoi identique.

Hugues se garda bien de pousser plus loin son avantage. En fin connaisseur de l'âme féminine, il devinait les pudeurs et les réticences d'Élisabeth. En premier lieu, jouer la carte des sentiments. Du Palais-Royal à la barrière de l'Étoile, il lui parla de son manoir du Poitou, de la forêt et de l'étang l'entourant.

— Un jour, je vous ferai découvrir la Ferté-Beaufort, lui promit-il dans un élan parfaitement imité.

Au fond, peut-être était-il sincère. Elle le touchait, cette petite fille, si différente des femmes côtoyées d'habitude. Pas au point toutefois de lui faire perdre la tête. La lucidité était indispensable dans la société superficielle où il évoluait. Une garantie contre la souffrance. Élisabeth, elle, ne possédait pas de carapace. Elle était désarmée, livrée aux flèches des séducteurs dans son genre, prêts à la dévorer toute crue. Un instant, il eut pitié d'elle, mais son désir forcené l'emporta sur la sympathie qu'il éprouvait. Elle l'écoutait avec ferveur, indifférente au paysage, transportée en rêve dans des lieux inconnus et attirants. Irait-elle ou pas ? Peu importait. Il lui enviait cette capacité à construire des châteaux en Espagne qu'il avait perdue.

Après avoir cahoté dans les ornières d'un mauvais chemin, la voiture s'immobilisa devant un établissement d'allure flambant neuve. Hugues expliqua à sa passagère que cette guinguette venait d'être ouverte par un vétéran de la garde impériale, un certain Dourlans. Les clients s'y pressaient nombreux à cette heure pourtant creuse de l'après-midi, attirés par les jolies filles et les vins bon marché.

Chapitre 8

Élisabeth trouva l'endroit charmant. Pourquoi Jérôme ne l'y avait-il jamais emmenée ? Détestait-il à ce point la gaieté ? Les premiers accords d'une valse retentissaient dans le jardin. Hugues interrogea Élisabeth du regard et reçut son assentiment muet. Tous deux s'élancèrent sur la piste aménagée. Les leçons données par Eva au cours de l'hiver *en prévision…, d'ici qu'Hugues se manifeste à nouveau…* , avaient porté leurs fruits. Au bout de quelques tours, les rubans de la capote « à la Paméla » se dénouèrent, et le chapeau roula dans la poussière. Ni Élisabeth ni Hugues ne se baissèrent pour le ramasser. Élisabeth se laissait aller au rythme de la musique et à la pression des mains puissantes sur sa taille.

Des exclamations admiratives s'élevèrent des tonnelles :

— Cette petite danse comme un ange !

— Moi, je dirais plutôt : comme une enragée !

Elle sourit. Elle n'avait plus peur d'être ridicule. L'existence était magnifique. Jérôme savait-il ce qu'il perdait ? La pensée de son ami était la seule ombre à son bonheur.

Hugues chuchota :

— Nous nous donnons en spectacle.

— Est-ce un mal ?

Il resserra son étreinte autour de sa taille souple. Ils terminèrent sous des vivats, ce qui ne troubla pas Élisabeth, encore sous la magie de la danse, mais eut l'air d'indisposer son cavalier. Le temps de reprendre leur souffle, des appels insistants émanant d'une table voisine attirèrent leur attention.

— Oh ! hé ! venez boire un coup avec nous !

Les traits d'Hugues se crispèrent à la vue du groupe occupé à de joyeuses libations. Il y avait là tous les amis d'Eva Dubreuil et Eva elle-même. Il demeura figé, comme la statue de sel des Écritures, tandis qu'Élisabeth lui échappait pour rejoindre les autres.

— Ma chérie ! s'écria Eva en l'enlaçant avec fougue. J'ignorais que tu devais venir ici aujourd'hui.

Élisabeth jeta un coup d'œil en arrière. Hugues s'avançait à contrecœur, visiblement, un pli de contrariété de chaque côté de la bouche. Quelle en était la raison ? Ces gens étaient ses amis, après tout.

— Cela s'est décidé… rapidement, balbutia-t-elle, encore haletante. M. de Beaufort m'a proposé de l'accompagner et j'ai accepté.

— Tu as bien fait.

Eva la pressa de plus belle contre elle et gratifia l'intéressé d'un regard mi-ironique, mi-provocant. Hugues plissa les yeux, mais les lignes autour de ses lèvres ne s'effacèrent pas pour autant. Élisabeth les observa sans comprendre. Ces deux-là s'appréciaient-ils ou pas ? Elle aurait juré que oui, même si leur comportement proclamait le contraire. L'idée de représenter un enjeu entre ces enfants gâtés ne lui vint pas à l'esprit. Eva l'installa d'autorité à côté d'elle pendant qu'Hugues prenait place sur l'unique chaise demeurée libre. Les autres se répartissaient autour de la table : Raoul de Villefujier, le plus sympathique, Pierre Portal, Stéphane et Lucile de Malemort et la jeune femme rousse du bal. Eva la présenta brièvement sous le nom d'Agathe de Vandeuil. Cette dernière ne lui accorda pas même un coup d'œil, trop occupée à couver Hugues d'un regard brûlant. Cette insistance aurait agacé Élisabeth si Hugues y avait été sensible. Mais il la regardait elle, d'une manière de propriétaire. Eva babillait de façon ininterrompue, les assommant de propos dont l'apparente futilité dissimulait peut-être des intentions secrètes.

— Comment, mon Élisabeth, tu n'as pas d'ombrelle ? Vois ! Ton nez pèle. Rien de plus traître que le soleil à travers le feuillage. Et cet insouciant n'a pas récupéré ton chapeau ! Hugues, si je ne vous aimais pas autant, je vous gronderais.

Cette remarque déchaîna une tempête de moqueries. Hugues n'en parut pas affecté. Sa belle bouche se retroussa avec ironie.

— Est-ce une déclaration ? Dans ce cas, elle vient trop tard, mon cœur est pris.

Cet aveu jeta le cercle d'amis dans la stupeur. Un petit cri fusa au milieu du silence qui s'était instauré. Tous les yeux se tournèrent vers celle qui l'avait poussé, Agathe de Vandeuil, dont le visage était devenu d'une pâleur de craie.

Élisabeth crispa les doigts sur son verre plein. Était-ce elle, la femme au cabriolet, la visiteuse d'Hugues ? En vain chercha-t-elle à capter le regard de ce dernier. Il fuyait du côté de la piste et refusait de croiser le sien.

— Calmez-vous, ma chère Agathe, dit Eva. Nous connaissons tous votre penchant pour M. de Beaufort. Cependant, les hommes sont inconstants, il faut en prendre notre parti.

— Hélas oui, approuva la sœur d'Armande. Ils tournent à tous les vents.

Et Eva de renchérir avec insolence :

— Aujourd'hui souffle une petite brise légère et douce, mais elle peut devenir brûlante. Méfiez-vous, Hugues.

Il ne pipa mot, il fixait les danseurs d'un air ennuyé. Élisabeth éprouvait la pénible sensation d'être clouée au pilori. Pourquoi son amie la tourmentait-elle ainsi et surtout, pourquoi Hugues ne la défendait-il pas ? Si elle lui plaisait, comme il le prétendait, n'aurait-il pas dû le revendiquer, au lieu de se taire ?

Eva, déçue par ce manque de réaction, retourna à son sujet favori, les derniers potins mondains. Elle émaillait son discours d'anecdotes amusantes, égratignant les uns et les autres sans épargner personne. Mais Agathe n'entendait pas être rejetée dans l'ombre. Elle repoussa sa chaise avec humeur et alla se planter devant Élisabeth, le menton haut levé, les mains sur les hanches, *comme une harengère*, songea la jeune fille.

— Espèce de petite garce ! Je te souhaite bien du plaisir avec lui. Pareil pour vous, Hugues, j'ignorais que vous donniez dans la pucelle.

Agathe s'éloigna d'une démarche souple, balançant son ombrelle de guipure émeraude, la traîne de sa jupe ondulant comme une mer démontée. Des ricanements discrets saluèrent son départ, puis, quand elle fut hors de vue, tout le groupe s'esclaffa bruyamment. Les seuls à ne pas rire étaient les deux intéressés. Élisabeth, choquée d'avoir été ainsi apostrophée, aurait voulu rentrer sous terre.

Une ombre se profila soudain devant elle, lui dérobant le soleil ; une main autoritaire s'empara de la sienne.

— Venez, Élisabeth ! Allons-nous-en loin d'ici. Cette musique m'insupporte.

Elle hésita. Avait-elle réellement envie de suivre cet homme ? D'autre part, l'idée de rester en compagnie de ces jeunes fêtards ne la tentait guère. Eva ne lui ménagerait ni ses piques ni ses moqueries. D'ailleurs, celle-ci feignit de s'étonner :

— Comment, vous partez déjà ? Sans attendre le feu d'artifice ? On va le tirer ce soir, depuis la butte.

— Élisabeth n'est pas censée rentrer aussi tard, objecta Hugues.

— Très bien. Si cela vous amuse de jouer les duègnes !

Sous le ton désinvolte, Élisabeth décela un certain agacement. Ou était-ce de la jalousie ? Hugues avait repoussé ses avances, et elle se vengeait en les manipulant l'un et l'autre, ou alors, elle déployait des tactiques de séduction. *Jérôme a peut-être raison, au fond, je ne suis pas faite pour ce monde superficiel où ces deux-là évoluent comme des poissons dans l'eau.* Brusquement, elle eut hâte d'être à la maison, loin du bal Dourlans, d'Eva, d'Hugues et des autres.

La hardiesse des propos d'Élisabeth, son abandon dans la danse, avaient déconcerté Hugues. Elle apprenait plus vite qu'il ne l'aurait cru. Bientôt, sa candeur disparaîtrait, et elle deviendrait une femme comme les autres. Au moment où il pensait tirer parti de ces nouvelles dispositions, la bande d'Eva avait mis ses plans à bas. Le persiflage de la fille Dubreuil l'avait amusé avant de l'exaspérer, et l'éclat d'Agathe était venu couronner le tout, mettant ses nerfs à rude épreuve.

Une fois tous deux réinstallés dans le landau, il tenta de se justifier.

— Je suis désolé, Élisabeth. J'ignorais qu'Agathe serait là. Si elle peut se montrer agressive à l'occasion, je ne pensais pas qu'elle s'attaquerait à vous.

— Vous avez l'air de bien la connaître, souligna-t-elle d'un ton neutre.

Elle s'obstinait à lui présenter un profil perdu. Il bouillait intérieurement. Quel poison, cette Agathe ! Au début, son tempérament de feu l'avait diverti au point qu'il avait emmené la belle avec lui dans le Poitou. Une erreur monumentale. Éloignée des tables de jeux et des réceptions, elle s'était vite montrée geignarde et insupportable, jalouse du moindre jupon qui l'approchait. Pourtant, Dieu sait si les cercles qu'il fréquentait à Niort étaient pauvres en femmes susceptibles de le séduire ! De vieilles filles rancies, des rombières à fanons…

Après avoir réglé les différends entre le régisseur s'occupant du domaine et ses fermiers, Hugues n'avait pas été fâché de rentrer à Paris. La campagne était d'un ennui mortel en hiver, surtout en compagnie d'une harpie. Ce désert sentimental l'avait conduit à repenser à sa cavalière d'un soir, cette adorable petite Normande. Elle, au moins, aurait apprécié son séjour. Elle n'aurait pas récriminé à tout bout de champ, pesté contre la boue, le froid, le brouillard et l'inconfort relatif des grandes pièces du château. Pourquoi n'avait-il pas cherché à la revoir, au lieu de céder aux charmes déjà frelatés d'Agathe ? Si jeune qu'elle fût, celle-ci avait bien « rôti le balai », comme on disait. Dès leur retour à Paris, il avait pris ses distances avec elle et cherché à reprendre contact avec Élisabeth. Il l'avait retrouvée plus délicieuse encore. Tout fonctionnait à merveille entre eux avant l'esclandre de son ancienne maîtresse. Son intuition lui dicta de jouer la carte de la franchise.

— Nous avons été très proches durant quelques mois : une erreur de ma part. Cette histoire est finie, mais Agathe refuse de l'admettre.

— Elle vous aime et elle souffre.

Cette conversation prenait un tour inattendu. Hugues n'avait pas l'habitude de discuter de ses conquêtes précédentes avec l'élue du moment. Il jugeait cela du dernier mauvais goût. Mais Élisabeth était différente, elle ne venait pas du même monde. Le sien respirait la droiture et l'honnêteté. Rien à voir avec le marécage où ses illusions de jeune homme s'étaient enlisées.

— Oui, je suppose, admit-il. Je ne voudrais pas que vous gardiez une mauvaise impression de cette journée.

Elle tourna la tête et eut un léger sourire.

— Je l'ai appréciée, jusqu'à votre provocation inutile.

— Je sais. Je n'ai pas pu résister, ces échanges mondains font partie intégrante de mon existence. Un mot en entraîne un autre… Et voilà, il ne faut pas y attacher d'importance.

— Donc, vous n'étiez pas sincère quand vous avez dit que votre cœur était pris ?

La futée… Elle voulait le pousser dans ses derniers retranchements. En guise de réponse, il saisit la main abandonnée sur la banquette et la couvrit de baisers. Ses lèvres remontèrent le long de l'avant-bras, s'arrêtèrent à l'endroit où commençait le mancheron de dentelle, s'y attardèrent. Il goûta la saveur exquise de cette peau satinée, ne pouvant s'empêcher de la comparer à celle, un peu acide, d'Agathe, l'odeur propre aux rousses. Depuis combien de temps n'avait-il pas éprouvé un tel désir ? Il y puisait des forces neuves, lui, l'homme revenu de tous les plaisirs.

Sentant Élisabeth se détendre, il la renversa doucement sur la banquette et l'embrassa avec cette maîtrise née d'une longue expérience. La bouche offerte avait le goût des fraises des bois dont il se délectait dans son enfance, un paradis perdu.

Cet été-là, les paysans de La Ferté avaient débarqué, armés de fourches et de faux. Son père les avait accueillis avec sa morgue coutumière tandis que lui, encore un garçonnet, terrifié par ces visages familiers tout à coup pleins de haine, se blottissait dans les jupes de sa mère. Son père avait réussi à les convaincre de rentrer chez eux, mais ils reviendraient, disait-il.

Hugues se souvenait de la fuite en voiture, en pleine nuit, l'argent et les bijoux cousus dans les vêtements, du passage de la frontière suisse au terme d'un long voyage épuisant et dangereux. Toutes ces péripéties, il ne pouvait les confier à personne, et surtout pas à cette petite jeune fille venant du camp adverse. Son baiser malhabile lui fit penser qu'il était le premier à lui en donner. Tant mieux ! Il lui apprendrait bien d'autres choses encore. Il s'aventura plus bas, picorant le menton, butinant le cou et les épaules. La docilité d'Élisabeth l'encouragea à poursuivre. Ses mains entrèrent en action, abaissèrent les dentelles du corsage et caressèrent le haut de la poitrine ainsi découverte. Si seulement il parvenait à glisser les doigts sous la brassière où des colombes palpitaient… La réaction d'Élisabeth arrêta net son geste à peine amorcé. Elle le repoussa d'un geste vif contrastant avec son alanguissement précédent, et se rajusta avec la même hâte. Lui, frustré de son plaisir, la considéra avec une sorte de haine, avant de reprendre son expression nonchalante.

— Vous aurais-je choquée ? fit-il, étirant ses longues jambes. En ce cas, je promets de ne pas recommencer.

— Ce n'est pas cela, c'est…

— … que nous sommes exposés aux regards. Oui, je comprends. L'endroit n'est pas indiqué. Nous en trouverons un plus discret : chez moi, par exemple.

— Non, vous ne comprenez pas.

Qu'y avait-il à comprendre ? Il était agacé. Cette petite se livrait-elle à des manœuvres de coquette ? Le maître du jeu, c'était lui, toujours. Pas question de se laisser mener par le bout du nez ! Puis il se rappela combien elle était jeune et innocente, pas une dévergondée comme Eva Dubreuil. Une dévergondée, Eva ? À bien y réfléchir, il en doutait. Il n'en avait rien obtenu trois ans plus tôt, hormis de menues privautés. Elle n'avait qu'une idée en tête, se faire épouser. Il lui avait ri au nez, d'où sa rancune à son égard. Élisabeth était d'une autre trempe. On devinait chez elle une âme, une sensibilité qu'Eva ne possédait pas. S'il ne la brusquait pas, il en tirerait de grandes satisfactions. Il posa donc son masque chagrin pour adopter une expression affable et tendre.

— Vous avez raison, reconnut-il. Attendons de nous connaître mieux.

Chapitre 9

Le trajet s'était déroulé en silence. Élisabeth revivait sans cesse le moment où, soudain dégrisée, elle avait repoussé Hugues. À cause de son geste audacieux ou bien plutôt du fait que le landau stationnait en bordure de route ? N'importe qui aurait pu la voir, dépoitraillée comme une fille. Elle refusait d'être traitée comme une Agathe de Vandeuil, prise et rejetée avec insouciance. *Sans doute est-ce de l'orgueil,* songeait-elle tandis que la voiture les ramenait à Paris.

Hugues l'aida à descendre dans les règles de l'art et, au moment de prendre congé, effleura rapidement sa main de ses lèvres. Comédie ou volonté sincère de se faire pardonner sa hardiesse ? Élisabeth n'aurait pu le déterminer tant elle avait l'esprit en déroute. Cet après-midi si prometteur s'était révélé un fiasco complet. À peine si elle se retourna pour voir la voiture tourner à l'angle de la rue Bonaparte. Hugues n'avait pas évoqué de prochaine rencontre. *Et c'est très bien ainsi,* se dit-elle, tout en sachant qu'elle se mentait.

Le numéro 26 de la rue Jacob lui apparaissait comme un refuge. Elle s'y engouffra, soulagée qu'il n'y eût personne pour voir sa figure défaite et le désordre de sa toilette. Elle gravit rapidement l'escalier et se dirigea vers sa chambre. Oh ! se jeter sur son lit et pleurer tout son soûl !

Un appel depuis celle de Jérôme l'immobilisa au milieu du couloir. Le temps de redresser sa capote et d'arranger la berthe en dentelle de son corsage, elle pénétra dans la pièce transformée en partie en atelier. Grâce à ses larges fenêtres vitrées et son exposition au nord, elle était idéale pour peindre. *De plus, située à l'arrière de la maison. Jérôme n'a donc pas pu me voir rentrer.* Il se tenait debout devant le chevalet en bois de châtaignier, occupé par une toile inachevée représentant le pont Royal, vu du quai Conti. Les Tuileries manquaient dans le fond ainsi que les deux dernières arches. D'un ton volontairement neutre, elle remarqua :

— Tu es rentré bien tôt.

— La lumière n'était pas bonne. Tu as apprécié ta promenade, j'espère.

Elle eut un instant le souffle coupé. Que savait-il ? Mais il n'avait l'air ni fâché ni provocateur. Il y avait une tache de bleu et une autre sur sa chemise au col ouvert. Son regard marron exprimait une sorte de lassitude.

— Oui, opina-t-elle, mais je suis en nage. Les diablotins d'Armande m'ont forcée à courir en pleine chaleur.

Son aisance à mentir la surprenait. Elle allait devenir très forte dans cet exercice, sauf si sa relation avec Hugues s'arrêtait là. Sans commentaire, Jérôme prit un pinceau posé sur une grande table encombrée de pots de peinture, d'esquisses et de feuilles de papier, et se remit au travail. Ses manches roulées jusqu'au coude dévoilaient ses bras ; sa main droite aux longs doigts minces s'activait sur la toile. Se remémorant celle d'Hugues, large et intrusive, Élisabeth rougit.

— Tu ne peins plus de portraits ? s'enquit-elle.

— Non. Les expressions sont trop difficiles à rendre.

Aujourd'hui, je ne te peindrai plus. J'aurais peur de ne pas pouvoir capter ta vérité profonde.

S'agissait-il d'une pique ? En tout cas, ça y ressemblait fort. Il avait prononcé ces paroles sans même la regarder. Élisabeth sortit de la chambre la gorge serrée. Sa complicité avec Jérôme était bel et bien morte.

Pendant qu'Élisabeth se livrait à ce constat mélancolique, Hugues se traitait d'imbécile. Il avait cru trop vite sa conquête achevée et voilà… Élisabeth avait pourtant vibré sous ses baisers, et il avait senti s'éveiller en elle une sensualité, présage de moments délicieux. *J'aurais dû être moins impatient,* se reprochait-il. D'un autre côté, il partait pour Bordeaux dans quelques jours et y emmener la jeune fille faisait partie de ses plans. Tant pis ! Ce n'était que partie remise. En attendant, ses sens frustrés le tourmentaient. Il avait le choix entre rentrer rue de Lille prendre un bain froid ou repasser la Seine pour dénicher une fille accueillante dans un bordel du Palais-Royal.

À l'instant de s'engager sur le pont des Tuileries, il opéra un demi-tour et s'élança en direction de l'hôtel de Vandeuil. Agathe y vivait avec un tuteur distrait ou carrément absent, dépensant avec insouciance l'héritage de ses parents. Lorsqu'il arriva, on l'informa que Mademoiselle était rentrée, mais ne désirait pas le recevoir. *Échec sur toute la ligne,* reconnut-il, fataliste. *Ce n'est décidément pas mon jour de chance.*

Raoul de Villefujier accéléra le pas. Il venait de reconnaître la danseuse du bal Dourlans dans la jeune fille en modeste robe grise qui descendait le boulevard

Saint-Germain, un enfant pendu à chaque main. S'il n'avait été épris d'Eva, elle aurait retenu son attention. Son dos gracieux, ses cheveux de miel sombre où le soleil semait des reflets dorés, ses hanches balancées par le rythme de la marche... Pourquoi remorquait-elle ces deux bambins ? Ah oui ! Elle leur servait de nounou : autre mystère. Dans leur monde, les filles ne travaillaient pas, elles se pavanaient du matin au soir, comme Eva. Il soupira. Il revenait toujours à Eva. Nuit et jour, elle occupait ses pensées, reléguant au second plan ses inquiétudes au sujet de l'avenir de l'Empire. Malgré les éclatantes victoires de Lützen et Bautzen, il augurait mal de la suite. Le gros de la Grande Armée avait péri en Russie. Restaient de jeunes recrues du même âge que la svelte créature qui trottait devant lui. La chaleur pesante et moite ne la ralentissait pas. Pourtant, elle finit par se retourner et s'arrêta net pour le fixer.

— Me reconnaissez-vous ? demanda Raoul, ôtant son chapeau.

— Bien sûr. Vous êtes monsieur de Villefujier, l'ami d'Eva.

— L'ami d'Eva, oui. J'aimerais être davantage. Comment savoir avec elle ?

Elle le considérait avec sympathie. Il eut envie de lui confier ses peines, ses doutes, quant à la créature capricieuse qui lui soufflait le chaud et le froid. Elle proposa en souriant :

— Nous pouvons en parler, si vous le désirez. Dans les jardins où je traîne mes deux chérubins après avoir convaincu leur mère des bienfaits de l'air pur.

Ses yeux empruntaient leur nuance aux feuilles des marronniers du boulevard, et ses joues évoquaient les roses en pleine floraison. Raoul se dit qu'il n'avait jamais vu pareille beauté. Pas seulement extérieure, mais intérieure. *Dommage de la voir gaspillée pour un vaurien comme Beaufort.* Hugues était réputé séduire les jeunes filles pour les abandonner ensuite. Outre ces fâcheuses tendances, Raoul le soupçonnait d'être en cheville avec une confrérie qui travaillait dans l'ombre à déstabiliser le régime. Faute de preuves tangibles, il garda son opinion pour lui. Mieux valait laisser ses illusions à cette fille radieuse.

Il se leurrait en partie. Élisabeth était amoureuse, mais une amoureuse inquiète. Hugues ne s'était plus manifesté depuis le bal Dourlans. Ni fleurs ni billet. Si les roses s'étaient fanées dans sa chambre, les émois que cet homme avait éveillés en elle, eux, demeuraient vivaces. Le souvenir de ses lèvres chaudes et possessives, de ses mains à l'habileté diabolique la taraudait. À l'évidence, ses pudeurs l'avaient découragé. Il était habitué à des conquêtes faciles, dans le style de cette Agathe à la chevelure de flamme. *Si elle ne m'avait pas invectivée, aurais-je adopté une autre attitude, plus conforme aux vœux d'Hugues ?* Elle ignorait que le chasseur n'avait pas renoncé à sa proie et réapparaîtrait au moment opportun.

Elle repéra un banc à l'ombre des ormes et invita Raoul à s'y asseoir. Les enfants se mirent à jouer autour des parterres. Bientôt, les Chalis prendraient leurs quartiers d'été aux environs de Paris. Élisabeth hésitait à les accompagner, mais l'oncle l'y encourageait. Jérôme n'avait pas donné son avis. Il était très loin d'elle, désormais, bien que vivant sous le même toit, et cette distance la chagrinait.

— Ainsi, vous aimez Eva, dit-elle à Raoul. Je vous comprends. Elle est si belle qu'on ne peut s'en empêcher. Ce que j'admire surtout en elle, c'est son aisance. Une aisance que je n'aurai jamais, je le crains.

— Vous possédez d'autres qualités.

— Elle semble constamment marcher sur des braises sans jamais se brûler, poursuivit Élisabeth, pensivement. Un jour, elle endurera le feu et cherchera l'appui d'un bras solide. Et vous serez là.

Raoul sourit. Ce sourire faisait oublier ses dents mal rangées et sa longue figure chevaline creusée de rides précoces.

— Si seulement vous disiez vrai... Pour l'instant, Eva n'en prend pas le chemin.

— Pourquoi ne pas devancer le destin et lui avouer vos sentiments ?

Les avait-elle avoués à Hugues ? Non, il était un étranger pour elle, malgré ses lèvres avides et ses mains insistantes. À aucun moment il n'avait parlé d'amour.

— Elle se moquera de moi. Elle a repoussé tous ses prétendants, à croire qu'elle aime ailleurs : un être inaccessible qui résiste à ses avances.

Hugues de Beaufort. Ils avaient eu autrefois une idylle, et elle cherchait à le reprendre. Cela expliquerait ses provocations et cette façon de se servir d'elle pour l'atteindre. Élisabeth eut un goût amer dans la bouche. Eva l'avait manipulée comme les autres. Ses cadeaux et ses cajoleries avaient un seul but, se rapprocher d'Hugues. Fallait-il ouvrir les yeux à ce pauvre Raoul ? Il avait l'air si malheureux qu'elle eut pitié de lui.

— Ne renoncez pas. Eva a un caractère impulsif, elle peut très bien changer d'avis à votre sujet.

Il soupira, peu convaincu.

— Vous êtes gentille, Élisabeth. C'est une personne comme vous que j'aurais dû aimer. Hélas, les sentiments ne se commandent pas.

Elle était bien placée pour le savoir. Pour la première fois, elle se demanda si Hugues de Beaufort lui convenait vraiment. Il ressemblait si peu à celui dont elle avait rêvé :

doux, tendre, plein de prévenances. Son côté sombre et inquiétant l'exaltait, mais ne la rassurait pas. Quant à Raoul, il était trop gentil, trop prévisible pour une fille fantasque comme Eva. Elle lui promit néanmoins de parler en sa faveur, tout en étant persuadée de l'échec de sa démarche. C'était Hugues qu'Eva convoitait. Tous deux étaient si bien assortis, si… Des larmes lui picotèrent les yeux. Elle les refoula de son mieux de peur de se voir poser des questions indiscrètes.

La chaleur était devenue accablante, annonciatrice d'un orage. Le ciel se voila, les premiers coups de tonnerre retentirent, les obligeant à se séparer dans la précipitation. Élisabeth reconduisit les enfants chez eux au pas de charge et rentra rue Jacob sous une pluie battante.

Découvrir Eva dans le salon lui causa un choc. Elle ne l'avait pas revue depuis le bal Dourlans et n'avait aucune envie de subir ses agaceries. La jeune fille trônait sur le petit canapé couvert de damas rayé, telle une reine, les plis de sa jupe étalés autour d'elle. Aucune boucle intempestive ne dépassait de son chignon d'ébène, aucun pli ne gâchait l'ordonnance de sa toilette, et les rubans verts de sa capote s'assortissaient à ses yeux. Élisabeth jeta un coup d'œil au miroir placé au-dessus de la console, qui lui renvoyait sa propre image : ses cheveux aplatis par l'averse, ses pommettes rouges d'avoir couru, son nez brillant et, pour couronner le tout, sa robe de droguet à l'ourlet crotté. Elle s'attendait à une réflexion piquante. Au contraire, Eva lui offrit son plus beau sourire.

— Tu es ravissante, mon Élisabeth, même avec cette boue sur ta jupe. Mais je ne suis pas venue pour parler chiffons. Viens près de moi, j'ai des choses importantes à te confier.

Élisabeth se raidit et ne bougea pas.

— Que tu te confies à moi m'étonne, observa-t-elle. L'autre jour…

— … était un autre jour. J'étais d'humeur badine, ce n'est pas le cas dans la minute présente. Je suis amoureuse.

Un soupir las lui répondit.

— Oui, encore, reprit Eva. Cette fois, c'est très sérieux, je viens tout juste d'en prendre conscience. Avant de le rencontrer, je ne pensais pas qu'un homme puisse me bouleverser à ce point.

Élisabeth la regarda, alarmée. Elle ne reconnaissait plus la frivole, la froide Eva dans cette femme passionnée au discours exalté.

— S'agit-il d'une relation récente ? demanda-t-elle, appréhendant la réponse.

— Non. En fait, je le connais depuis un certain temps. Un être qui te touche de près, de très près.

Ce ne pouvait être Raoul. Alors, Hugues… La gorge d'Élisabeth se serra, ses jambes devinrent molles. Un silence pesant succéda à la déclaration d'Eva, puis Élisabeth se décida à le rompre.

— Mais… Selon toi, c'était de l'histoire ancienne, murmura-t-elle d'une voix blanche. J'ai trouvé ton attitude étrange au bal, tu l'asticotais sans cesse.

Contre toute attente, Eva fut prise d'un accès de gaieté irrépressible.

— Ma chérie, tu n'y es pas du tout ! Je me moque bien d'Hugues. Cela ne m'empêche pas de le provoquer à l'occasion.

Un être qui te touche de près. Il ne pouvait tout de même pas s'agir de… Eva inclina joliment la tête et prononça le prénom redouté :

— Oui, il s'agit de Jérôme. Je l'ai aimé dès le début, mais je ne m'en rendais pas compte. Combien de fois ai-je regretté ma farce stupide du Théâtre-Français ! Sans elle, nous serions ensemble, en ce moment.

Élisabeth ressentait une oppression au niveau de la poitrine. Cet aveu, qui aurait dû la rassurer, la plongeait dans un malaise inexplicable. Des idées confuses se bousculaient dans sa tête. Enfin, elle réussit à parler :

— C'est impossible. Vous êtes trop différents. Il déteste ce que tu aimes, le milieu où tu évolues, tes fréquentations.

Elle capta dans l'œil vert d'Eva une sorte de désarroi. Mais la riposte ne tarda pas :

— Tu te trompes, Élisabeth. Une chose au moins nous rapproche. Il me désire, je le sais.

Élisabeth se rappela certains regards brûlants jetés sur Eva à la dérobée. Sa propre attirance pour Hugues la rendait davantage perceptible aux émotions d'autrui. Au fond, peut-être Jérôme était-il épris d'elle sous couvert de la détester. Cette constatation lui occasionna un pincement au cœur, puis elle se reprit. Jérôme n'était pas sa propriété exclusive, il était libre d'aimer qui il voulait.

— Peut-être as-tu raison, admit-elle. J'ai trop d'affection pour Jérôme pour ne pas souhaiter son bonheur, et si celui-ci est avec toi…

Eva bondit hors du canapé et spontanément, embrassa Élisabeth sur les deux joues. La fragrance douceâtre émanant de sa personne écœura la jeune fille. *Pourtant, je l'ai respirée des tas de fois.* Elle se dégagea avec douceur, incapable de supporter plus longtemps cette étreinte. Sans s'offusquer de ce recul, Eva s'exclama :

— Ma chérie, merci ! Pour l'instant, je ne suis guère avancée, enchaîna-t-elle, un pli marquant soudain son joli front. Jérôme me fuit. Veux-tu m'aider à renouer ? Je t'en serai éternellement reconnaissante.

— Il est la plupart de son temps enfermé dans son

atelier et aujourd'hui ne fait pas exception. Je ne vois pas comment je pourrais l'en détourner à ton profit.

Élisabeth s'était exprimée d'un ton sec qui provoqua un haussement de sourcils chez Eva. Elle ajouta, pour atténuer le côté abrupt de ses propos :

— Il m'en veut à cause d'Hugues. Inutilement d'ailleurs, celui-ci ne me donne aucune nouvelle.

— N'aie crainte, il reviendra. Ce genre d'homme revient toujours, s'il n'obtient pas satisfaction. Au besoin, je lui dirai un mot en ta faveur. Il m'écoute parfois quand nous cessons de croiser le fer.

— Surtout pas !

Le cri du cœur. Eva sourit.

— Très bien, je m'incline devant cette vertueuse indignation. Pour en revenir à Jérôme ; à nous deux, nous trouverons bien un moyen de faire sortir le loup de sa tanière. Il suffit d'un bon appât.

À nouveau, son rire flûté résonna. Envolés les doutes de tout à l'heure, ou étaient-ils seulement le fruit de l'imagination d'Élisabeth ? Cette manière de l'associer au complot l'exaspérait. Son « Ce n'est pas si facile » marmonné entre ses dents ne suscita aucune réaction chez Eva. Elle était sûre d'elle, de sa capacité à renverser la situation en sa faveur.

Quand elle fut partie dans un frou-frou de soie verte, laissant derrière elle un sillage de jasmin, Élisabeth s'assit à sa place et regarda la pluie s'écouler en longues rigoles sur les carreaux.

La découvrant dans cette position un peu plus tard, Jeanne s'étonna :

— Pourquoi restez-vous toute seulette dans le noir, Mademoiselle ? Vous auriez dû me sonner pour allumer.

— Je ne voulais pas te déranger.

— M. Morin me paie pour être dérangée, s'amusa la jeune fille. Je m'ennuierais sans ouvrage.

Et moi ? À quoi suis-je bonne, à part jouer avec les petits d'Armande et rêvasser ? se demanda Élisabeth. À Saint-Georges, au moins, elle était occupée à des tâches concrètes.

— À vrai dire, je ne m'étais pas rendu compte que le soir tombait. Mlle Dubreuil a pris congé depuis combien de temps ?

— Une heure environ. Je l'ai raccompagnée à la porte. Si j'osais…

— Ose !

— Eh bien ! J'ai suffisamment d'intuition pour cerner les gens, Isidore me le répète assez. Cette jeune fille n'est pas une véritable amie, elle se sert de vous.

Élisabeth la vit porter la main à la bouche dans l'ombre.

— Non, je n'ai pas le droit de la critiquer. Pardonnez-moi !

— Tu n'as rien à te faire pardonner. Moi aussi, je vois clair dans son jeu. Elle cherche à toucher quelqu'un d'autre à travers moi.

— Monsieur Jérôme, déclara Jeanne, se posant une nouvelle fois le doigt sur les lèvres. S'il m'entendait… et si Monsieur Edgar m'entendait…

— Nous sommes seules, et rien ne sortira de cette pièce.

Jeanne régla la mèche de la lampe Carcel et la lumière jaillit, rendant aux meubles leurs contours et à la domestique, sa frimousse aux joues rondes. Les tentures furent tirées sur la nuit et la pluie.

— Monsieur Jérôme est trop sensé pour se laisser attraper, décréta Jeanne en revenant vers Élisabeth. Il sait distinguer le toc de l'or vrai, ou je ne m'y connais pas.

— Eva est sincère, je le sens.

Jeanne opposa un haussement d'épaules à sa déclaration.

— Oui, passagèrement. Monsieur Jérôme est son

caprice du moment. Ce genre de femme peut causer beaucoup de dégâts à un cœur sensible comme le sien.

Sensible, Jérôme ? Celui d'autrefois, oui. Pour celui d'aujourd'hui, Élisabeth hésitait à se prononcer. L'ouverture de la porte d'entrée et la voix de l'oncle s'adressant à Isidore mirent fin à la conversation.

— Je descends prévenir la cuisinière. Monsieur Edgar n'aime pas que l'on dîne en retard, lança Jeanne, avant de s'éclipser dans un tourbillon de jupons blancs.

Il faudrait aussi avertir Jérôme qui, tout à sa fureur de peindre, en oubliait de manger. Combien de repas en tête à tête avec Edgar Morin ? Ce dernier déployait des efforts pour se montrer d'une compagnie agréable, ce dont Élisabeth lui savait gré, mais l'absence de Jérôme pesait lourd. *Eva s'illusionne quand elle croit pouvoir l'apprivoiser,* songea-t-elle en montant se changer.

Le plus étonnant, c'est qu'elle y parvint.

Chapitre 10

Dans le briska qui l'emportait vers les Tuileries, Jérôme enrageait d'avoir cédé aux volontés d'Eva. La mâtine connaissait son talon d'Achille : son admiration éperdue pour tout ce qui concernait l'Empereur. Une invitation aux Tuileries pour un souper suivi d'un bal ne se refusait pas. Certes, Napoléon ne serait pas présent, retenu à Dresde pour négocier avec les alliés. La paix, enfin ! Jérôme ne doutait pas de son imminence malgré le pronostic pessimiste de son oncle. « Ses récentes victoires placent l'Empereur en position de force, avait dit Edgar. Elles n'empêchent pas l'Angleterre de tenter de mener le jeu en s'attirant les bonnes grâces de la Prusse et de la Russie. » L'Angleterre, l'ennemi héréditaire. Napoléon déjouerait ses ruses comme lui les manigances d'Eva. *En attendant, elle a gagné la première manche.*

Il avait devant lui le palais qu'il s'escrimait à rendre depuis des semaines. Le pavillon central, avec son dôme tant de fois crayonné et effacé, se découpait, masse sombre sur le gris bleuté du ciel. Les lumières de la galerie de Diane semblaient autant de joyaux auxquels la nuit servait d'écrin. Face à cette splendeur, Jérôme sentit sa mauvaise humeur se dissiper. À défaut de Napoléon, il serait présenté à l'impératrice Marie-Louise, récemment nommée régente[1]. Des paroles d'Edgar lui revinrent en mémoire : « On ne peut pas être à la fois sur les champs de bataille et à Paris pour surveiller les ennemis de l'intérieur. »

Ce soir, il n'y aurait que des amis ; du moins Jérôme l'espérait-il. Le père d'Eva en était un. Il eut un élan de sympathie vers le baron. Que n'avait-il une fille à son image, au lieu de cette peste prétentieuse qui accumulait les conquêtes comme des trophées ! *Elle ne m'accrochera pas à son tableau de chasse.*

Une fois passé sous l'arc de triomphe du Carrousel, Nicéphore tira sur les rênes et effectua une entrée lente et majestueuse, avant de se ranger derrière l'attelage des Dubreuil. La peste descendait de voiture, justement : un pied chaussé de lamé argent, posé sur le sol avec précaution, puis l'autre. Le bas de la robe étincela sous l'éclairage des flambeaux, précédant les jambes dont le fourreau étroit laissait deviner le galbe, le buste et la tête, portée par un long cou nacré. Un collier de perles s'entremêlait aux cheveux noirs, coiffés en chignon à la grecque. Jérôme pensa au rang de perles de sa mère, restitué par Élisabeth. Lorsqu'il l'avait priée de le conserver, elle lui avait lancé :

— Ce bijou pourrait induire les gens en erreur. Tu l'offriras à ta femme, le moment venu.

— Quelle femme ? Je n'ai aucun projet de ce genre. Ma peinture m'accapare suffisamment.

— Pourtant, certaines ne te sont pas indifférentes. Eva Dubreuil, par exemple.

À l'énoncé de ce nom, Jérôme s'était énervé.

1. Par deux fois : en 1813 et 1814, Marie-Louise a été nommée régente de l'Empire. En réalité, bien que retenu sur les champs de bataille, Napoléon prenait toutes les décisions.

— Tu te paies ma tête ? Eva aime ce qu'elle ne peut avoir. Elle court après la lune, comme les enfants, comme toi.

— Que veux-tu dire ?

— Que tu vis dans le rêve. Le monde n'est pas tel que tu le crois, et tes prétendus amis ne valent pas tripette. Quand tu t'en apercevras, la chute sera rude.

— Si tu veux parler d'Hugues, il ne donne plus signe de vie. Tu en es ravi, je suppose ?

Il avait grommelé quelque chose comme « Je m'en moque » et avait tourné les talons. Depuis, tous deux ne s'adressaient presque plus la parole. Jérôme se promit de faire le premier pas. Cette brouille était sans objet puisque le comte de Beaufort avait disparu de l'horizon d'Élisabeth.

Ainsi pensait-il en se penchant sur la main gantée d'Eva. Il oubliait qu'on ne pouvait pas toujours tout prévoir.

— Merci d'avoir accepté de venir, mon garçon, lui dit le baron, impressionnant dans son frac de soirée. Nous ne vous voyons plus beaucoup, rue Visconti.

— J'étais occupé à peindre le lieu où nous sommes, et il me donnait du fil à retordre.

— Très intéressant. Quand pourrons-nous admirer ce tableau ?

— Il n'est pas fini, il reste à le peaufiner. J'y consacre mes jours et mes nuits.

— Vous auriez peut-être mieux à faire.

Il le gratifia d'un clin d'œil appuyé. Les cils d'Eva se baissèrent avec modestie. Elle se taisait, une attitude à rebours de son caractère. Ses épaules nues – la tiédeur de cette nuit de juin la dispensait de châle – avaient des tons de nacre. La politesse dicta à Jérôme de lui prendre le bras pour pénétrer dans l'édifice. Ils empruntèrent l'escalier du pavillon de Flore pour accéder aux salles où avait lieu le souper. La vue de ces pièces foulées par l'Empereur procurait à Jérôme plus d'émotion que le contact de la chair ferme d'Eva. Les huissiers en noir, les chambellans en écarlate : tout le décorum impérial lui donnait l'impression d'être partie prenante de la grande Histoire. Une réflexion du baron le ramena illico sur terre :

— Mes enfants, vous formez un couple magnifique. À quand la noce ? Vous réjouiriez mon cœur de père et celui de mon excellent ami Edgar.

Ce dernier n'était pas convié au souper. Napoléon n'allait pas jusqu'à inclure des banquiers dans son cercle restreint. Jérôme était ici par la grâce des Dubreuil. Il en prit soudain conscience et flaira le piège où il risquait de tomber, s'il n'y prenait garde. Eva s'exclama, faussement scandalisée :

— Oh ! père ! C'est à Jérôme de se déclarer, ne croyez-vous pas ?

— Bien entendu, admit le baron d'un ton jovial. Réfléchissez, jeune homme ! Cette alliance satisferait tout le monde.

Sauf moi, se retint-il de dire. Eva persistait à arborer un air de réserve. *Elle a changé de tactique.*

L'arrivée de l'impératrice, encadrée de deux jeunes femmes, l'une blonde et l'autre brune, coupa court à l'embarrassante conversation.

— À gauche, la reine de Hollande et à droite, la reine de Naples, lui glissa Eva sans qu'il l'eût demandé.

Il l'écoutait à peine, fasciné par ces apparitions, toutes trois en robes blanches et scintillantes de bijoux. Marie-Louise était si proche qu'il n'aurait eu qu'à tendre la main pour la toucher. De haute stature, blonde et fraîche, les yeux bleus à fleur de tête… La fameuse lèvre Habsbourg ne parvenait pas à la déparer.

Durant la présentation, Jérôme plana littéralement sur des hauteurs. Eva eut beau lui chuchoter : « Elle ne se souviendra plus de vous dans une minute. Et voyez ce sourire figé de poupée ! », ces paroles pleines d'acrimonie ne réussit pas à gâcher son plaisir. Le lendemain, il décrirait cette soirée par le menu à Élisabeth, à commencer par la toilette de l'impératrice. Une bonne entrée en matière pour une réconciliation. Il la savait friande de détails de ce genre. *Dommage qu'elle ne soit pas là, avec moi,* regrettait-il.

Marie-Louise ne s'éternisa pas, comme l'exigeait l'étiquette, mais la reine Hortense et Caroline Murat demeurèrent. Le temps était venu de passer à table. Les soupeurs se répartirent par petites tables de dix ou douze. Jérôme se trouva placé entre le baron et un militaire brun et moustachu, à la poitrine barrée du cordon écarlate de la Légion d'honneur.

— Ne seriez-vous pas un parent du colonel Morin ? lui demanda-t-il.

— Son fils.

— Je me disais aussi… Vous lui ressemblez un peu. Je l'ai bien connu. Général Rapp ! se désigna-t-il. Un brave d'entre les braves, votre père. Je n'étais pas loin de lui quand il a été tué.

L'émotion submergea Jérôme. Ainsi, on se souvenait de son père ? Tout à sa joie de côtoyer l'un de ses anciens compagnons d'armes, il se mit à évoquer d'abondance le disparu. De temps à autre, son regard se portait sur Eva, son vis-à-vis. Les serveurs n'arrêtaient pas de lui verser du chambertin, qu'elle buvait comme de l'eau. Son père, occupé à bavarder avec la reine de Naples, n'avait pas l'air de s'en formaliser. Servies par le chef Carême, les nourritures qui défilaient dans les assiettes en porcelaine de Sèvres – pâté aux truffes, turbot farci, veau en gelée et entremets divers – étaient exquises. Jérôme prit un peu de tout, mais il n'avait guère faim. Son échange avec le général l'absorbait.

Le dessert consommé, les invités se levèrent, pressés de se dégourdir les jambes. Eva s'empara du bras de Jérôme et l'entraîna vers la galerie de Diane, d'où se déversaient des flots de musique. Malgré tout le vin qu'elle avait bu, elle se tenait bien d'aplomb sur ses jambes. Il aurait préféré danser avec Hortense dont la physionomie douce lui rappelait Élisabeth, mais Eva paraissait décidée à le monopoliser. Comment la repousser sans passer pour un malotru ? En même temps, cette exclusivité laissait penser à des accordailles déjà scellées. *Elle me considère comme un poisson pris dans sa nasse,* songeait-il en tournoyant, *mais il y a des trous dans le filet.* Son calme contrastait avec l'excitation d'Eva. Au parti pris de discrétion du début avait succédé une effervescence sensuelle. Renversée dans ses bras, la poitrine offerte à tel point qu'il ne savait où poser les yeux, elle valsait avec un abandon choquant même pour les autres danseurs.

— On nous regarde, lui signala-t-il.

— Eh bien ! Ils n'ont qu'à contempler les figures mythologiques du plafond. Leurs poses sont mille fois plus lascives que les nôtres.

— Et votre réputation… Votre père… ?

Elle gloussa et s'inclina davantage en arrière.

— La première est bien compromise et, pour le second, il fait confiance à mon bon sens. Le jour venu, je me muerai en une épouse irréprochable, et mes péchés de jeunesse seront loin.

Et c'est sur moi qu'elle a jeté son dévolu. N'importe quel homme en serait flatté. Elle est belle, riche, bien née. Pourquoi ne pouvait-il pas l'aimer ? En ce moment, il la détestait, même. Il la fit tourner avec vigueur dans l'espoir de la voir trébucher : en vain. À la fin de la danse, il nota avec satisfaction ses pommettes en feu, son souffle haletant et sa démarche incertaine.

— Si vous alliez me chercher une coupe de champagne ? suggéra-t-elle. Je meurs de soif.

— Plutôt de l'eau. Vous avez beaucoup bu, au souper.

— Comme c'est gentil de vous soucier de moi ! J'y tremperai juste les lèvres, promis.

Avisant un serviteur aux gants immaculés qui traversait la salle avec un plateau en vermeil, il prit une coupe, et un verre de limonade pour lui.

— Vous n'êtes pas drôle, Jérôme ! se plaignit Eva avec une moue que d'autres auraient jugée irrésistible, mais qu'il trouva déplaisante. Un soupçon d'ivresse vous siérait, et vous rendrait moins raide, moins formaliste.

Après tout, pourquoi pas ? Son oncle et Élisabeth déploraient aussi son trop grand sérieux, et ils n'étaient pas les seuls. « Barbant », avait-il même surpris dans son dos. Le temps de récupérer une autre coupe, Eva avait vidé la moitié de la sienne.

— Trinquons à notre réconciliation ! déclara-t-elle, son verre levé.

Il approcha le sien, sans mot dire. Le cristal émit un faible tintement. Jérôme la regarda expédier le reste du breuvage mousseux, dont lui-même n'avait avalé que quelques gorgées.

— Vous ne buvez pas ? s'étonna-t-elle. Vous avez tort. Après, on se sent léger, comme si on allait s'envoler. Je prendrais bien encore un doigt de ce nectar des dieux.

Comme elle esquissa un pas de danse, Jérôme lui dit sèchement :

— Cela suffit ! Vous allez être ivre.

— Oh non ! Je supporte très bien l'alcool. Demandez à Stéphane et Pierre.

Elle chancelait et se retint à lui. Il sentit un bras tiède

s'appuyer sur le sien et y peser. Prenant les deux coupes, il les reposa sur le plateau le plus proche. Il chercha des yeux le baron Dubreuil, mais ne le vit nulle part. Interrogée, Eva lâcha, désinvolte :

— Père est parti, je suppose.

— Comment, parti ? Mais vous…

— Il sait que je suis entre de bonnes mains, susurra-t-elle, se pelotonnant davantage contre lui.

Si le filet avait des trous, la maligne possédait à fond l'art de le raccommoder. Résolu à ne pas se laisser manipuler, Jérôme l'obligea à se redresser et la saisit par le coude pour la ramener dans la salle où ils avaient soupé. Dieu merci, celle-ci était déserte, les nappes débarrassées de la vaisselle et des reliefs du repas, les bougies en train de se consumer dans les candélabres. Une méridienne poussée le long du mur semblait attendre qu'Eva s'y laissât choir. Les épaulettes de la robe avaient glissé. Comme il s'affairait à les rajuster, les doigts de Jérôme effleurèrent par mégarde la gorge nue. Le parfum capiteux d'Eva, un mélange de jasmin et de fard, lui monta aux narines. Bien que haïssant cette odeur, il ne pouvait s'empêcher de la respirer. Une boucle défaite du chignon noir lui chatouilla la joue au passage. Il la repoussa derrière l'oreille avec maladresse.

— Vous sentez-vous en état de marcher jusqu'à la voiture ? demanda-t-il. Je vais vous reconduire.

Eva acquiesça faiblement. La lueur de triomphe filtrant entre les paupières mi-closes était-elle un effet de son imagination ou une pénible réalité ? Le sentiment d'être son jouet s'accentua, mais il ne pouvait décemment pas l'abandonner dans ce lieu. À contrecœur, il l'aida à se lever et la soutint dans l'escalier du pavillon. *L'air de la nuit la remettra, du moins si elle en a besoin, ce dont je commence à douter.*

La voiture des Dubreuil n'était plus là. Au vu de Jérôme

remorquant son fardeau, Nicéphore dégringola de son perchoir et ouvrit la portière.

— La jeune demoiselle a l'air pompette, constata-t-il en lissant ses moustaches. C'est bien triste pour une aussi jolie personne de se comporter ainsi.

Jérôme approuva d'un signe de tête. Cette jeunesse n'a-t-elle rien d'autre à faire que s'enivrer ? devait penser le cocher. Il avait honte pour elle.

— Rue Visconti ! lança-t-il à Nicéphore, quand ils eurent hissé Eva sur la banquette.

À peine Jérôme fut-il monté qu'elle s'affala contre lui ; sa tête brune roula sur son épaule. Les lumières de Paris défilaient derrière les vitres. Si l'éclairage de la ville s'améliorait, il n'en était pas de même des pavés. Chaque cahot ballottait impitoyablement le corps gracieux. Jérôme était partagé entre le trouble causé par cette proximité et l'exaspération. La nuit les enfermait dans une bulle étrange où le passé n'avait plus cours. Soulever Eva, l'aider à gravir le perron de l'hôtel Dubreuil, secondé par Nicéphore, l'empêcher de s'étaler sur le dallage du hall lui parut naturel. Sa mission s'arrêtait là.

— Mon cocher m'attend, insista-t-il. Merci pour cette soirée, je prendrai de vos nouvelles.

Il n'avait qu'une hâte : s'en aller, et lorgnait la porte d'entrée béant sur la nuit. Mais Eva s'accrocha à lui, comme plus tôt dans la soirée, à la fin de la danse.

— Jérôme, je vous en prie, accompagnez-moi en haut. Mes servantes sont couchées, et j'ai peur de me fracasser la tête sur le marbre de l'escalier.

— Bien.

La volée de marches s'élançait vers un palier obscur. Jérôme s'attendait à une ascension laborieuse mais, comme par miracle, Eva avait retrouvé son équilibre. Aucune trace des oscillations précédentes dans sa démarche assurée.

Elle m'a entortillé. Dans quel but ? Ce n'était pas difficile à deviner. Si, une fois en haut, il passait le seuil de sa chambre, il aurait probablement la plus grande difficulté à revenir en arrière. L'image du poisson emprisonné le fit sourire. Il n'en devait pas moins rester prudent.

Le pied sur la marche la plus haute, il se retourna. Une main inconnue avait refermé la porte : Nicéphore ou un domestique accouru en entendant rentrer sa maîtresse. Il marqua une légère pause : n'était-ce pas le signe qu'il devait redescendre et prendre la poudre d'escampette, avant que les choses aillent trop loin ?

Pourtant, tel un somnambule, il suivit Eva le long d'un corridor éclairé de flambeaux fichés dans les murs. Le balancement de ses hanches l'aimantait. Elle s'immobilisa devant l'une des portes et pivota pour lui faire face. Sa respiration soulevait la soie argentée de son corsage, attirant irrésistiblement son regard sur son décolleté.

— Venez ! murmura-t-elle.

Une injonction plutôt qu'une prière. Il ne s'y trompa pas. La porte s'ouvrit sous la poussée d'Eva.

— Vous n'avez jamais été soûle, n'est-ce pas ? demanda-t-il en franchissant le seuil à sa suite.

— À votre avis ?

Son intonation provocante lui vrilla les nerfs. Elle pénétra plus avant dans la pièce et se déchaussa prestement. Ses cothurnes s'égaillèrent sur le sol. Jérôme ne pouvait détacher les yeux des jambes revêtues de soie lumineuse. Il ne sut par quelle magie les bas s'étaient détachés des jarretières et avaient filé sur les chevilles, avant de se fondre dans les rosaces du tapis. Les mollets nus présentaient la même pâleur de nacre que les autres parties visibles du corps. Eva l'entraîna vers le lit dont il apercevait les pieds droits en bronze, puis elle y grimpa avec difficulté, la faute à l'étroitesse de sa jupe.

— Jérôme ! Regardez-moi ! lui ordonna-t-elle.

Il obéit, hypnotisé par sa voix. La tentatrice, appuyée sur des oreillers bordés de dentelle, lui tendait les mains. L'une de ses courtes manches bouffantes s'était déplacée sur son bras. Dans ses yeux couleur de mer se lisait non le trouble d'une amoureuse mais un sang-froid implacable. Arraché à l'état second où il se trouvait, il mesura l'étendue de la comédie qu'elle lui jouait, avec la bénédiction du baron, sans doute. Cette façon de ne reculer devant rien l'écœurait passablement, mais une fièvre qu'il maîtrisait de plus en plus mal le poussait à vouloir meurtrir cette chair somptueuse, à la faire crier sous la violence de ses caresses.

Il se délesta alors de ses chaussures et rejoignit Eva d'un bond.

— Embrassez-moi, souffla-t-elle.

Il l'attira contre lui et, dédaignant les lèvres offertes, lui écrasa durement la figure contre la sienne, au point de lui extorquer un gémissement. Il n'en tint aucun compte et, tout en la maintenant étroitement serrée, il tira sans douceur sur les mèches à sa portée. Les épingles du chignon s'éparpillèrent sur la toile d'Irlande, et la chevelure se répandit, recouvrit son visage, entra dans ses narines, se colla à sa bouche. *Les serpents noirs de la Gorgone du Caravage.* Vite, il rejeta ces liens importuns.

Une température étouffante régnait dans la chambre, amollissant peu à peu sa volonté. Le parfum d'Eva l'étourdissait, tout comme la sensation enivrante de sa chaleur contre lui. Relâchant un peu son étreinte, il parvint à se débarrasser de sa veste et de son gilet. Les pointes de sa cravate lui entraient dans le cou, il l'arracha de même. Dans sa fougue, il fit tomber l'autre mancheron d'Eva. Seules une brassière en toile et l'épaisseur de sa chemise empêchaient leurs peaux d'entrer en contact. Tandis qu'il tirait sur la première pour l'abaisser, Eva déboutonna la seconde et pressa ses seins contre son torse dénudé. Une sensation inouïe pour lui, un violent appel de ses reins, qui oblitérèrent soudain toute pensée.

Il entreprit de retrousser le fourreau dont l'étoffe moulait le corps comme une seconde peau. Elle le seconda de son mieux dans cette tâche difficile.

Enfin, la soie blanche se trouva roulée au niveau des seins. Les mains de Jérôme, si habiles à manier le pinceau, explorèrent la taille étroite, la ligne des hanches, la courbe des cuisses, le bombé du ventre. Le souffle rauque d'Eva le renseignait sur son degré d'excitation. La voir ainsi livrée à son bon vouloir, alors qu'elle l'avait toujours traité en marionnette, décuplait son propre désir. Ses tempes battaient, son cœur cognait, la sueur inondait chaque repli de son corps.

Il devinait chez elle un émoi similaire. Son regard vacillant d'où tout calcul avait disparu en témoignait, et le doute s'empara soudain de lui. Se pouvait-il que, sous ses dehors entreprenants, Eva fût encore… *vierge* ? S'apprêtait-il, non pas à s'unir à une femme dont il ne serait pas le premier amant, mais à compromettre l'honneur d'une jeune personne ?

La honte l'envahit. Il n'aurait jamais pensé qu'elle avait encore sa vertu. Sa liberté d'allure et de propos, ses audaces proclamaient le contraire.

Qu'en aurait pensé mon père ? Il aurait réprouvé et m'aurait sommé de réparer sur-le-champ, pour l'avoir seulement suivie dans cette chambre.

— Je… C'est de la folie, Eva… Ceci n'aurait jamais dû se produire.

Il avait à présent une furieuse envie d'être ailleurs, rue Jacob, avec son oncle et Élisabeth. À l'évocation de son amie, il eut un pincement douloureux au creux de la poitrine.

— Pardonnez-moi, ajouta-t-il. Je dois rentrer, sinon Nicéphore est bon pour passer la nuit sur son siège.

Il se redressa, rassembla ses vêtements épars, renoua sa cravate à la diable et replaça son haut-de-forme de guingois sur sa tête. *De toute façon, personne ne me verra.* Eva ne tenta pas un geste pour le retenir. Sans doute comptait-elle sur un prompt retour.

À mi-chemin de la porte, il l'entendit murmurer son prénom et se retourna avec réticence.

— Je te donnerai de mes nouvelles, lui dit-il, remarquant un peu trop tard qu'il était passé au tutoiement.

Il manqua de se rompre le cou dans l'escalier tant sa hâte à fuir était grande. Pas une âme dans la rue, hormis le cocher somnolant sur son siège en hauteur, et pas une lumière en dehors de celles des lanternes du briska.

La fraîcheur de l'air le surprit. Les souvenirs de la réception se dissolvaient dans ce qui avait suivi. Pas moyen de se remémorer la couleur de la robe de l'impératrice, les mets, les propos échangés avec le général Rapp. Ce qui s'était passé ensuite, cette limite qu'il avait failli franchir, avait tout balayé. Le bruit de ses pas sur le pavé réveilla Nicéphore.

— Bon Dieu ! Je m'étais assoupi. Quelle heure peut-il être ?

— 2 heures du matin, lui apprit Jérôme après un coup d'œil à sa montre à gousset. Nous avons bien mérité d'aller dormir.

Le cocher ne s'autorisa aucune réflexion sur sa tenue débraillée, mais Jérôme devina qu'il n'en pensait pas moins.

Chapitre 11

Je vous attendrai ce soir à 9 heures. Nous souperons en tête à tête, mon père étant à son cercle. Si vous craignez une indiscrétion des domestiques, les nôtres sont muets comme des carpes.

Votre Eva.

Jérôme froissa d'une main nerveuse le billet cacheté de cire rouge qu'Isidore venait de lui remettre, puis le fourra dans sa poche.

— Y a-t-il une réponse à porter ? demanda le jeune domestique.

— Non.

Il ignorait s'il se rendrait au rendez-vous. Il s'était arraché à ses bras dans un sursaut de lucidité, mais aurait-il autant de force une autre fois ? Il demeurait troublé. Depuis trois jours, il n'avait cessé de songer à elle. Dans la journée, son image s'interposait entre la toile inachevée et lui. Ses cheveux d'un noir d'encre ruisselant sur ses épaules, l'offrande de son corps chaud contre lui… Comment peindre des monuments austères et froids quand une chair vivante palpitait devant vos yeux ? Évidemment, il aurait pu remplacer les Tuileries par la jeune fille dans une tenue légère mettant en valeur les appas qu'elle avait livrés à ses mains fiévreuses, mais qu'aurait dit Edgar, si le tableau était tombé en sa possession ? Et le baron ? Quant à demander à Eva de poser, il n'en était pas question. *Elle est déjà assez vaniteuse.*

Il avait délaissé sa toile pour se balader à pied, mais Eva avait continué à le hanter. Bien qu'il eût choisi le faubourg Saint-Antoine pour ne pas risquer de la croiser, il croyait la voir sans arrêt sous les traits d'une cousette ou d'une bourgeoise. Était-ce cela, être amoureux ? se demandait-il, incrédule. Dans ce cas, n'aurait-il pas dû courir rue Visconti, au lieu de tergiverser ? La nuit, c'était pire. Son sommeil, traversé de visions érotiques, le menait vers un accomplissement qu'il avait refusé dans la réalité. Il était entrecoupé de courts réveils qui le laissaient frustré et en sueur. Ce n'était plus possible, il lui fallait la voir, se rendre compte par lui-même qu'elle ne valait pas qu'on se mît dans des états pareils. Aussi cette invitation – injonction ? – tombait-elle en fin de compte à point nommé.

Il n'avait pas pour autant renoncé à sa promenade quotidienne. En cet après-midi de juin, une chaleur lourde écrasait la capitale. Les Parisiens rasaient les murs pour échapper à un soleil chauffé à blanc. Jérôme était en nage lorsqu'aux environs de 7 heures, il regagna la rue Jacob.

— Mademoiselle et Monsieur sont rentrés, le prévint Isidore.

Qu'ils le fussent ou pas ne faisait aucune différence pour Jérôme. Il les voyait à peine, et leurs paroles s'effaçaient de sa mémoire aussitôt prononcées. Son obsession d'Eva réduisait son entourage à des figures lointaines, désincarnées. Ce désintérêt ne l'empêcha pas de remarquer la malle au milieu du vestibule. Il interrogea Isidore :

— Mon oncle part en voyage ? Il ne m'en a pas informé.

— Je te l'aurais dit que tu n'y aurais pas prêté attention, observa Edgar ironiquement.

Il se tenait sur le seuil du petit salon, Élisabeth à côté de lui.

— Si tu n'étais pas constamment dans la lune, ajouta son oncle, tu saurais qu'Élisabeth part ce soir avec les Chalis.

— Élisabeth s'en va ?

Son regard incrédule alla de son amie aux bagages avant de revenir à la jeune fille. En effet, elle était habillée et chapeautée : un spencer mauve sur une jupe d'un ton plus foncé et une paille sous laquelle la coulée de miel de sa chevelure s'enroulait en chignon. Il eut l'impression de la redécouvrir après des mois d'absence.

— Oui, acquiesça-t-elle. Armande a décidé d'avancer leur départ pour Saint-Cloud. Les enfants suffoquent dans cet air vicié. Ils respireront mieux à la campagne.

Mais moi, j'ai besoin de toi ! faillit-il s'écrier, avant de réaliser le ridicule de cette exclamation. En quoi était-elle supposée lui manquer ? Ils étaient deux étrangers sous le même toit.

— Bien sûr, admit-il, le cœur serré.

— Nous pourrons lui rendre visite si toutefois tu as le temps, avança Edgar.

L'ironie du ton et l'œil pétillant le mirent mal à l'aise. Que savait au juste son oncle ? Élisabeth se rembrunit légèrement. *Elle aussi a flairé quelque chose, mais pourquoi m'en voudrait-elle ? Après tout, elle a contribué à me jeter dans les bras d'Eva.*

L'ombre sur le visage de la jeune fille se dissipa bientôt, et son sourire revint. Isidore rouvrit la porte d'entrée, et le souffle brûlant du dehors s'engouffra dans le hall. Jérôme se dit qu'il ferait bon s'étendre sous un arbre au bord du Noireau. À quoi servait-il d'être nostalgique ?

La Normandie était loin, il n'y retournerait sans doute jamais, surtout si Eva réussissait à le traîner à l'autel. Il n'imaginait pas l'élégante Parisienne fouler l'herbe des prés autour de la ferme des Chanteaume ni arpenter les pièces de la demeure de Flers, fermée depuis la mort de sa mère. Une chape de plomb lui pesa soudain sur les épaules. Il s'efforça de le cacher et proposa à Élisabeth de l'accompagner chez les Chalis.

— Ce n'est pas la peine, déclina-t-elle. Isidore portera ma malle.

Il l'embrassa sur les deux joues en écartant le souvenir du baiser accordé à Eva comme une aumône. Puis, tout comme Edgar, il suivit des yeux la frêle silhouette qui s'éloignait sur le trottoir, Isidore lui emboîtant le pas.

— Ne fais pas cette tête-là ! fit son oncle, quand la jeune fille et le valet eurent tourné le coin de la rue. Tu la reverras, ton Élisabeth. Restes-tu pour dîner, à condition que la compagnie d'un vieux célibataire grincheux ne te rebute pas ?

Une amorce de sourire éclaira le visage de Jérôme.

— Non. Je suis… invité ailleurs.

— Eh bien ! J'en serai quitte pour un repas solitaire. Je ne te retiens pas plus longtemps. Tu désires sûrement faire un brin de toilette.

Jérôme lui sut gré de ne lui poser aucune question.

Quand il ressortit, deux heures plus tard, rafraîchi et reposé, lui parvint de la salle à manger un tintement de couverts.

Les rues étaient noyées d'ombre, mais les derniers rayons du soleil caressaient les toits. À Saint-Georges, Jérôme aurait vu le couchant teinter d'or rose la rivière. Des odeurs de foin coupé et de luzerne se seraient distillées, au lieu de ces relents d'égout caractéristiques des grandes villes l'été.

En dépit de ces miasmes, le trajet lui parut trop court. *Déjà !* fut son exclamation silencieuse à la fermeture du lourd vantail de l'hôtel Dubreuil. Eva devait le guetter car elle surgit dans le vestibule, telle la Reine blanche sur un échiquier géant. Ses cheveux, retenus par un ruban vert qui lui barrait le front, cascadaient librement. Son corps regagnait du mystère dans une robe d'intérieur vague, aux manches arrêtées aux coudes.

— Oui, dit-elle, surprenant son regard. Ceci est plus adapté à un souper intime à la maison.

Sue ce, elle congédia d'un geste le domestique qui l'avait introduit.

Jérôme se sentit rougir au mot « intime », qui ne laissait pas de doute sur les intentions de la jeune fille.

— Tu as fait de même, je vois, déclara-t-elle après l'avoir dévisagé de sa tête nue à ses chaussures confortables. C'est très bien.

Elle lui saisit les deux mains et, se hissant sur la pointe des pieds, lui donna un baiser léger sur la bouche. Le naturel avec lequel elle semblait vouloir reprendre là où sa propre fuite les avait laissés, quelque temps plus tôt, le jeta dans un trouble qui tenait à la fois de l'agacement et de la tentation. Tout comme la première fois. Sans compter que la chaleur, la contrariété causée par le départ d'Élisabeth, l'émotion, lui brouillaient l'esprit.

Aussi, lorsqu'elle l'entraîna vers l'escalier – toute idée de souper momentanément envolée – il la laissa faire. Il éprouvait la même sensation d'irréalité que l'avant-veille, sauf que les lieux et la suite probable de la soirée lui étaient connus.

La chambre d'Eva, située à l'ouest et à un étage élevé, baignait dans une lumière dorée qui faisait rougeoyer les meubles en acajou à l'antique, et déshabillait Eva à contre-jour. Les pointes sombres de ses seins et le buisson entre ses cuisses se devinaient en transparence.

La gorge sèche, le cœur battant, il se sentit alors submergé par d'impérieuses manifestations physiques qu'il était incapable de refréner. Il se retrouva à étreindre ce corps sans entraves. L'étoffe ne constituait pas un rempart et lui procurait au contraire un surcroît de désir. De son côté, Eva lui avait jeté les bras autour du cou et écrasait sa bouche contre la sienne avec violence. Il serra les dents pour se protéger de toute intrusion, puis céda enfin. Leurs lèvres se fondirent délicieusement : un long baiser qui réveilla le feu dans ses reins. Eva lui échappa une poignée de secondes pour tirer les rideaux de la chambre, et cette désertion momentanée rendit à Jérôme un peu de sa raison perdue. Rien n'avait changé en deux jours. Elle s'offrait à lui, mais il ne pouvait pas céder à la tentation, malgré le feu de ses reins, malgré sa jeunesse qui l'appelait vers l'expérience de la chair.

Aussi, quand elle voulut se plaquer de nouveau à lui, la repoussa-t-il avec douceur.

— Non, Eva, murmura-t-il.

— Mais tu en as envie ! Et moi aussi, protesta-t-elle, la moue boudeuse.

Avec les tentures fermées, qui masquaient les lueurs du soleil couchant, le rouge s'était éteint, laissant place à des tonalités grises et blanches, plus propices à reprendre pied dans la réalité. Et ce fut ce qui se passa.

Il avait hésité à partir avant même de souper. Eva l'avait convaincu de rester. À présent, ils dînaient dans la petite salle à manger réservée à l'usage exclusif du baron et de sa fille. La nuit avait fini par tomber, à en juger par la couleur bleu vitrail visible par l'écartement des tentures.

Une servante à la face aussi hermétique que le majordome avait apporté des asperges, de la viande froide et un soufflé au citron meringué, le tout arrosé de ce chambertin qu'Eva paraissait affectionner. Elle mangeait et buvait sans mot dire, à rebours de son habitude, et Jérôme s'interrogeait, se demandait si, derrière cette façade arrogante, se cachait une Eva plus profonde, moins sottement superficielle.

Il prit un peu de vin et, afin de meubler la conversation, il évoqua le séjour d'Élisabeth à Saint-Cloud.

— Je suis ravie pour elle, dit Eva. Elle m'a paru d'humeur morose la dernière fois que nous nous sommes vues. Les Chalis reçoivent beaucoup en été. Elle aura de nombreuses occasions de se distraire et des prétendants à foison.

Il eut une crispation au niveau de la poitrine. L'idée de voir de jeunes fats tourner autour de son amie le contrariait.

— Quelle tête tu fais ! s'exclama gaiement Eva. Élisabeth a aussi le droit de s'amuser. Puisque tu es si inquiet, nous irons la surprendre là-bas dans quelques jours.

Son oncle lui avait fait la même suggestion sans rencontrer d'écho. Il lâcha avec aussi peu d'enthousiasme :

— Pourquoi pas ?

Là-dessus, renouant avec sa volubilité naturelle, Eva se lança dans un soliloque d'où Jérôme saisit que le baron méditait l'acquisition d'une propriété aux environs de Paris. Lui-même pourrait en profiter, ajouta-t-elle. *À quel titre ? Celui de gendre ?* se demanda-t-il, alarmé. Elle ne le mentionna pas, mais c'était sous-entendu. L'idée que quelqu'un pût décider à sa place de son avenir le désespérait. En même temps, pouvait-il lui reprocher d'avoir interprété comme la preuve d'un profond intérêt le fait qu'à deux reprises, il l'ait suivie jusque dans sa chambre ?

Quel inconscient il était ! Et comment s'en sortir sans passer pour un goujat ? Il se retrouvait pieds et poings liés, victime de sa propre bêtise.

Et le corps d'Eva était si tentant… En cet instant précis, il en éprouvait l'attraction. Le décolleté de sa tenue d'intérieur révélait le sillon de sa poitrine. Il n'aurait qu'à tendre la main pour accéder aux trésors convoités. Eva parut lire en lui. Avec un petit gloussement, elle lui saisit le poignet, guidant ses doigts jusqu'à ses seins, dont il titilla la pointe, tout en se reprochant d'être aussi faible. Comment il se retrouva bientôt la main entre ses cuisses, caressant son bourgeon sensible, il l'ignorait, mais Eva le guidait à présent dans la reconnaissance de cette partie innervée, gonflée de sang où la plus infime pression provoquait en elle creusement des reins, plaintes modulées à voix basse et tension de tout son être. Brusquement, elle se tordit, s'arc-bouta comme pour lui échapper et se tassa sur elle-même, haletante. Il en demeura interdit, dérouté par ce plaisir foudroyant qu'il venait de lui procurer.

— Tu es presque aussi doué que les filles du Sacré-Cœur, mon amour, souffla-t-elle, une fois éloignée la tempête qui l'avait secouée.

Quoi, elle ne voulait pas dire… ? Cette confidence le laissa pantois. Rien dans son enfance et son adolescence préservées ne l'avait préparé à cela. Il oscillait entre dégoût et curiosité. Dans le même temps, son désir inassouvi prenait une ampleur gênante. Pour ne pas céder, il s'enfuit une fois encore dans la nuit, tout empli de frustration de n'avoir pas laissé libre cours à son plaisir, et désorienté par cette étrange relation qui semblait s'établir entre Eva et lui. Une relation qu'il n'était pas certain de vouloir, mais à laquelle, manifestement, il ne parvenait pas à mettre fin.

Élisabeth s'épanouissait dans le cadre champêtre où elle se trouvait depuis deux semaines. Bien que le paysage semé de vignobles rappelât assez peu celui de la Normandie, elle s'y sentait chez elle. À deux lieues de Paris, la maison de campagne des Chalis surplombait le bois de Boulogne et la vallée s'étendant le long de la rivière. Chapeautée d'ardoise, ses murs crépis de blanc, elle était ceinte d'un petit parc. L'ombrage des tilleuls et les espaces gazonnés en pente douce en faisaient un lieu idéal pour les pique-niques et les parties de croquet qu'Armande adorait organiser. « À Paris, nous n'avons pas de place pour ce genre de divertissement. » Le soir, on dansait sur les pelouses ou on jouait aux cartes dans le salon dont les portes-fenêtres ouvraient sur une terrasse de gravier.

Élisabeth, censée occuper la fonction de bonne d'enfants, était en réalité traitée en invitée. Elle déplorait de n'avoir emporté que deux robes du soir, ce à quoi Armande lui opposait : « Avoir une toilette différente à chaque bal est bon pour les laides. Vous, ma chère, n'avez pas besoin d'artifice pour être remarquée. » Pour la journée, Élisabeth avait acheté plusieurs robes d'été, simples et seyantes. Plus question de se nipper avec les rebuts d'Eva ! Peu à peu, elle avait pris ses distances avec la fille du baron. Sa visible entente avec Jérôme, au lieu de la réjouir, l'attristait. Pourtant, n'avait-elle pas œuvré dans ce sens ?

De son enfance campagnarde, elle avait conservé l'habitude de se lever tôt, même en ayant valsé jusqu'aux aurores. Il n'en était pas de même pour les Chalis et leurs invités, de passage ou incrustés pour un mois. Aussi la maisonnée était-elle relativement silencieuse en cette radieuse matinée de juillet. Après une toilette rapide dans la chambre tendue de soie rose attenante à celle des petits Chalis, Élisabeth revêtit une robe en voile jaune pâle, appropriée à un déjeuner sur l'herbe. Elle s'assura que les garçons dormaient encore. Ils étaient blottis dans l'un des lits, tels les chiots d'une même portée, et des mouvements minuscules plissaient leur visage, leur donnant une physionomie de petits vieux. « Les rejetons d'une lignée à bout de souffle. Leurs parents sont cousins germains, voilà le résultat », avait surpris Élisabeth dans la bouche d'un des hôtes, et cette réflexion lui avait serré le cœur.

Elle fit le tour des allées, admirant les églantines emperlées de rosée et humant l'odeur enivrante du chèvrefeuille. Avec les pâquerettes et les pervenches qui émaillaient le vert sombre du gazon, elle composa un bouquet pour Armande.

À son retour de promenade, les valets d'écurie achevaient de dételer un landau. Élisabeth eut un choc violent en le reconnaissant. Elle serra contre sa poitrine les fleurs dont elle avait lié les tiges avec un ruban de son corsage et s'interrogea sur la conduite à tenir. Rentrer, au risque de se heurter à Hugues, ou rester dehors ? D'autre part, elle devait s'occuper de Charles et d'Arthur. L'objet de ses hésitations la dispensa de choisir en ressortant.

— Quelle charmante surprise ! s'écria-t-il d'un ton tout à fait naturel, comme s'il ne l'avait pas laissée sans nouvelles depuis des lustres.

Sa visite n'est pas fortuite. Il savait que j'étais là. Cette lucidité n'empêchait pas son pouls de s'accélérer.

— Je suis sans excuse, ajouta-t-il, adoptant un air contrit, mais des affaires pressantes m'ont retenu une partie du printemps.

D'autorité, il lui prit la main qu'elle ne lui tendait pas, et la baisa. Mon Dieu ! Pourquoi le simple contact de ses lèvres fermes et chaudes la chamboulait-il à ce point ?

Tout en se le reprochant, elle demanda d'une voix neutre :

— Avez-vous vu Armande ?

— Juste un instant. Elle donnait des ordres en cuisine pour le repas froid. Je reste, naturellement. J'ai besoin de me distraire après tous ces soucis.

Hugues ne lui confia pas la nature de ses tracas. Sa mine grave et ses sourcils froncés à dessein étaient destinés à appuyer son propos. Élisabeth le dévisageait, méfiante, mais jolie à croquer avec ces fleurs sauvages entre les mains. Elle était loin d'être naïve en dépit de son innocence apparente. Il résolut de la reconquérir, mais leur hôtesse ne lui faciliterait pas la tâche. À peine avait-il posé un pied dans le vestibule qu'Armande était venue au-devant de lui et, après les politesses d'accueil réglementaires, n'avait pas mâché ses mots.

— Mon cher, je vous apprécie et sans vous, mes réceptions manquent de sel, mais j'ai promis à Edgar Morin de veiller sur sa parente et je compte bien tenir ma parole.

— Peste, ma chère Armande ! avait-il rétorqué avec un sourire narquois. Vous voici gardienne de la vertu de notre petite Élisabeth. Rassurez-vous, je suis trop homme du monde pour compromettre votre protégée sous votre toit.

Sous le masque de l'ironie, il bouillait de rage. De quoi se mêlait-il, ce banquier acoquiné avec l'usurpateur corse ? Il n'était ni le père ni le tuteur de la demoiselle en question. Il n'avait pu s'empêcher de laisser percer sa colère :

— Je me demande bien pour qui il la garde ! Un vieux beau nanti de rentes ou un jeune imbécile titré qui lui fera un enfant par an ? À moins qu'il ne la réserve à son neveu ?

— Vous n'y êtes pas. Le jeune Jérôme est du dernier bien avec Eva Dubreuil. Je parie sur des noces avant l'hiver.

Tiens, tiens ! La maligne a enfin ferré une proie.

Armande avait poursuivi :

— Concernant Élisabeth, vous pourriez vous mettre sur les rangs. Elle est jeune, jolie et raisonnable, pas une évaporée comme la plupart des jeunes filles de notre monde.

Il avait eu un haut-le-corps indigné.

— Êtes-vous sérieuse ? Je n'y songe même pas. En dépit de ses qualités, Élisabeth est d'origine modeste. En outre, elle a grandi dans le culte de Napoléon.

Que diraient ses nouveaux amis, s'il épousait une fervente admiratrice de l'Ogre ? Une telle folie le discréditerait à coup sûr, et il tenait à leur approbation. Son affiliation à la société secrète des Chevaliers de la Foi avait redonné du sens à son existence vide et creuse. Il avait désormais un but : travailler à la restauration des Bourbons. Quant aux moyens, son introduction dans les milieux bonapartistes lui permettrait de distiller des calomnies et de fausses nouvelles destinées à démoraliser les partisans de l'Empire. Cette fois, il n'avait pas emmené Agathe à Bordeaux où il devait rencontrer Ferdinand de Bertier de Sauvigny, le fondateur de l'Ordre, mais les femmes ne lui avaient pas manqué. Cependant, Élisabeth avait piqué son amour-propre, et il n'aimait pas rester sur un échec. Il revenait, résolu à opérer avec plus de doigté. Et voilà qu'Armande lui coupait l'herbe sous le pied !

Chapitre 12

Élisabeth était heureuse d'avoir le prétexte des enfants pour s'éclipser.

— Nous nous verrons plus tard, lança-t-elle à Hugues.

Tenant toujours ses fleurs comme un rempart, elle s'éloigna vers l'escalier, certaine qu'il la suivait des yeux. Elle n'avait eu aucun mal à le traiter avec froideur. Son silence, sa désinvolture… En même temps, sa proximité ne la laissait pas insensible.

En haut, elle croisa Armande sortant de la chambre des garçons et se confondit en excuses. Elle manquait à tous ses devoirs.

— Pas du tout. Les bonnes ont habillé Arthur et Charles et on va leur monter leur chocolat. Hugues vous a accaparée, n'est-ce pas ? Je le gronderai.

Sous la légèreté du ton, Élisabeth décela une sorte d'inquiétude. Devant son air interrogateur, Armande ajouta :

— S'il vous fait des compliments un peu… appuyés, vous saurez le repousser, j'espère. Ce serait dommage de gâcher vos chances d'un mariage convenable.

Elle songe à me marier au plus vite. Edgar aussi, sans doute. Ma position chez lui est fausse et l'embarrasse. Et Jérôme, qu'en pensait-il ? Un peu désemparée, elle murmura :

— Je sais comment me comporter, n'en doutez pas.

— Bien sûr, mais les hommes comme lui peuvent se montrer persuasifs. Ce bouquet est d'un effet ravissant sur le jaune de votre robe, enchaîna Armande, un sourire bienveillant aux lèvres.

Le bouquet. Élisabeth rougit, confuse.

— Il est pour vous, déclara-t-elle en le lui tendant.

— Une délicate attention, merci. Hugues est vraiment stupide. Enfin, passons ! Les garçons vous attendent. Leur petit déjeuner fini, vous les conduirez dans le parc. Ensuite, vous serez libre de nous rejoindre. Les servantes prendront le relais.

Élisabeth avait conscience de sa chance d'évoluer entre deux mondes, même si cette situation ne pouvait durer. Un jour, cet équilibre se romprait, et on la renverrait à sa chaumière natale avec des souvenirs pour une vie entière.

Lavés et vêtus de costumes marins blancs à col rabattu, les enfants étaient assis à la petite table dressée à leur intention dans un coin de la chambre. Leurs joues colorées par des heures passées à l'extérieur donnaient une impression trompeuse de bonne santé. À son entrée, ils se levèrent, impatients de courir vers leurs jeux. Elle nota que la corbeille de brioches et de petits pains était presque intacte. Les viandes froides du pique-nique les tenteraient-elles davantage ? Elle l'espérait, en tout cas.

La demeure s'animait. Un ballet incessant de domestiques se déroulait entre l'office et l'extérieur. Certains étendaient sur l'herbe des nappes et des couvertures, d'autres ouvraient des sièges pliants pour les convives les plus âgés, d'autres encore transportaient les paniers d'osier chargés du matériel nécessaire pour faire dînette et les glacières. Élisabeth refréna l'élan naturel qui la portait à donner un coup de main. La veille, elle avait surpris un échange entre la sœur d'Armande et une invitée fraîchement débarquée, insinuant qu'elle n'était pas à sa place.

Peu à peu, les invités envahissaient les pelouses : les hommes habillés de clair et les femmes dont les robes formaient des grappes multicolores sur le vert uni du gazon. Tous commencèrent à s'installer, qui à l'ombre de la tonnelle de verdure formée par les tilleuls comme les maîtres de maison, qui au soleil, à l'instar d'Élisabeth. Malgré les recommandations de Jeanne, elle ne craignait pas d'offrir son visage et ses bras à sa caresse. Hugues brillait par son absence, et elle se sentait à la fois soulagée et désappointée. Les couverts et les assiettes disposés, les bouteilles débouchées, le comte de Beaufort daigna enfin se montrer.

— Vous êtes bon dernier, mon cher, remarqua Armande.

— Qui sait ? Quelqu'un viendra peut-être après moi.

Il s'assit à distance respectueuse d'Élisabeth, ce qui étonna la jeune fille. Entre ses cils baissés, elle le regarda déployer ses longues jambes avec nonchalance. Son magnétisme rendait les autres hommes insignifiants. Pierre Portal qui, la veille au soir, lui avait volé un baiser dans le cou, lui paraissait falot en comparaison. Hugues la servit lui-même, mais lorsqu'il voulut lui verser du vin, elle refusa. Pas question de se laisser tourner la tête.

Ils en étaient au fromage – un brie de pays – au moment où un cabriolet franchit les grilles et se rangea au bord de la terrasse. Une femme le conduisait, une large capeline protégeant sa tête des rayons ardents. Avant même de la reconnaître, Élisabeth fut parcourue d'un frisson désagréable.

— Ce diable d'Hugues avait raison, déclara Armande d'une voix gaie. Faisons de la place pour notre chère Eva et pour Jérôme !

Jérôme. Oui, c'était bien lui, dans un costume écru

qu'elle ne lui connaissait pas. Ses épais cheveux bruns brillaient dans le soleil. Il aidait sa compagne à descendre de voiture et lui prit le bras pour les rejoindre. Il était trop loin pour qu'elle voie son expression, mais Élisabeth lui trouva une démarche lente, empreinte de réticence. *Mais mon imagination vagabonde, sans doute. Elle ne l'a pas contraint à venir. Il est ici de son plein gré.* En contraste, Eva rayonnait, de son chapeau monumental à la pointe de ses bottines d'été. Son allure proclamait l'amoureuse payée de retour et, au fur et à mesure de sa progression, Élisabeth distinguait mieux sa figure où le bonheur se peignait. Elle détourna les yeux de peur de lire la même chose sur celui de Jérôme. Hugues avait capté son geste et penché vers elle, observa :

— Ces deux-là sont ensemble, on dirait. Vous ne vous y attendiez pas, vous leur amie intime ? Je ne puis le croire.

— Si, je m'y attendais, et j'en suis heureuse.

— Alors, pourquoi n'accourez-vous pas au-devant d'eux ?

Il lui offrit la main pour la relever et elle s'exécuta, tel un automate. Eva fonçait déjà dans sa direction, entraînant Jérôme dans son sillage.

— Ma chérie ! s'écria-t-elle. Nous avions si hâte de te voir que nous nous sommes invités sans prévenir Armande.

Et à l'adresse de leur hôtesse :

— Très incorrect de notre part.

— Vous êtes pardonnés, annonça Armande, et même, il reste de quoi contenter votre appétit.

Élisabeth s'était rétractée quand les lèvres d'Eva lui avaient touché la joue. Celles de Jérôme l'effleurèrent. *Un baiser de pauvre,* aurait dit sa mère. Puis il se recula. Il affichait un air contraint. Elle ne parvint pas à croiser son regard, mais un rictus de colère s'était formé à l'angle de sa lèvre. Hugues en était-il à l'origine ? Ce dernier se tenait en retrait, bien inutilement d'ailleurs, car Eva se dirigea droit vers lui.

— Il y avait longtemps… Je suis ravie de vous revoir parmi nous, roucoula-t-elle, sans paraître remarquer que la mine de Jérôme s'allongeait. Élisabeth doit être aux anges.

— Comme nous tous, je suppose, intervint Armande à laquelle Élisabeth jeta un regard reconnaissant. Aucun divertissement n'est réellement réussi en son absence.

Lui saisissant la main, Hugues en baisa le bout des doigts, puis il déclara avec une galanterie exagérée :

— Vous me remplissez de confusion, ma chère.

Armande prit familièrement Eva par le coude et la guida vers le petit groupe de dîneurs dont plusieurs s'étaient levés pour l'accueillir. Élisabeth profita de ce que Jérôme s'attardait pour le rejoindre. Lui parler seule à seul, lui demander s'il allait bien… Mais en avait-elle le droit ? Désormais, la tâche de veiller sur lui était dévolue à Eva. Elle s'était portée en avant imperceptiblement. Cette fois, il n'évita pas son regard. Le sien contenait du dédain et une sorte de désespoir.

— Je te félicite, tu as une mine splendide, lui dit-il, avant d'enchaîner sur un mode moins amène : Tu n'as tenu aucun compte de mes avis et de ceux de mon oncle. À peine cet homme réapparu, il n'a eu qu'à te siffler pour te voir accourir.

— C'est faux. Il est ici de sa propre initiative et il se comporte en homme du monde, au contraire de toi !

Rêvait-elle les larmes dans les yeux de Jérôme ? Elle ne regrettait pas de s'être rebiffée. Elle en avait assez qu'on lui dicte sa conduite. Armande, l'oncle, Jérôme. Vraiment, ils exagéraient.

— Élisabeth, attends ! gémit-il, comme elle tournait les talons. Je ne voulais pas…

Elle n'en tint pas compte et s'éloigna, la tête haute,

le buste droit. Derrière elle, des bouchons sautaient, des rires fusaient. Une anecdote piquante d'Eva, sûrement. Elle savait si bien vous charmer, vous enrober pour vous placer sous sa domination. En cet instant, Élisabeth la haïssait avec une force dont elle ne se serait pas crue capable. Des appels la visèrent :

— Élisabeth, revenez, vous allez manquer le dessert !

Au diable tous ces gens !

Une silhouette lui barra soudain le chemin de la maison. Elle se cogna à une large poitrine, tandis qu'une voix apaisante lui glissait :

— Retournons près d'eux, sinon tout le monde va s'interroger.

Hugues n'avait pas perdu une miette de l'échange entre Élisabeth et Jérôme et s'il n'avait rien perçu de leurs paroles, il devinait leur teneur à la figure crispée de la jeune fille et la tension des épaules du garçon. Depuis l'arrivée d'Eva, flanquée du jeune Morin, il s'amusait beaucoup. Il avait l'impression d'assister à une pièce de théâtre dont les protagonistes s'aveuglaient mutuellement sur leurs sentiments. La jalousie de Jérôme à son égard sautait aux yeux. Comment Élisabeth ne s'était-elle pas aperçue qu'il était épris d'elle et pas d'Eva, et surtout, comment Eva pouvait-elle se leurrer à ce point ? Avait-elle couché avec ce jeune imbécile ? Pas sûr. Même si elle le faisait, il ne l'en aimerait pas plus pour autant. Cependant, pas question de lui ouvrir les yeux, cela le desservirait. *Si ceux d'Élisabeth se dessillent, c'en sera fini de mes espoirs.*

— Peu importe ! jeta-t-elle. Jérôme a été odieux. Je n'ai aucune envie de l'avoir sous le nez tout l'après-midi. Eva non plus, du reste. Les deux font bien la paire.

Il la sentait vibrer de colère et la désirait d'autant plus.

Son teint animé, sa bouche exhalant son indignation, sa poitrine se soulevant au rythme de sa respiration rapide… Sans sa promesse à Armande, il l'aurait emmenée hors du parc et allongée dans une herbe plus haute que celle-ci. Mais Mme de Chalis détenait le pouvoir de lui fermer des portes indispensables à ses nouvelles activités. Impossible donc de la heurter d'une manière ou d'une autre. *Plus tard,* se jura-t-il. *Élisabeth finira bien par rentrer à Paris.* En attendant, il avait tout l'été pour parachever sa conquête.

Aux premières gelées matinales, lesquelles avaient coïncidé avec le changement de couleur des feuilles, Armande avait décidé de rapatrier son petit monde dans la capitale. La maison n'était pas conçue pour y habiter l'automne. Les cheminées tiraient mal et avec des petits à la santé fragile, on ne pouvait prendre aucun risque. Son époux, rentré à Paris, l'y incitait pour d'autres raisons. La guerre avait recommencé et, cette fois, les alliés avaient réussi à convaincre l'Autriche de s'y associer. « Un coup de poignard dans le dos de l'Empereur », avait déclaré Jean de Chalis en apprenant la nouvelle dans *Le Moniteur*. Élisabeth, elle, songeait à l'impératrice, tiraillée entre fidélité conjugale et amour filial. M. de Chalis avait ajouté :

— Napoléon doit pouvoir compter ses soutiens. Par conséquent, Armande, je vous prierai de ne plus recevoir le comte de Beaufort, qui est son ennemi déclaré.

— Hugues ne mérite pas cette mise à l'écart. Il a égayé nos soirées, c'est un homme charmant.

Fin causeur, esprit caustique, mais son humour faisait tout passer. Élisabeth n'était pas en peine d'arguments pour le défendre. Cependant, elle était condamnée à se taire, M. de Chalis étant son employeur, la raison d'être de sa présence à Paris. Ce dernier avait rétorqué, acide :

— Il ne perd pas une occasion de nous saper le moral. L'avez-vous remarqué ? L'Empire vacille, et les loups légitimistes sortent de leur tanière.

— N'exagérez-vous pas un peu, mon ami ? Ce pauvre Hugues ne nous dévorera pas tout crus, sauf peut-être certaine jeune personne de notre connaissance.

Élisabeth avait rougi et demandé à se retirer. À l'exemple d'Armande, elle jugeait les préventions de M. de Chalis excessives. Hugues ne critiquait jamais ouvertement le régime en dehors de légères piques qui n'auraient pas fait froncer le sourcil à Edgar. Le comte n'avait passé que quelques nuits à Saint-Cloud. Prenant son rôle de chaperon très au sérieux, la maîtresse de maison l'avait logé loin d'elle.

La journée, elle les laissait tous deux libres : une liberté dont Hugues, à la surprise d'Élisabeth, n'avait pas abusé. Il s'était pourtant montré si entreprenant au bal Dourlans… Là, il gardait ses distances tout en étant aux petits soins. Il l'éventait, courait lui chercher un rafraîchissement ou un châle, selon l'heure, et l'écoutait parler de son enfance en Normandie avec une patience inlassable. Du reste, les occasions de s'isoler étaient rares. Il y avait toujours une tête pour surgir d'un massif, une silhouette pour émerger de derrière un tronc d'arbre. Quand Hugues repartait, Élisabeth avait du mal à aller se coucher. La tiédeur de la nuit n'incitait pas au sommeil, ni le souvenir de frôlements discrets, de caresses furtives et de mots tendres soufflés au creux de son oreille.

À la suite de cette conversation entre les époux Chalis, Hugues n'avait pas reparu. Outre qu'il lui manquait, l'injustice commise à son égard révoltait Élisabeth. Ses anciens amis se liguaient contre lui, et elle se rangeait d'instinct du côté du pestiféré, du moins le croyait-elle. *Est-ce sa faute s'il aime le roi ? J'aime bien l'Empereur !*

L'objet de sa sollicitude resurgit miraculeusement un matin de la mi-septembre, comme Armande achevait ses préparatifs de départ. De multiples malles encombraient le hall, et Élisabeth emballait les jouets des enfants, veillant à n'oublier ni les ballons, ni les toupies, ni les cailloux ramassés dans le parc.

— Je ne compte pas m'attarder, rassurez-vous, annonça-t-il en préambule à Mme de Chalis. Je me propose seulement de reconduire Élisabeth à son domicile. Il y a de la place dans ma voiture alors qu'avec une personne de plus et tant de bagages, vous risquez d'être serrés.

— Si Élisabeth est d'accord, ce n'est pas de refus. À l'aller, nous étions tassés sur les banquettes. Les petits ont geint tout le long du trajet, et je ne parle pas de la chaleur.

L'idée de voyager dans un véhicule confortable n'était pas pour déplaire à Élisabeth. Jérôme fulminerait en la voyant débarquer dans cet équipage, mais elle avait pris le parti de l'ignorer. Serait-il là, d'ailleurs ? Il devait de plus en plus déserter l'hôtel de l'oncle pour celui des Dubreuil. *Un jour prochain, il m'annoncera son mariage.* Elle sentit peser sur elle le regard interrogateur d'Hugues.

— À votre air, on croirait que ma proposition ne vous enchante pas, observa-t-il.

— Non. J'étais simplement mélancolique. Cet endroit est si beau, si paisible. J'aurai du mal à le quitter.

— Nous nous y retrouverons tous l'année prochaine, lui rappela Armande.

Dans un an, à la même époque, l'Empire se serait peut-être écroulé. Qu'adviendrait-il d'eux, lorsque le roi serait revenu avec ses partisans revanchards ? Hugues dit à voix basse, comme s'il devinait ses pensées :

— N'ayez crainte, je vous protégerai.

De quelle façon et en quelle qualité ? Il ne le précisa pas. Les bagages d'Élisabeth étant prêts, il suffit d'envoyer un domestique les chercher. Quant aux enfants, leur mère eut beau leur répéter qu'ils la reverraient le lendemain, ils se pendirent à son cou comme si elle les quittait pour toujours.

Chapitre 13

En peu de temps, la berline traversa un paysage de vignobles que l'on dépouillait de leurs premières grappes de raisin, Boulogne, le Bois et le village de Passy. Hugues se taisait et Élisabeth, bercée par le roulement de la voiture bien suspendue, s'étonna de se trouver déjà aux portes de Paris. Elle pensait qu'Hugues la déposerait rue Jacob, mais le véhicule prit la direction du faubourg Saint-Honoré et s'engagea résolument dans la rue du même nom, une voie étroite bordée de boutiques. Les défaites de l'Empire ne paraissaient pas avoir affecté le commerce, à voir le nombre de femmes en arrêt devant les vitrines ou sortant des magasins, leurs emplettes à la main.

Soudain, Hugues se mit à parler :

— Je ne mentais pas, tout à l'heure. Veiller sur vous est mon plus cher désir et je vais de ce pas vous le prouver.

De calme et maître de lui-même, il était devenu fébrile, impatient. « Je n'ai pas besoin de preuves », voulut lui répondre Élisabeth. La phrase resta coincée dans sa gorge.

Elle ne sut pas comment elle s'était retrouvée dans un salon tapissé de velours rouge et illuminé de dizaines de candélabres, malgré le plein soleil de l'extérieur. Après avoir salué Hugues avec force courbettes – visiblement, ce n'était pas un inconnu pour eux –, les vendeurs avaient laissé traîner leurs regards sur elle, enregistrant chaque détail de sa mise simplette.

— Ils supputent quel genre de cliente vous ferez, lui souffla Hugues, amusé.

— Une cliente ?

— Oui. Nous sommes chez Foncier, l'un des joailliers les plus en vue de la capitale. Inutile de demander si vous aimez les bijoux. Toutes les femmes en raffolent.

— Je…

Se souvenant des perles de Victoire Morin, Élisabeth s'interrompit. Un petit vieillard, aux cheveux blancs bien peignés, accourait vers eux. Aux paroles échangées avec Hugues, elle comprit qu'il s'agissait de Foncier en personne. Des vendeurs en jaquette noire apportèrent des boîtes plates en maroquin grenat qui, une fois leur couvercle soulevé, révélèrent des parures scintillantes : boucles d'oreilles, bracelets, colliers, diadèmes. Des saphirs, des péridots, des chrysoprases, des béryls, des améthystes et même des topazes.

— De la couleur exacte des yeux de madame, souligna le joaillier.

— Ces montures sont trop lourdes, conclut Hugues d'un ton abrupt. Un cou et des poignets aussi fins réclament quelque chose de léger, d'aérien.

— Oui. À quoi avais-je la tête, monsieur le comte ? s'écria Foncier, se frappant le front de l'index. La maison a ce genre de bijou, bien sûr.

J'ai l'impression d'être une vache à la Foire aux bestiaux d'Argentan, se dit Élisabeth, mal à l'aise. Et cette manière de parler d'elle comme si elle n'était pas là… Elle leva les yeux pour chercher de l'aide alentour. Des couples étaient penchés sur des écrins : des hommes plus âgés qu'Hugues et des femmes plutôt jeunes d'une élégance tapageuse. Une seule tranchait sur cette surcharge de plumes, de dentelles et de joyaux pareils à ceux qu'Hugues avait écartés, par son absence d'ornements. Élisabeth lui donna entre vingt-cinq et trente ans. De taille moyenne, svelte, des cheveux châtains ramenés en chignon sous un couvre-chef de dimensions raisonnables, elle circulait avec grâce entre les présentoirs. Autre particularité surprenante, elle n'était pas accompagnée. L'insistance d'Élisabeth à la fixer finit par attirer son attention. Ses traits marquèrent une certaine perplexité, puis elle fit « non » de la tête. Élisabeth interpréta ce signe comme une incitation à ne pas accepter de bijoux. Le regard marron, planté dans le sien, était franc et amical. Hugues n'avait rien remarqué, occupé à examiner le contenu d'un autre étui que Foncier venait d'apporter.

— Que pensez-vous de ceci pour commencer ?

À contrecœur, Élisabeth détacha les yeux de la femme pour observer le bijou désigné : un pendentif fait des fameuses topazes serties d'or.

— Très beau, dit-elle, sincère, mais je suis au regret de refuser.

Foncier se figea, abasourdi, tandis qu'Hugues, un peu désarçonné, changeait subtilement de tactique.

— Vous me peinez beaucoup en repoussant mon cadeau. Je croyais que vous m'aimiez un peu et je m'aperçois qu'il n'en est rien.

L'intonation sourde de sa voix et son regard voilé plongèrent Élisabeth dans les affres de la culpabilité. Comment s'en tirer sans le froisser ?

— Cela n'a rien à voir avec vous, balbutia-t-elle. Ce bijou est trop… voyant. Je n'oserai pas le porter.

— Vous avez peut-être raison. Alors, choisissez-en un autre plus à votre goût.

À ma place, Eva se serait ruée sur ces merveilles. Elle

se représentait ses yeux aussi brillants que les pierres, ses doigts blancs semblables à des griffes, agrippant les émeraudes, les chrysolithes, les rubis, les brassant. Elle refoula ces visions désagréables. Hugues attendait. Il avait beau s'être exprimé avec un apparent détachement, elle le devinait à l'affût de sa réaction. Parmi les bijoux exposés figurait une minuscule broche en brillants affectant la forme d'une flèche.

— Ceci, fit-elle, l'index pointé.

Le joaillier eut un haut-le-corps et s'écria :

— C'est une babiole sans valeur, indigne de mademoiselle ! Elle n'aurait même pas dû être sortie.

— Avez-vous entendu ? souligna Hugues. Élisabeth, votre choix est excellent. Cette flèche est destinée à percer mon pauvre cœur, je suppose.

Il l'agrafa lui-même sur le corsage à petits plis et recula d'un pas pour juger de l'effet. Gênée par cette remarque devant un tiers, Élisabeth avait baissé la tête. Quand elle la releva, l'inconnue se trouvait toujours dans son champ de vision. Tout en faisant mine d'admirer tel ou tel joyau, elle les surveillait du coin de l'œil.

— Connaissez-vous cette dame ? demanda Élisabeth à Hugues.

— Pardi ! Qui ne connaît pas Caroline Hanzy ? Elle fait les beaux jours du Théâtre des Variétés dans *La Belle au bois dormant*.

Une comédienne ? Elle n'en avait pas l'air. Telle quelle, elle aurait pu tenir sa place dans le salon d'Armande.

— Vous devriez la connaître, ajouta Hugues. Votre cousin Edgar est un assidu de sa loge… et de son lit, prétend-on.

Élisabeth, stupéfaite, tenta d'associer Edgar à cette adorable créature, mais n'y parvint pas. N'empêche ! Elle brûlait de curiosité.

— Si vous me la présentiez ?

Un mince sourire étira les lèvres d'Hugues.

— Ma chère, ce ne serait pas du goût de Morin. Vous appartenez à deux mondes différents qui ont peu de chances de se croiser.

Je n'appartiens à aucun de ces mondes dont vous parlez, faillit lâcher Élisabeth. Peut-être devrait-elle monter sur les planches au lieu de rentrer à Saint-Georges baratter le beurre. En sortant, ils passèrent devant la jeune femme qu'Hugues salua d'une inclinaison de tête. Élisabeth put noter combien Caroline Hanzy était belle de près, une beauté sans afféterie. La teinte rosée de ses pommettes ne procédait d'aucun fard, et ses lèvres s'incurvaient en un sourire charmant. Pas étonnant que l'oncle de Jérôme s'en fût épris.

Comme prévu, ni Edgar ni Jérôme ne se trouvaient rue Jacob quand Hugues déposa Élisabeth. Le silence de la maison vide accrut sa sensation de solitude. Elle avait été si entourée pendant trois mois... Elle se raccrocha au bruit des sabots des chevaux s'éloignant dans la rue. « Je vous ferai parvenir un message très vite », avait promis Hugues. Tiendrait-il parole ? Heureusement, Jeanne surgit, telle une tornade, et lui posa mille questions sur sa vie à la campagne, avant de se livrer à ses propres commentaires. Mademoiselle éclatait de santé, mais son teint était une catastrophe. Crèmes et lotions ne seraient pas de trop. Monsieur Edgar rentrait de plus en plus tard. Quant à Monsieur Jérôme, on ne le voyait quasiment plus. C'était une vraie joie d'avoir quelqu'un d'autre que les murs à qui parler.

— Cette demeure est le palais de la Belle au bois dormant !

Élisabeth saisit la balle au bond :

— Justement, on joue cette pièce aux Variétés. J'aimerais beaucoup y assister.

— Vous n'y pensez pas ! Elle est si immorale que l'administration impériale a voulu l'interdire. Le duc de Parme en personne est intervenu. Il faut dire qu'il est l'amant d'une actrice de la troupe.

— Comme M. Morin.

— Oh ! vous savez ! lança Jeanne, virevoltant autour d'elle. Dans la maison, c'est le secret de polichinelle. N'en parlez surtout pas à Monsieur si vous voulez rester dans ses bonnes grâces.

Élisabeth n'en avait pas l'intention, mais contre toute attente, l'initiative vint d'Edgar lui-même.

Elle se tenait dans le bureau, intimidée. Les rideaux blancs tamisaient le soleil matinal, à l'exception d'un interstice où un rayon se glissait et jouait sur le dessus du meuble à cylindre derrière lequel Edgar était installé. Le silence régnait, troublé par un grincement de plume sur du papier.

— Asseyez-vous, ma chère enfant, dit l'oncle, redressant la tête pour la considérer d'un air affable. L'été à Saint-Cloud vous a profité, je vois. Vous êtes plus jolie que jamais.

L'avait-il convoquée simplement pour la complimenter ? Elle en doutait. La suite confirma ses appréhensions.

— À ce propos, je voulais attirer votre attention sur les dangers encourus par une jeune fille ayant votre… hum… physique.

Me faire la leçon, voilà le but de cet entretien. Élisabeth se raidit sur sa chaise à l'antique au dossier rigide, tandis que l'oncle poursuivait :

— Pour être clair, une personne de mes amies m'a rapporté vous avoir vue hier dans une bijouterie du faubourg Saint-Honoré, vous faisant offrir des bijoux par le comte de Beaufort.

— Je n'ai rien pris, se défendit Élisabeth, à part une broche insignifiante, pour ne pas désobliger le comte.

Un soupir d'exaspération échappa à Edgar, puis il répliqua d'un ton où la sévérité le disputait à l'indulgence :

— C'est déjà trop. Comprenez, ce genre de présent est le premier pas vers un état de femme entretenue. Il est facile de glisser du monde au demi-monde.

Une allusion à Caroline Hanzy ?

Élisabeth émit une faible protestation :

— Mais… Hugues ne pense certainement pas à…

— N'en croyez rien ! Ses intentions ne sont pas sérieuses, autrement, il serait venu me demander votre main. J'ai promis à votre mère de veiller sur vous ; aussi je vous invite à ne plus accepter de cadeaux de sa part.

Hugues aussi s'était proposé pour veiller sur elle. À l'idée de lui condamner sa porte, sa gorge se nouait.

— Puis-je encore le rencontrer ? demanda-t-elle d'une voix étranglée.

Autre soupir d'Edgar.

— Je ne peux pas vous en empêcher, à moins de vous cloîtrer. En tout cas, vous êtes prévenue.

— Avez-vous autre chose à me dire ?

— Non. Ah ! si ! Inutile de rendre la broche en question. Il suffit de la mettre hors de vue.

Le rayon de soleil éclairait à présent les longues mains fines d'Edgar, posées à plat sur le bureau. Avait-il offert des bijoux à sa maîtresse ? La veille, elle n'en portait pas. Mais Caroline vivait de son art, on ne pouvait pas la classer parmi les femmes de mœurs faciles. Élisabeth se leva lentement. Ses pieds lui semblaient de plomb. Elle osa demander avant de quitter la pièce :

— Comment Mlle Hanzy a-t-elle pu vous parler de

moi… car il s'agit bien d'elle, n'est-ce pas ? Elle ne m'avait jamais vue auparavant.

— Elle vous a aperçue un jour que nous étions en voiture, vous, Jérôme et moi. Êtes-vous satisfaite ? Si l'envie vous venait d'entrer en contact avec elle, je vous le déconseille. Cette démarche la gênerait autant qu'elle vous nuirait.

Le discours d'Hugues, à peu de chose près. Edgar la décevait. Comment pouvait-il cloisonner à ce point son existence ? S'il aimait Caroline – et selon Hugues, il en était toqué —, n'aurait-il pas dû braver les conventions et l'épouser ? Ces interrogations la renvoyaient à son propre cas. *Ici, je ne suis ni chair ni poisson, je ferais mieux de retourner en Normandie.* C'était la première fois qu'elle y songeait depuis son arrivée à Paris.

Les nouvelles de la guerre, relayées par les journaux, étaient mauvaises : la défection des petits princes germaniques, indispensables alliés de Napoléon, les défaites successives, les unités décimées par l'ennemi et les maladies, la trahison de plusieurs maréchaux parmi lesquels le plus célèbre, Murat, le propre beau-frère de l'Empereur. On levait cent mille hommes pour remplacer les cinquante mille morts de Leipzig, et Jérôme jugeait inconcevable de rester les bras croisés quand la coalition menaçait les frontières.

— T'engager ? s'était récrié son oncle, quand il lui avait fait part de sa décision. Avec ce mal toujours tapi en toi, c'est de la folie ! Les campagnes sont là pour grossir les rangs de la Grande Armée. Contente-toi de peindre et de cajoler la fille Dubreuil.

Lui, le fervent bonapartiste, ne semblait plus croire à l'avenir de l'Empire, et il n'était pas le seul. Il se murmurait que les banquiers avaient lâché Napoléon, qu'ils spéculaient sur sa chute. La rente continuait à baisser. D'ici à imaginer une possible traîtrise d'Edgar, il y avait loin.

En ce mois de novembre, on jouait *Les Abencérages*, de Cherubini, à l'Opéra. Eva avait demandé à Jérôme de l'accompagner, mais il renâclait.

— Paris continue à s'amuser, je trouve ça indécent.

— Oh ! la décence ! s'était-elle exclamée avec insouciance. La plupart des gens ne partagent pas tes scrupules. Ils sont pressés de jouir de la fête avant l'extinction des feux. Depuis son retour, Napoléon est le premier à donner l'exemple. Il passe ses troupes en revue, va au théâtre, se promène dans les rues de Paris. Tu aurais pu l'apercevoir sur les quais de Seine. Lucile de Malemort l'a vu s'adresser familièrement aux uns et aux autres.

Jérôme n'y allait plus guère. Il ne peignait plus non plus et passait la plupart de son temps à accompagner Eva ici et là, entre les visites aux boutiques où elle le traînait et celles aux nombreuses relations des Dubreuil. Elle paraissait fière de se montrer partout avec… son futur mari, selon certains. Il laissait dire, traversant l'automne comme un somnambule. Eva avait insisté, avant de se fâcher et de décréter qu'elle s'y rendrait avec Raoul de Villefujier. Jérôme était parti en claquant la porte, se répétant qu'une soirée sans cette peste le reposerait.

Il trouva Edgar dans le salon, en train de mettre la dernière main à sa cravate qu'il n'autorisait personne à nouer à sa place. La mousseline immaculée tranchait sur le noir de son habit. L'apercevant dans la glace, il ironisa :

— Quel privilège de te voir autrement qu'en coup de vent, mon garçon !

— Vous sortez ?

— Oui, comme tu peux le constater. Je vais à l'Opéra.

Élisabeth y va aussi avec le comte de Beaufort. Elle se prépare.

— Décidément, tout le monde s'est donné le mot, grommela Jérôme.

— Je n'y vais pas par plaisir, mais pour la surveiller. Cette relation me préoccupe.

— J'ai décidé de ne plus intervenir dans la vie d'Élisabeth.

— Sage décision. Tu as d'autres chats à fouetter, remarqua Edgar, assortissant son propos d'un clin d'œil. Quand on est amoureux, les amis perdent de leur importance.

Était-il amoureux d'Eva ? Il ne se posait pas la question, à vrai dire, tant il redoutait la réponse. À l'inverse, il éprouvait pour Élisabeth une affection durable, même si leurs liens s'étaient effilochés. Il ne lui tenait pas rigueur de leur accrochage de l'été.

— Rassurez-vous. Mes… distractions ne me font pas oublier mon entourage.

Edgar, qui avait achevé sa tâche délicate, pivota face à lui. Ses sourcils châtains se haussèrent.

— Nommes-tu *distraction* ta liaison avec Eva Dubreuil ? Son père ne l'entendra pas de cette oreille, je le crains. Il veut me rencontrer pour fixer le montant de la dot et la date de la cérémonie.

Jérôme le regarda, effaré. Il se compara mentalement à un lapin coincé entre les mâchoires d'un piège.

— Je n'ai pas de liaison avec Eva, balbutia-t-il. Vous vous trompez.

— Pas de liaison ? Ce n'est pourtant pas l'impression que vous donnez, tous les deux ! Ton comportement public avec elle le laisse bel et bien croire. Et en tant que ton tuteur, je ne permettrais pas que tu compromettes la réputation de cette jeune fille et te dérobes à tes responsabilités.

Jérôme inspira une longue goulée d'air. Il n'avait pas envisagé un tel dénouement. Ses rapports avec Eva étaient légers, superficiels. Ils vivaient tous deux un flirt poussé, fait de baisers, de caresses, mais cela n'avait généré aucun sentiment profond, du moins de son côté.

Il avoua donc avec simplicité :

— Je ne l'aime pas : en tout cas, pas assez pour l'épouser.

— Il fallait y penser avant ! Avril prochain me paraît un délai raisonnable. Cela laisse du temps pour les préparatifs et, pour Eva et toi, de développer une relation harmonieuse.

Au choc causé par cette décision implacable succéda une colère d'autant plus froide qu'elle était rentrée. Que n'avait-il deux ans de plus pour prendre sa destinée en main ! En ce moment, son oncle lui apparaissait en despote. En comparaison, Élisabeth représentait un point d'ancrage. Il eut envie de monter l'escalier quatre à quatre et de se ruer dans sa chambre, mais Edgar coupa net son élan :

— D'ici là, nous aurons peut-être un autre mariage, annonça-t-il d'un air gourmand, parfaitement répugnant pour Jérôme. Celui d'Élisabeth.

Une tempête de sentiments contradictoires déferla en lui. *Élisabeth mariée ?* Non, impossible ! Il aurait eu la primeur de la nouvelle. *Avec Beaufort ?* Pas davantage. Edgar ne se serait pas tourmenté pour la vertu de sa protégée.

— Oui, Élisabeth, reprit son oncle. Pierre Portal s'est déclaré. Il a eu le coup de foudre pour elle cet été et est prêt à l'épouser sans un sou vaillant.

Ce jeune chien fou. Il se lassera d'elle en un rien de temps. Mais, à tout prendre, il le préférait à Hugues.

— Élisabeth est-elle au courant ?

— Non. Je compte lui en toucher deux mots dans les prochains jours. La démarche de ce garçon est très récente.

— Elle le rejettera. Beaufort l'a bel et bien embobinée, déclara sombrement Jérôme.

— Pas assez pour se laisser déshonorer, à mon avis. Ton amie a la tête sur les épaules.

Était-ce bien sûr ? Quand il s'agissait d'amour, les filles pouvaient agir sottement. *Et les garçons ? Je n'ai même pas l'excuse d'aimer Eva.*

— Il faudrait écrire à sa mère, signala-t-il. Elle a le pouvoir de raisonner sa fille.

— Mme Chanteaume est comme toutes les mères, elle espère un bon parti pour sa fille, et Hugues de Beaufort serait une belle prise. Non, je mise sur le petit Portal. Élisabeth n'est pas stupide, elle verra où est son intérêt. Beaufort ne tardera pas. Si tu pouvais éviter de le croiser… Quant à moi, si j'avais le choix, j'opterais pour un lieu plus… divertissant.

Jérôme eut un sourire teinté d'indulgence.

— Vous l'avez, répliqua-t-il. J'irai à l'Opéra à votre place.

Chapitre 14

La loge qu'Hugues avait louée dominait la scène, si bien qu'ils ne rateraient rien du spectacle. Une débauche de roses jaunes – la couleur de la robe d'Élisabeth, en soie mate épaisse – en décorait le rebord : une folie pour novembre.

— Vous ne portez pas ma broche, avait-il remarqué avec un sourire mi-figue, mi-raisin. J'espère que vous ne bouderez pas mes fleurs.

— Non, elles sont exquises.

Elle avait détaché une rose pour la glisser dans son décolleté. Il était prêt à toutes les extravagances pour mettre dans son lit cette petite fille qui se dérobait. Plus d'une fois il avait eu envie de la planter là et de chercher son contentement ailleurs. Pourquoi ne l'avait-il pas fait ? Paris était plein de femmes ravissantes, spirituelles et expérimentées, il n'avait qu'à se baisser pour les ramasser. Oui, mais Élisabeth était unique. Sa beauté sans apprêt, sa fraîcheur que rien ne pouvait entamer l'attiraient comme un aimant. *Serais-je amoureux ?* se demandait-il parfois. *Non, ridicule ! J'aime trop la diversité pour m'attacher à quiconque. Quand celle-ci aura succombé, je passerai à une autre, et ainsi de suite. C'est ma nature. Mon unique fidélité va au roi.*

La frustration qu'il avait éprouvée durant l'été et les deux mois écoulés depuis tournait à une sorte de rage difficile à maîtriser. Assis près d'Élisabeth, il serrait les dents et les poings, un sourire de façade plaqué sur le visage.

— Ce soir, murmura-t-il *mezza voce*, ce soir, elle sera à moi. J'en ai assez de tergiverser, de la ménager, de tenir le rôle du benêt de service.

— Pardon, Hugues, vous avez dit quelque chose ?

— Non, ma chérie.

Il prit sa main gantée de chevreau, la porta à ses lèvres et dit, montrant la scène :

— Regardez ! Le rideau va se lever.

Mais les lourdes draperies de velours rouge demeurèrent baissées. Ce fut la salle qui se leva dans un bel ensemble, tandis que retentissait un roulement de tambour. Suivit une formidable ovation adressée à l'Empereur et à l'impératrice. *Boney*[1] *n'a pas bonne mine,* nota Hugues avec satisfaction. Élisabeth, elle, se penchait sur le rebord de la loge, fascinée. Comment ne se rendait-elle pas compte de la décrépitude de son héros, de son teint plombé, de la vilaine graisse qui le boursouflait ? Il n'avait plus rien du vainqueur d'Austerlitz. Des bruits alarmants couraient sur sa santé. Hugues se frotta les mains machinalement. *Tout cela est très bon pour nous. Avec nos pamphlets plaidant pour le retour des Bourbons et le double jeu de Fouché et Talleyrand, l'aigle ne battra plus des ailes sous peu.* Marie-Louise ne lui inspirait pas plus de sympathie, en dépit de sa parenté avec Louis XVIII. Son physique junonien, son œil vide, sa lèvre pendante offensaient son sens de l'esthétique.

L'orchestre attaqua l'hymne impérial, et les mains battirent, produisant un vacarme assourdissant. Élisabeth

1. Diminutif méprisant donné à Napoléon par les Anglais.

applaudit à tout rompre. Hugues ne put se retenir de lâcher d'un ton acide :

— Vous allez user vos gants.

— N'est-ce pas naturel de saluer Leurs Majestés ? Mon père serait si heureux…

Elle s'était retournée vers lui, les yeux brillants de larmes.

— Il a été tué au service de l'Empereur, n'est-ce pas ? demanda-t-il.

— Oui. Il a eu cet honneur.

Cette réponse lui tapa sur les nerfs. Il en oublia son parti pris de prudence et lança :

— Un honneur, mourir pour un fou criminel qui envoie des milliers de Français se faire massacrer ? Sans l'Empire, votre père serait toujours en vie.

D'abord abasourdie, Élisabeth le fixa d'un air hostile, avant de reculer vers le fond de la loge. Sur la scène, le spectacle avait commencé, mais le chœur des *Abencérages* effleura à peine Hugues, conscient d'avoir commis une énorme maladresse. Il tenta de se rattraper :

— Pardon, Élisabeth, je n'ai pas mesuré la portée de mes paroles. J'avais oublié à quel point vous étiez attachée à l'Empereur.

— Dans chaque maison du plus humble petit village, il y a un portrait de lui, et la nôtre ne fait pas exception. Le petit peuple de Paris l'aime aussi… Mais vous ne pouvez pas comprendre.

L'altération de sa voix en disait long sur son état d'esprit. Il s'abstint d'objecter que même si le faubourg Saint-Antoine était acquis à Napoléon, la conscription provoquait de la grogne en province. Sans doute l'ignorait-elle, bercée dès l'enfance par cette légende dorée qui se terminerait en tragédie.

— Détrompez-vous, je comprends. Il m'est pénible

de savoir les Russes et les Prussiens à nos portes. Cela au moins, nous le partageons.

Élisabeth approuva faiblement de la tête. Il s'accorda un satisfecit pour avoir si bien retourné la situation en sa faveur.

Élisabeth se rassit, laissa Hugues lui prendre la main et en flatter la paume. Les petits frissons de plaisir provoqués par ces effleurements n'empêchaient pas son esprit de vagabonder. Si le comte était si ouvertement contre Napoléon, pourquoi fréquentait-il des cercles où la majorité professait des opinions contraires aux siennes ? Des paroles de Jérôme lui revinrent en mémoire. « Le monde n'est pas tel que tu le crois. » Et s'il avait vu juste... Était-il présent ce soir ? Peu avant l'arrivée d'Hugues, elle l'avait entendu rentrer et ressortir en coup de vent. Désemparée, elle scruta la foule des spectateurs. Hugues lui tendit sa lorgnette, aussitôt braquée sur les balcons d'en face.

— Avez-vous trouvé la personne que vous cherchiez, mon ange ? demanda-t-il galamment.

— Oui.

Jérôme et Eva dans la même loge, éclairés par la lumière des quinquets ; lui en habit de velours bleu sombre et elle, vêtue d'une tunique de soie blanche, un bandeau orné d'un camée lui ceignant le front. La main posée sur le bras de Jérôme avec une fierté de propriétaire proclamait leur entente. De manière inexplicable, cette prise de possession chagrina Élisabeth, et elle se reprocha son égoïsme. Jérôme n'avait-il pas le droit d'être heureux avec Eva ? Elle déplaça les jumelles pour tâcher de dénicher Edgar : en vain. Il avait dû renoncer à la soirée et courir aux Variétés. À un moment, Eva se pencha vers son voisin et lui parla. Tout d'abord, Jérôme ne réagit pas, puis il tourna la tête et s'adressa à elle à son tour. Élisabeth posa sa lorgnette et soupira.

— Vous aimeriez lire sur leurs lèvres, n'est-ce pas ? commenta Hugues. Je parie sur des mots d'amour.

— Ce serait bien naturel.

Avait-il perçu le fléchissement de sa voix ? Levant les yeux, elle surprit son regard, d'une acuité gênante. Ses doigts avaient cessé de lui caresser la paume et encerclaient son poignet avec détermination.

— L'issue de cette idylle ne fait aucun doute, décréta-t-il, mais des événements graves risquent de gâcher la noce.

D'instinct, l'attention d'Élisabeth se porta vers la loge d'honneur. Les décorations de l'Empereur et le diadème de Marie-Louise luisaient dans la pénombre. *Il est là et tous l'ont acclamé. Rien ne peut arriver,* se répéta-t-elle comme pour s'en convaincre. Elle aurait aimé pouvoir discuter avec Jérôme de l'avenir du régime, mais il était insaisissable, fuyant.

— Ces chœurs résonnent sinistrement, reprit Hugues. J'ai envie de légèreté, de gaieté. Après l'entracte, que diriez-vous d'un endroit où l'on s'amuse vraiment ?

Élisabeth balança entre le désir de lui être agréable et celui de profiter encore un peu de ce cadre magnifique et de la présence de Leurs Majestés. Un coup d'œil aux ombres réunies d'Eva et de Jérôme la décida.

— Je suis de votre avis, déclara-t-elle. Cet opéra est ennuyeux. Voyons si nous pouvons nous divertir ailleurs.

L'arrivée du couple impérial avait ébloui Jérôme. Certes, il avait entrevu Napoléon lors de parades et approché l'impératrice, mais c'était autre chose de les contempler en grand apparat. La simple redingote grise et le pantalon en casimir avaient cédé la place à un habit de velours rouge sur une culotte de satin blanc, et la poitrine de l'Empereur étincelait de pierreries.

— Il n'était pas prévu qu'ils assistent à la représentation, avait observé Eva. Tu vois, tu as bien fait de changer d'avis. Et notre Élisabeth est là aussi, en galante compagnie.

Une précision superflue. Cette abondance de roses vulgaires lui donnait la nausée ; de même, l'attitude de Beaufort. Il serrait Élisabeth de près comme si elle lui appartenait déjà. Des gouttelettes de sueur perlaient à ses tempes. Quelle chaleur dans cette salle ! Le chœur des *Abencérages* s'était élevé sans déclencher chez lui la moindre émotion. Peu avant l'entracte, Eva l'avait gratifié d'un : « Si tu cessais une minute de regarder une certaine loge au lieu de la scène… » mi-ironique, mi-agacé.

— Je sais, mais mon oncle m'a chargé de garder un œil sur Élisabeth.

— Laisse-la vivre sa vie, que diable ! Elle ne court aucun danger. Hugues est un homme du monde.

Elle avait ajouté après une pause :

— Ton attitude s'expliquerait si tu étais épris d'elle, or ce n'est pas le cas, n'est-ce pas ?

Le regard qui le fouillait n'était pas exempt de désarroi. Il ne s'y attarda pas et maugréa :

— Non, bien sûr. Je l'aime comme un frère. Il est naturel de vouloir la protéger.

Rêva-t-il le soulagement exprimé par les yeux d'Eva ?

— Je te le répète, elle n'a rien à redouter, insista cette dernière avec une pointe d'exaspération.

Lorsque le rideau retomba, les loges se vidèrent, à commencer par celle réservée à Napoléon et Marie-Louise. Ceux-ci ne reparurent pas au second acte, tout comme Élisabeth et Beaufort. Jérôme scruta en vain l'espace obscur avec sa lorgnette. Cette absence résonnait en lui sinistrement. Il ne se confia pas à Eva, cette fois. À quoi bon ?

La suite de la représentation fut pour lui un supplice. Non seulement la musique lui vrillait les oreilles, mais il ne cessait d'imaginer son amie dans l'un de ces lieux de débauche dont la capitale regorgeait. Il avait du mal à rester en place sur son fauteuil capitonné. Eva ne semblait pas s'apercevoir de son bouillonnement intérieur, ou alors, elle l'ignorait délibérément.

Un mélange d'applaudissements et de sifflets salua la fin des *Abencérages.* Une délivrance pour Jérôme. Les portes de l'Opéra ouvertes, les spectateurs se déversèrent sur le trottoir : femmes élégantes à l'égal d'Eva, enveloppées de fourrures, la tête agrémentée de fleurs, de plumes et de diamants ; hommes aux longs manteaux dissimulant des uniformes chamarrés ou le traditionnel frac noir, le haut-de-forme vissé sur le crâne. Ils regagnaient à pied leur voiture, guidés par le fanal jaune des lanternes.

Jérôme et Eva attendirent que le flot se fût tari pour sortir à leur tour. Une âpre discussion s'engagea dans la nuit froide. Il souhaitait rentrer alors qu'elle voulait le garder auprès d'elle. À la fin, cette obstination eut raison de sa patience. La plantant là, il héla l'un des fiacres, nombreux, à cette heure, à tourner en quête de clients. En y montant, il discerna les paroles criées dans son dos d'une voix furieuse :

— Tu es un monstre d'égoïsme. Inutile de te présenter chez moi, je n'y serai pas !

Il haussa les épaules. Il la connaissait bien, elle ne le lâcherait pas si facilement. La perspective de la retrouver le lendemain ou un autre jour lui parut pesante. Il avait d'abord eu l'idée de partir à la recherche d'Élisabeth, mais Paris offrait mille possibilités. Autant chercher une aiguille dans une botte de foin. À sa demande, le cocher fit un détour par la rue de Lille où la façade de l'hôtel de Beaufort se dressait, sombre et rébarbative. Jérôme ne s'imaginait pas en forcer la porte, c'eût été du dernier ridicule. Arrivé rue Jacob, il aperçut devant la maison la berline aux armes des Beaufort.

Une demi-heure plus tôt, planté sur le trottoir devant le numéro 26, Hugues ne décolérait pas. La nuit froide de novembre ensevelissait la rue dans une chape d'ombre en dehors des trouées lumineuses de l'éclairage public. Il consulta sa montre à gousset : 3 heures du matin. Bientôt, les quinquets s'éteindraient, et le pavé résonnerait du choc des sabots des premiers attelages. À ce moment-là, il se retournerait dans son lit solitaire. Il avait cru qu'après une soirée dans les jardins du Tivoli, Élisabeth lui tomberait dans les bras. Elle avait dansé à corps perdu, s'était serrée contre lui dans le labyrinthe coquin et l'avait laissé l'embrasser, avant de décliner sa proposition de l'accompagner rue de Lille.

— Je ne peux pas découcher, vous comprenez. Edgar Morin le prendrait mal. Après tout, il m'héberge. J'ai des obligations envers lui et envers Jérôme.

— Vous me faites rire avec votre Edgar ! avait-il répliqué, sarcastique. Se soucie-t-il de vous ? Non, il est avec sa théâtreuse. Quant à son neveu, il suit Eva Dubreuil à la trace, tel un bon toutou.

Le visage d'Élisabeth s'était convulsé, comme si elle allait pleurer.

— Ramenez-moi rue Jacob ! avait-elle dit. J'ai sommeil.

Sommeil, alors que lui brûlait d'un feu ardent ? Cette petite était-elle à ce point stupide ou une redoutable coquette ? Changeant de tactique, il s'était plaint avec une tristesse bien imitée :

— Si vous m'aimiez un peu, vous n'agiriez pas ainsi.

— Mais je vous aime.

Cet aveu l'avait touché malgré lui. Il le savait sincère et non dicté par un quelconque intérêt. Élisabeth était une perle précieuse parmi les pourceaux. Que ne pouvait-il ouvrir son cœur au moins une fois dans sa vie ?

— Alors, qu'est-ce qui cloche ? avait-il demandé plutôt sèchement.

— Je suis désolée… Je ne suis pas prête.

Pas prête, après toutes ces semaines à le faire languir ? Il était à bout de patience. *C'est le mariage que vous escomptez ? Eh bien ! N'y pensez pas !* avait-il été sur le point de lui assener avec rudesse. La rencontre de son regard si limpide et si franc l'en avait empêché. Il lui fallait pour la première fois capituler devant l'innocence.

— Vous ne le serez jamais, à mon avis. Mieux vaut en rester là.

— Je le crois aussi. Et je regrette que vous ayez engagé des frais pour moi.

La broche, les fleurs, la loge à l'Opéra, l'entrée au Tivoli, la glace chez Frascati… Tout cela n'était rien.

— Ma fortune me le permet, avait-il répondu avec un sourire railleur. Et j'aurais fait plus encore, si vous l'aviez voulu.

Par les vitres baissées de la berline, un flot de notes joyeuses échappées du kiosque à musique leur parvenaient. *Requiem pour une idylle avortée,* avait-il songé avec un brin de cynisme.

Il alluma un cigare pour calmer sa nervosité. Il ne se résignait pas à s'en aller. Autour de lui, tout était tranquille. Une courte distance le séparait de l'hôtel Morin. Il la franchit et poussa la porte d'entrée, à tout hasard. Son ouverture serait le signe que la chance était avec lui. Dans le cas contraire, il essaierait une autre fois. Il était un joueur invétéré. *Gagné,* se réjouit-il, lorsque le vantail céda sous sa main. Par quel miracle les domestiques ne l'avaient-ils pas fermée ? Aucune lumière n'éclairait le vestibule, la voie paraissait libre. Les domestiques devaient dormir comme des souches. Restait à découvrir la chambre de la belle. Pour cela, il se fiait à son intuition.

Chapitre 15

Élisabeth avait eu beau boire un verre d'eau additionné de fleur d'oranger et feuilleté *Corinne ou l'Italie*, le dernier roman de Mme de Staël, le sommeil n'était pas venu. En ce moment, elle ne pensait pas à Hugues, mais à Jérôme. Elle y avait pensé toute la soirée en feignant de s'intéresser aux attractions du Tivoli : le cerf funambule, les montagnes russes, la grande roue. Eva et lui étaient-ils devenus amants ? Cette question l'obsédait depuis quelque temps. Elle n'était plus aussi innocente. Les baisers inaboutis échangés avec Hugues conduisaient inévitablement à ce don d'elle-même qu'elle se refusait à faire. Eva, elle, avait peut-être franchi le pas ? *S'il avait été plus patient, j'aurais peut-être négligé les mises en garde d'Edgar.* Elle n'imaginait pas d'autre cause à cette dérobade. Tant pis ! Les dés en étaient jetés. Ce soir scellait son sort. Jérôme marié, sa présence sous ce toit perdait sa raison d'être. Fini le mirage parisien ! Elle n'avait plus qu'à se chercher une place de gouvernante à Rouen.

Elle s'apprêtait à souffler la bougie quand des pas dans le couloir attirèrent son attention. Saisie d'un fol espoir, elle se précipita vers la porte qu'elle entrebâilla et chuchota :

— C'est toi, Jérôme ?

Puis elle aperçut une haute silhouette dont les larges

épaules ne pouvaient appartenir au jeune homme. Son recul n'échappa pas à Hugues dont les lèvres s'étirèrent en un sourire narquois.

— Désolé de n'être pas celui que vous espériez.

Il profita de son désarroi pour écarter le battant et s'introduire dans la pièce. Retrouvant ses esprits, Élisabeth réagit.

— Que voulez-vous insinuer ? Jérôme et moi sommes amis, c'est tout. Mais vous, que faites-vous ici à cette heure ?

Si le ton ferme parut le désarçonner provisoirement, il se ressaisit vite. Tirant un objet de la poche de son habit, il le tendit à Élisabeth avec une nonchalance qui semblait affectée.

— Tenez, vous avez oublié ceci dans ma voiture.

Il s'agissait d'une écharpe de soie jaune, abandonnée sur la banquette dans sa hâte à rentrer. Élisabeth la saisit et l'enroula autour de son cou. Ce geste machinal attira l'attention d'Hugues sur sa poitrine, à peine voilée par le linon de la chemise de nuit. Gênée par son regard brûlant, elle balbutia :

— Me la rendre ne pressait pas. Vous auriez pu me la rapporter demain.

— Qui sait de quoi demain sera fait, mon ange ? Peut-être serons-nous morts à l'aube. Vivre l'instant présent et oublier le reste, telle est ma devise.

L'expression de ses yeux sombres démentait la douceur de ses paroles. Élisabeth trouva qu'il ressemblait à un loup à l'affût d'une brebis. *Moi, en l'occurrence*, pensa-t-elle, à la fois effrayée et fascinée. Elle regretta de ne pas avoir enfilé son peignoir de nansouk. La transparence de ce déshabillé l'exposait à la convoitise d'Hugues. Il se rapprochait insensiblement, au point d'être bientôt tout contre elle. Sa main droite se leva pour caresser ses cheveux réunis en une natte épaisse.

— Je voudrais les voir défaits. Ne prenez pas cet air étonné, ma requête est tout à fait justifiée. Vous êtes si jolie à la lueur de cette bougie ! Je n'imaginais pas que vous nattiez vos cheveux pour la nuit. Si je vous demandais de les dénouer pour moi, accepteriez-vous ?

Le cœur d'Élisabeth battait la chamade. Que faire, maintenant ? Crier pour alerter Jeanne et Isidore la mettrait dans une position ridicule. N'avait-elle pas encouragé les avances de cet homme ? Il était normal qu'il réclamât son dû. Elle répondit enfin :

— Si j'accepte, me promettez-vous de partir ensuite ?

— Je vous le promets, déclara-t-il d'un ton solennel.

D'une main tremblante, elle délia le ruban au bout de sa natte.

Hugues frémit au spectacle de cette chevelure libérée. Il n'avait jamais vu une telle nappe soyeuse, coulant sur ses épaules. Le désir effréné de se perdre dans ce flot de miel fit voler en éclats la retenue qu'il s'imposait depuis des mois. Il plongea les lèvres dans la masse vivante d'où s'exhalait un frais parfum d'herbe sauvage. Cette fragrance lui rappela les étés de son enfance à la Ferté, avant sa fuite et la perte de ses illusions. Les retrouver avec Élisabeth, ne fût-ce qu'un instant…

— Hugues ! gémit-elle, vous aviez promis !

— Je sais. C'est de votre faute, vous êtes trop belle. Je vous veux et je vous aurai.

Le grincement de la porte l'obligea à pivoter. Il se trouva face à Jérôme Morin, très pâle et l'air égaré.

Un seul regard suffit à Jérôme pour enregistrer la scène : Élisabeth, renversée entre les bras d'Hugues de Beaufort. Alors, elle aussi, comme Eva, comme les autres… Cette prise de conscience le blessa à vif. Il enfouit sa souffrance au plus profond de lui-même et se composa un masque dur de justicier.

— Tu aurais dû choisir un autre endroit pour te livrer à tes frasques, jeta-t-il, les dents serrées. Pas la maison de mon oncle. Quant à vous, comte de Beaufort, vous déshonorez votre classe. Aucun véritable homme du monde ne s'introduirait de nuit dans un domicile privé et ne traiterait une jeune fille comme une prostituée de bas étage.

Sous l'insulte, le visage du comte blêmit, ses mâchoires se contractèrent. Il lâcha Élisabeth, qui courut se blottir contre l'un des dosserets du lit, puis lança :

— Vous me rendrez raison de cette insulte, mon jeune ami ! Je vous attendrai après-demain au bois de Boulogne avec vos témoins, à 5 heures du matin. L'heure et le lieu vous conviennent-ils ?

— Oui. L'épée ou le pistolet ? À vous de choisir, vous êtes l'offensé.

— L'épée, répondit Beaufort, sans hésiter.

— Très bien. Nous nous battrons à l'épée.

— À après-demain, donc. N'oubliez pas, 5 heures. Je vous salue, monsieur Morin !

Hugues eut une sèche inclinaison de la tête, puis se tourna vers Élisabeth, frêle silhouette secouée de sanglots.

— Je suis désolé de vous avoir porté préjudice, mademoiselle Chanteaume, oui, sincèrement désolé.

Elle leva sur lui une figure mouillée de larmes.

Quand le pas du comte eut décru dans l'escalier, Jérôme s'approcha d'elle et, avec des gestes empruntés, lui tapota le dos.

— Cesse de pleurer, je t'en prie, et recouche-toi. Nous en reparlerons demain. Mon oncle doit être mis au courant.

— Pour le duel ou pour ma prétendue inconduite ?

La vivacité de sa réplique le surprit. Lorsqu'elle se

redressa, il vit enfin la dentelle déchirée de sa chemise de nuit dont une bretelle avait cédé. Des marques rougeâtres marquaient la peau fine de ses bras. Cette constatation le remplit de honte. Comment avait-il pu douter d'elle ?

— Pardon, Élisabeth, murmura-t-il. J'ai cru…

— Peu importe. Tu as détruit notre amitié. Dès qu'Armande aura engagé une autre bonne d'enfants, je partirai. Je n'ai plus rien à faire ici.

La vigueur de sa réaction le surprit, et cette décision le plongea dans un abîme de consternation. Non, elle ne pouvait pas partir quand il avait tant désiré sa venue.

— Il est hors de question que tu retournes à Saint-Georges, affirma-t-il. Ta vie est ici désormais, avec nous.

— Tu veux dire, avec Eva et toi ? Je m'en voudrais de troubler votre bonheur.

L'amertume perçait sous ses paroles. Il crut bon de la détromper.

— Petite folle ! Je parlais d'Edgar et de moi. Eva, c'est… autre chose.

— Autre chose ? Il s'agit de ta future femme.

Elle le tenait sous le feu de son regard noisette, à présent rempli d'indignation. Il avoua, embarrassé :

— Je n'ai pas l'intention de l'épouser. Ce en quoi nous n'avons pas les mêmes projets, elle et moi, mais elle se consolera. Toi, de ton côté…

— Moi ?

— Mon oncle a des projets te concernant. Pierre Portal a demandé ta main et il compte que tu acceptes.

Il avait peut-être tort de lui en parler en premier, mais la scène avec Hugues avait changé la donne. Après tout, on ne pouvait rien reprocher à Portal. *Beau, jeune, riche et insipide,* énuméra-t-il en son for intérieur. Pour Élisabeth, il ajouta tout haut :

— Au moins, Portal est de notre côté. Son père a péri comme les nôtres au service de l'Empereur.

— Ce n'est pas une raison suffisante, à mon sens. Je voudrais aimer l'homme que j'épouserai, et je n'aime pas Pierre.

Le ton était tranchant. L'agression de Beaufort ne l'avait pas à ce point bouleversée. Il osa lui demander si elle aimait Hugues et reçut sa réponse, d'une sincérité désarmante :

— Je l'ai cru jusqu'à ce soir. Maintenant, je ne sais plus. Même si tel était le cas, il n'en serait plus question. Ce duel est stupide, enchaîna-t-elle. Hugues ne m'a pas touchée.

— Il n'en a pas eu le temps. Sa présence dans cette maison sans y être invité est en soi offensante et mérite une bonne leçon.

— Les hommes et leur orgueil infernal… Et s'il te tue ?

Elle était remontée dans le lit et, adossée à l'oreiller bordé de dentelle, le scrutait avec une tendresse inquiète. Ainsi, elle avait peur pour lui, pas pour le comte de Beaufort. Il eut l'impression de la retrouver après une longue période d'éloignement.

— Il ne me tuera pas, je suis bon bretteur. Mon père m'a servi de maître d'armes.

— Il y a combien de temps ?

Jérôme soupira. Son père était mort depuis quatre ans. Le souvenir de ses leçons d'escrime était vague. De même, sa figure s'estompait au fil des jours. Élisabeth était la seule personne avec laquelle il pouvait l'évoquer. Il s'assit près d'elle, et ils parlèrent jusqu'à l'aube.

Dans la maison planait une atmosphère de discorde, à en juger par les rumeurs de voix fortes à travers les portes closes. Élisabeth avait peu dormi, Jérôme s'étant retiré à l'heure où les domestiques se mettaient à l'ouvrage. De toute façon, elle n'aurait pas pu reposer tranquille, connaissant l'imminence du duel. Edgar parviendrait-il à convaincre Jérôme de renoncer ? *Il est intransigeant, entêté, d'un caractère entier*, reconnut-elle avec une sorte d'attendrissement. Durant la nuit, leur amitié avait repoussé comme une plante brûlée par le gel et qui renaît par miracle. Hugues ne l'en priverait pas, même si elle devait l'implorer. Après tout, elle se sentait responsable. Ne l'avait-elle pas laissé lui faire une cour assidue ? S'il avait ajouté « Je vous aime », n'aurait-elle pas cédé à cette bouche exigeante, rivée à la sienne, aux mains qui s'attaquaient au fragile rempart de tissu ? En plus, elle avait accepté sa broche. Le bijou symbolisait une chaîne haïssable. Elle se leva, ouvrit le premier tiroir de la commode à l'antique et en retira l'objet, enveloppé dans un mouchoir. La flèche de diamant étincela sur sa paume.

— La veux-tu ? demanda-t-elle spontanément à Jeanne qui apportait l'eau chaude pour la toilette.

Une expression horrifiée se peignit sur les traits de la jeune domestique.

— Oh ! non ! Mademoiselle. S'il la voyait épinglée à mon corsage, Monsieur Edgar me soupçonnerait de Dieu sait quoi. Isidore en a déjà pris pour son grade pour avoir oublié de tirer le verrou.

— Tout est ma faute, j'ai oublié de refermer. J'étais si… troublée en rentrant. Il faut vite prévenir M. Morin.

— À moins de vous précipiter dans la rue à moitié nue, vous ne le rattraperiez pas. N'avez-vous pas entendu la porte claquer ? Il est parti comme un fou, à pied, sans même prendre son chapeau et sa canne.

— Et pour Isidore…

— Notre maître aboie plus qu'il ne mord, affirma

Jeanne, une main apaisante posée sur le bras d'Élisabeth. Et Isidore n'est pas en cause dans cette sortie fracassante. Monsieur Jérôme a eu sa part. J'avoue avoir un peu écouté aux portes. Ça a bardé.

— Où est Jérôme, maintenant ?

— Parti lui aussi. Il a parlé d'une salle d'armes rue du Faubourg-Montmartre. Isidore n'a pas bien saisi.

Élisabeth poussa un gémissement. La résolution de Jérôme était sans faille. Il voulait se montrer digne de son père, quitte à se faire trouer la peau.

— Sors-moi ma robe grise, celle que je portais à mon arrivée à Paris, et la capote du Palais-Royal.

— Ces hardes démodées ! s'exclama la domestique, les bras levés au ciel. Vous avez des toilettes cent fois plus jolies et plus neuves.

— Je ne voudrais pas détourner le comte de Beaufort de ce que j'ai à lui dire.

Il la prendrait comme elle était, mal attifée, les traits tirés par l'insomnie et des cernes sous les yeux. Nul besoin désormais de se parer des plumes du paon, la vie de Jérôme seule comptait. Et Eva, dans tout cela ? Il n'y avait plus fait allusion, mais Élisabeth ne l'imaginait pas cacher à la fille du baron le duel et son objet. Cette certitude lui occasionna un pincement au cœur. *Suis-je jalouse d'elle ?* se demanda-t-elle, étonnée. Elle remarqua alors l'air embarrassé de Jeanne.

— Qu'y a-t-il ? Je ne serai pas dehors très longtemps.

— C'est que... D'après M. Morin, vous ne devez pas quitter la maison aujourd'hui. Il y va de notre emploi, à Isidore et à moi.

Le monstre ! Élisabeth serra si fort les doigts que leurs jointures en blanchirent.

— En somme, il me séquestre, murmura-t-elle d'une voix altérée.

— Non, il vous protège de ce ruffian. Attendez son retour ! Il aura sûrement des choses à vous raconter.

Il fut long à revenir. Élisabeth tua le temps en relisant *Paméla,* en qui elle trouva un écho de sa propre histoire. Hugues était-il infâme comme Lovelace, ou simplement victime de ses instincts ? Le roman finit par lui tomber des mains. Ni Jérôme ni Edgar ne rentrèrent pour le repas de midi, et Jeanne lui porta une collation dans sa chambre.

— Il faut manger, Mademoiselle, l'exhorta-t-elle. Vous n'allez pas vous laisser dépérir. M. Morin arrangera tout cela, c'est un homme avisé.

Mais je n'ai plus sa confiance, se désola Élisabeth.

Elle en eut la certitude quand, à son retour, il lui présenta un visage de bois.

— J'ai vu le comte de Beaufort, Élisabeth, lui annonça-t-il sans préambule. Il est d'accord pour épargner Jérôme. Nous avons beaucoup de chance, il a gardé de l'honneur, à défaut de principes.

Elle n'osa pas exprimer son soulagement. Une bonne option car Edgar enchaîna aussitôt :

— Vous ne savez pas combien cette démarche m'a coûté. S'abaisser ainsi devant un homme qu'on n'estime pas est une chose terrible.

— C'est ma faute. Je partirai une fois Jérôme sauf. C'était mon intention avant ce malheureux épisode.

Sa dignité parut le toucher, puis il fronça les sourcils.

— Vous avez besoin d'un époux pour vous guider. Si le jeune Portal a vent de cet… épisode et maintient malgré tout sa demande, j'écrirai à votre mère. Cette union la ravira, sans nul doute.

— Je ne veux pas me marier. Je compte prendre un emploi à Rouen.

Un semblant de sourire adoucit l'expression sévère d'Edgar.

— De demoiselle de boutique ou de gouvernante ? Vous méritez mieux, et Pierre Portal a beaucoup à vous offrir.

Au diable Pierre Portal ! pensait-elle, serrant les poings. On décidait de son sort sans la consulter. Elle ne doutait pas de la réaction de sa mère à cette proposition avantageuse. Et Jérôme abonderait dans le sens général. N'aurait-elle pas dû suivre Hugues rue de Lille et se laisser emporter vers un avenir hasardeux ?

Chapitre 16

— Que se passe-t-il ? demanda Eva d'un ton pressant, dès que Jérôme fut introduit dans le salon où elle se tenait. Tu n'es pas comme d'habitude.

Les heures qu'il avait passées à ferrailler et l'idée que le lendemain, il ne pourrait peut-être pas voir le soleil se coucher, avaient dû marquer ses traits. C'était en tout cas ce que révélaient les yeux d'émeraude, qui semblaient voir à travers lui.

— Il y a quelque chose, je le vois bien, insista-t-elle, avant même qu'il ouvrît la bouche pour lui répondre.

Elle se leva et s'avança vers lui.

— Confie-toi à moi ! Ne suis-je pas ton amie ?

Elle se trompe. Je ne pourrai jamais partager avec elle ce que je partage avec Élisabeth : un passé commun, une manière identique de voir les choses. Le physique ne comptait pas là-dedans, du moins le croyait-il. Il avait oublié ses émois en découvrant Élisabeth endormie à l'ombre du pommier, par un après-midi suffocant.

— Je me bats tout à l'heure avec le comte de Beaufort, lui annonça-t-il alors.

— À cause d'Élisabeth, c'est cela ?

Elle avait plaqué les mains contre la poitrine.

— Oui. Ce salaud s'est introduit chez mon oncle

la nuit dernière et il a voulu… Tu me comprends. Je suis arrivé juste à temps pour l'empêcher de commettre l'irréparable.

Un gros soupir échappa à Eva.

— Elle a dû le pousser à bout pour qu'il en vienne à de telles extrémités.

La remarque l'agaça et il s'indigna :

— Comment peux-tu affirmer une chose pareille ? Beaufort est un goujat dépourvu de principes et d'éducation ! Pour lui, les femmes sont un gibier.

— Il a perdu la tête, simplement. Cela ne vaut pas un duel. Ton attitude est excessive, sauf si…

Un pli s'était formé à la racine de son nez charmant et ses lèvres habituellement ouvertes pour le sourire dessinaient une ligne pensive.

— Sauf si tu aimes Élisabeth, conclut-elle.

— Absurde ! Je l'aime comme une amie. N'est-ce pas naturel de la défendre ? Hormis moi, personne d'autre ne le fera.

— Au risque de te faire embrocher ? Je te pensais plus intelligent, Jérôme.

Saisissant la perche qu'elle lui tendait involontairement, il répliqua :

— Eh bien ! Puisque je suis bête, tu n'as plus rien à faire avec moi. Même si je sors vivant de ce duel, je ne reviendrai plus ici.

Elle accusa le coup avant de déclarer, tranchante :

— Tu ne peux pas m'abandonner après toutes tes promesses. Si Hugues ne te tue pas, mon père s'en chargera.

Ces paroles mélodramatiques glissèrent sur lui. D'une part, il ne s'était pas engagé formellement auprès d'elle, d'autre part, il doutait de la volonté du baron de le provoquer.

Devant son absence de réaction, l'invincible assurance

d'Eva se lézarda. Le désarroi lui donna tout à coup l'air terriblement vulnérable. Il s'exhorta à rester impassible. Quel que fût le sort des armes, il lui fallait rompre ce lien noué dans un moment d'égarement.

— Je t'aime, murmura-t-elle, se plaquant contre lui, la bouche dans le tissu de son veston. Ne le comprends-tu pas ?

— Je suis désolé de t'avoir donné de faux espoirs.

Sa voix fléchit. Eva se détacha brusquement de lui, dardant sur lui deux prunelles ardentes. La lumière des bougies accentuait la pâleur laiteuse de son visage et de sa gorge. Elle se cambra légèrement, une main à la taille pour souligner son buste et l'arrondi gracieux de son bras. Une pose propre à inspirer le peintre qu'il était. Il se demanda si son admiration était purement esthétique ou si le désir s'en mêlait.

— Tu contemples ce que tu perds ? susurra-t-elle, enjôleuse. Ose me dire que je te laisse froid ! Le souvenir de nos baisers te poursuivra et, sous peu, tu viendras te traîner à mes pieds.

Elle pivota alors en un mouvement lent et sensuel, et la gorge de Jérôme s'assécha. Eva n'avait-elle pas raison en prétendant qu'il ne pourrait se passer d'elle ? Résolu à ne pas faiblir, il s'arracha à la vision ensorceleuse et quitta la pièce.

Un martèlement de petits talons l'obligea à se retourner. Les mules bordées de cygne d'Eva. Il fut frappé du changement opéré chez elle. Plus rien ne subsistait de l'hétaïre sûre de ses charmes. Son visage défait ruisselait de larmes ; elle avançait d'une démarche titubante.

— Ne pars pas, je t'en prie ! le supplia-t-elle, pathétique, les mains projetées en avant.

Il ne put supporter le spectacle de cette humiliation.

Dans une minute, il la serrerait dans ses bras pour la consoler. Mieux valait trancher dans le vif.

Il dégringola les marches, tandis que derrière lui résonnaient des appels désespérés. Il prit la canne et le haut-de-forme tendus par le majordome impavide. Il glissa la première sous son bras et emboîta le second sur sa tête. Le passage de l'intérieur surchauffé à la nuit humide de novembre lui procura une sensation de liberté incroyable. S'il survivait, il se promettait de respecter celle d'Élisabeth, de ne plus l'ennuyer avec ses sermons.

Il releva le col de sa redingote et s'éloigna rapidement.

Une brume froide et opaque enveloppait le bois de Boulogne, il bruinait. Premier arrivé sur les lieux, Hugues se frottait les mains l'une contre l'autre pour réchauffer ses extrémités engourdies. Il ne s'était pas battu depuis longtemps, mais un entraînement régulier entretenait sa forme et ses muscles. Ce duel prouverait qu'il n'avait pas perdu la main. Dommage de lutter avec un néophyte. Edgar Morin avait eu bien tort de se tracasser, jamais l'intention d'embrocher son neveu chéri ne l'avait effleuré. Tout juste les paroles insultantes jetées à sa tête avaient-elles chatouillé sa fierté sur le moment. Il répugnait à user de violence en général et se flattait de garder en toutes circonstances le contrôle de soi. Sa conduite de l'avant-veille le surprenait lui-même tant elle correspondait peu à son tempérament. *Cette petite m'a fait sortir de mes gonds.*

Un roulement de voiture sur le gravier de l'allée détourna son attention de l'objet du duel. Quand le véhicule émergea de vapeurs blanchâtres, il reconnut sur ses portières le blason des Malemort. La prudence l'avait poussé à choisir Stéphane comme témoin plutôt que l'un des membres trop voyants de sa confrérie. Napoléon avait beau être en mauvaise posture, il pouvait renverser la situation une fois son armée reconstituée. Se montrer avec l'un de ses partisans, même si Stéphane n'était pas le plus ardent, lui permettait de ménager ses arrières.

Le jeune Malemort le rejoignit d'un pas allègre, remorquant à sa suite son second témoin, un cousin de la branche des Chalis. Le cheveu châtain, le visage poupin, l'œil bleu, Stéphane affichait une mine joviale, inappropriée aux circonstances.

— J'espère ne pas avoir été pisté par la police de Savary. L'Empereur déteste que l'on verse son sang pour de ridicules questions d'honneur.

— Par contre, il ne dédaigne pas de le voir couler sur les champs de bataille, ironisa Hugues. Allez-vous vous engager, cette fois ?

— Non, grands dieux ! Mon père a de quoi me payer un remplaçant. Il aime Napoléon, mais pas au point de lui sacrifier la vie de son fils unique.

Hugues songea à son propre père, qui s'était enrôlé dans l'armée des Princes. Un boulet français lui avait emporté la tête. Œuvrer en coulisse pour le rétablissement de la monarchie était une autre façon de lutter.

— Je ne comprends pas pourquoi votre famille s'est rangée dans le camp de son ennemi naturel, dit-il à Stéphane.

— Mon père a été élevé dans les idées des Lumières et a glissé tout naturellement de la République à l'Empire. Quant à mon beau-frère et cousin de Chalis, c'est un inconditionnel de Napoléon. Pour cette raison, il ne vous apprécie guère.

— J'ai pu le constater l'été dernier, quand il m'a condamné sa porte.

Stéphane eut un rire léger.

— Ça ne m'étonne pas de lui.

Puis, changeant de sujet :

— Alors, vous vous battez à cause de cette mignonne que les deux Morin couvent comme un trésor ?

— Oui. J'ai un peu brusqué la petite, ce dont je me mords les doigts. J'aurais dû me montrer plus habile. Avec Agathe, j'avais perdu l'habitude de ce genre de délicatesse.

— Les femmes honnêtes requièrent du doigté. En confidence, Edgar Morin destine sa cousine, ou pupille, on ne sait pas trop, à Portal.

Portal… Ce nigaud ! Hugues dissimula sous un sourire narquois le déplaisir que lui procurait cette nouvelle.

— Je l'ignorais. Portal est fou de se mésallier ainsi.

— Fou… Ou amoureux. Vous avez deux sérieux concurrents dans la course au cœur de la belle, Hugues.

— Dieu me garde de ce genre de sentiment ! Mais vous avez parlé de deux. Qui est le second ?

— Jérôme, bien sûr. L'avez-vous vu la dévorer des yeux ? Notre jeune ami court deux lièvres à la fois.

Malemort énonçait une vérité qu'Hugues se croyait seul à détenir. Prodigieusement agacé, il répondit d'une voix grinçante :

— Eva Dubreuil n'apprécierait pas d'être comparée à du gibier. Pour moi, ce mariage se fera.

— Sauf si vous expédiez le futur marié *ad patres*.

— La belle enfant ne me le pardonnerait jamais. Je me contenterai de l'égratigner.

— Sage décision. Votre rival tarde, remarqua Stéphane après avoir jeté un coup d'œil à sa montre à gousset. Et s'il avait eu peur de se mesurer à vous ?

— Impossible. Ce gamin n'est pas un lâche et, en tant que fils d'officier, il ne peut renoncer sans déchoir.

Comme pour lui donner raison, des hennissements étouffés précédèrent l'apparition du briska des Morin, suivi de peu de deux autres équipages. Tous trois s'alignèrent le long de l'allée. Cinq hommes descendirent : Jérôme, l'arbitre du combat, le chirurgien, Raoul de Villefujier et un inconnu d'allure juvénile. Jérôme présenta ce dernier comme l'un de ses anciens condisciples du lycée impérial. Après s'être salués, les deux adversaires se jaugèrent en silence. Les cernes et les traits tirés du jeune Morin contrastaient avec son air résolu. *Cela n'arrange pas mes affaires,* pensa Hugues, vaguement inquiet.

— Je suis à votre disposition, monsieur de Beaufort, déclara enfin Jérôme. Quand commençons-nous ?

Hugues faillit lui dire : « Nous nous battons pour une petite fille qui ne sait pas embrasser et n'a aucune idée de son pouvoir sur les hommes. C'est absurde. Serrons-nous la main et oublions notre différend. » Mais il lisait dans les yeux de Jérôme une telle détermination… Et, oui, de la haine. Lui-même n'avait jamais éprouvé de haine pour quiconque et il en était déconcerté.

— Je suis prêt, annonça-t-il, se dépouillant de sa redingote pour apparaître en chemise de soie blanche. Monsieur l'arbitre, les épées, je vous prie !

Celui-ci avait extrait de sa voiture une longue boîte rectangulaire. Elle contenait deux lames minces et solides. Hugues donna le choix à Jérôme, puis il saisit la pointe de son épée entre ses doigts et en courba la lame. Après avoir vérifié que tout était conforme aux règles en vigueur, l'arbitre les fit reculer de quelques pas.

— Quand vous voudrez, messieurs ! proclama-t-il d'une voix forte.

Hugues referma fermement la main sur la poignée, l'assura bien dans sa paume et s'avança sans se presser. Jérôme, lui, s'était élancé vers lui, l'épée haute, comme son père le lui avait enseigné, sans doute. *Peste ! Il voudrait me trucider qu'il ne s'y prendrait pas autrement.*

Hugues se mit en garde et engagea le fer. Tout d'abord, il se borna à parer les coups assenés avec fougue. À défaut de science, ce jeune fou avait du mordant et de l'adresse, mais à ce jeu-là, il finirait par s'épuiser. En attendant, il se battait bien. Les rapières tapant l'une sur l'autre rendaient un son métallique désagréable à l'oreille. Plusieurs fois, Hugues se trouva en difficulté. Il commettait des fautes impardonnables pour un homme habitué à la pratique des armes. Jérôme en profitait pour lui imposer un rythme infernal. La concentration noircissait le brun de ses yeux, et aucun muscle ne bougeait dans son visage. Il l'attaquait de tous les côtés à la fois, se déplaçant avec des bonds souples et se souciant peu de se protéger. Dans ces conditions, comment le neutraliser sans le blesser ?

À un moment, Jérôme voulut lui porter un coup décisif et se fendit à fond. Hugues para de justesse, et sa lame glissa en un mouvement involontaire vers la cuisse droite de son adversaire. L'épée pénétra dans les chairs à travers le drap du pantalon. La surprise et la douleur dilatèrent les pupilles du jeune homme. Sa main tremblante lâcha l'arme qui tomba dans l'herbe, tandis qu'Hugues retirait sa lame avec mille précautions. Jérôme s'était effondré à genoux, une tache rouge s'élargissait à la hauteur de sa cuisse.

Laissant Raoul et le chirurgien se précipiter, Hugues remit à l'arbitre son épée teintée de sang. Son esprit se vidait peu à peu de toute pensée, et son corps échauffé par le combat se couvrait d'une sueur glacée. Des gouttelettes d'eau imprégnaient ses cheveux. *Je vais attraper froid,* songea-t-il machinalement. Il récupéra sa redingote et la rendossa. Muet pour une fois, Stéphane de Malemort contemplait le blessé, l'air effaré. Au bout de secondes qui lui parurent des siècles, les deux hommes penchés sur

Jérôme se redressèrent. Il se heurta à leurs figures graves, comme moulées dans la cire.

— Vivra-t-il ? demanda-t-il, tandis que, de ses lèvres, s'exhalait un petit nuage glacé.

— Je suis optimiste, confia le chirurgien. L'artère fémorale n'a pas été touchée. Évidemment, des complications ne sont pas à exclure.

Il se pencha à nouveau sur le blessé pour lui prodiguer les premiers soins. Hugues était soulagé de ne pas avoir cette mort sur la conscience. *Morin, lui, m'aurait rayé de la surface de la terre sans le moindre remords*. Pour l'instant, il avait hâte de s'enfermer dans son hôtel et de réfléchir au moyen de reconquérir Élisabeth.

Chapitre 17

Jérôme souleva péniblement les paupières. La baie vitrée de sa chambre atelier renvoyait la pâle clarté de ce matin de décembre. Il avait mal dormi, une fois de plus, en dépit du laudanum. Élisabeth qui le veillait, relayée par Jeanne, s'était assoupie dans un fauteuil à ses côtés. Cela faisait deux semaines qu'on l'avait ramené rue Jacob, la cuisse entourée d'un bandage provisoire. À aucun moment il ne s'était évanoui sous l'effet de la douleur et du choc. La certitude d'avoir été sur le point de terrasser son adversaire lui gardait l'esprit clair. *Si au moins j'avais paré, au lieu de me mettre à découvert…*, se répétait-il. *Le maître d'armes me l'avait encore recommandé la veille.*

Son hostilité envers Beaufort l'avait emporté sur la prudence la plus élémentaire. Il se souvenait d'avoir été étendu sur la banquette du briska par Nicéphore et Raoul, du trajet où chaque tour de roue faisait irradier la douleur dans tout son corps, de l'ouverture de la portière et des ombres jaillies du porche. Deux voix chargées d'angoisse avaient résonné : celles de son oncle et d'Élisabeth.

— C'est ma faute, s'était lamenté Edgar. J'aurais dû l'empêcher de se battre, me montrer plus persuasif.

Ce à quoi Élisabeth lui avait opposé :

— Non, c'est la mienne. J'ai été égoïste et inconséquente.

Il aurait voulu les assurer que lui seul portait la responsabilité de son malheur, mais il ne pouvait bouger ni proférer aucun son. Comme des bras robustes l'emportaient à l'étage, il avait perdu connaissance. Ensuite, de courts réveils avaient alterné avec des périodes de repos procuré par les drogues. Durant les phases de veille, la fièvre l'agitait, mais il conservait assez de lucidité pour reconnaître la main qui le faisait boire ou rafraîchissait son front brûlant. Celle d'Élisabeth, le plus souvent. Elle était plus douce que celle de Jeanne, rendue rugueuse par les travaux domestiques. Une fois, il avait perçu un échange entre les deux jeunes filles.

— Vous devriez aller à la revue du Carrousel, suggérait Jeanne. Je m'occuperai de Monsieur Jérôme.

Et Élisabeth de protester :

— Non, je ne pourrai pas me distraire en le sachant si souffrant. Vas-y, toi !

— Ce n'est pas de refus. Ce sera peut-être la dernière parade. Les coalisés ont déjà passé nos frontières.

— Chut ! Il risque de nous entendre.

Que racontaient-elles ? Le pays ne pouvait être envahi, l'armée de Napoléon l'empêcherait. La levée de conscrits… Oui, il se rappelait. Des jeunots sans expérience du feu, sachant à peine manier un fusil, contre les corps prussiens et autrichiens et les Cosaques d'Alexandre.

Un effort l'avait soulevé sur son lit, mais sa faiblesse était telle qu'il était retombé. Un incendie semblait dévorer son corps tout entier. Le voyant se débattre, Élisabeth lui avait prodigué des paroles apaisantes tandis que la robe de Jeanne bruissait sur le plancher – les tapis avaient été enlevés par crainte de taches de peinture. Ensuite, il avait replongé dans sa léthargie d'où le sortaient les visites du praticien venu constater l'évolution de sa plaie à la cuisse. Les mots « infection » et « gangrène » avaient été prononcés au début, de quoi l'épouvanter si les drogues ne l'avaient maintenu dans un état second. L'amputation avait dû être évoquée aussi, mais hors de sa présence. En tout cas, il n'en gardait aucun souvenir. Comme tous les jours, il remua sa jambe droite sous les couvertures pour s'assurer qu'elle était bien là. Il remarcherait donc, mais plus question de défier Élisabeth à la course.

Elle sommeillait, un journal sur les genoux. Sa joue pâlie, le pli léger au coin de sa bouche, l'ombre bleuâtre sous ses yeux, tous ces détails émouvaient profondément Jérôme. Cette jeune fille exténuée ressemblait davantage à son amie d'autrefois qu'à la Parisienne sophistiquée de la dernière année. Il se sentait à nouveau proche d'elle. *Je ne referai pas les mêmes erreurs*, se jura-t-il une fois de plus.

Se sentant observée, elle ouvrit les yeux et demanda avec une tendre sollicitude :

— Veux-tu une tasse de chicorée ?

— Volontiers, puisque j'y ai droit. Je suis content de ne plus boire ces potions infectes.

Elle se leva et amorça un mouvement en direction de la porte.

— Non, l'arrêta-t-il. Sonne Isidore, il descendra à la cuisine te la chercher. Toi, tu as besoin de dormir, tu es épuisée.

— Je tiens à rester près de toi. Désormais, je ne te perdrai pas de vue un seul instant.

Il se fit taquin.

— Eh bien ! Ça va être gai ! Peindre sur le quai Conti avec un gendarme derrière soi…

Elle rit. Les traces des nuits blanches s'effacèrent de son visage. Puis, elle redevint sérieuse.

— À propos, Eva est venue chaque jour. Je lui ai fait répondre par Jeanne que le médecin déconseillait les visites.

— Tu as eu raison. Je la verrai… un peu plus tard, quand j'irai mieux.

La seule idée d'Eva l'épuisait. A fortiori, la voir en chair et en os… Elle apporterait dans la chambre son parfum de jasmin, virevolterait autour de son lit, l'étourdirait de paroles alors qu'il souhaitait par-dessus tout être tranquille. En plus, elle serait capable de s'apitoyer, de vouloir le prendre en charge, et le piège se refermerait sur lui. Son désir de se protéger le rendait cruel, mais la nécessité l'y poussait. Élisabeth s'était rassise et avait plié ce qu'il avait pris pour *Le Moniteur*. En réalité, il s'agissait de feuilles volantes grossièrement reliées.

— Si tu me faisais la lecture…, commença-t-il, intrigué.

— Ne préfères-tu pas un livre ? Ceci… te fatiguera.

Son embarras renforça la curiosité de Jérôme. Il se redressa et se pencha pour s'emparer des feuilles. Les mouvements simultanés lui arrachèrent un cri de douleur. Sa cuisse meurtrie le rappelait à l'ordre. Élisabeth vola à son secours et l'aida à s'adosser aux oreillers.

— Tu vois ? Tu as besoin de moi, plaisanta-t-elle.

Il l'admit, tout en réitérant sa requête. De guerre lasse, elle céda :

— Je te préviens, tu n'aimeras pas, et ton oncle me grondera.

— Mais non. Tu es revenue en grâce depuis que tu t'es transformée en garde-malade.

Elle lui dédia un faible sourire. Il aurait été bien avisé de l'écouter vu la teneur du document, lu d'une voix altérée. « Les puissances alliées ne font point la guerre à la France, mais à cette prépondérance que, pour le malheur de l'Europe et de la France, l'empereur Napoléon a trop longtemps exercée hors des limites de son Empire. Les souverains désirent que la France soit grande, forte et heureuse. »

— C'est ignoble, murmura-t-il, abasourdi. De quel droit ces gens interviennent-ils dans les affaires intérieures de notre pays ?

Sa question se heurta à l'expression désolée d'Élisabeth. La porte s'ouvrit doucement et dévoila Edgar. Ce dernier répondit à la place de la jeune fille :

— Du droit du plus fort, mon garçon. Napoléon les a tenus assez longtemps en lisière pour qu'ils cherchent à se venger.

— Aucune imprimerie française ne mettrait sous presse ce torchon.

— Aussi les royalistes se sont-ils adressés à des clandestines. Ils inondent Paris et la province de copies de la déclaration de Francfort… Oui, on nomme ainsi ce papier infâme, précisa Edgar.

— Que pouvons-nous faire ? Nous sommes trahis de toutes parts.

Ses mâchoires se serraient, ses ongles griffaient les draps. Le sentiment de sa propre impuissance le mettait dans une colère folle, au point d'alarmer son amie.

— Jérôme, je t'en prie, ne t'énerve pas ainsi, sinon ta température va remonter.

— Élisabeth a raison, tu dois d'abord songer à te rétablir. Pour le reste, l'armée se réorganise. Metternich et Alexandre n'ont pas encore gagné.

Jérôme feignit de le croire. Ah ! comme il aurait couru s'enrôler, s'il n'y avait pas eu ce duel stupide ! Cette fois, Edgar n'aurait pas pu le retenir.

— Je regrette de ne pas avoir tué Beaufort, déclara-t-il sombrement. Il appartient à cette gent qui démoralise les Français. Pourtant…

Voyant Élisabeth et son oncle suspendus à ses lèvres, il acheva :

— Lui ne voulait pas ma mort, j'en suis sûr. Je l'ai senti.

— Je pense comme toi. La preuve, il est venu en personne prendre de tes nouvelles. Edgar l'a… éconduit.

Pourquoi avait-elle trébuché sur la dernière phrase et baissé les yeux, lui dérobant ses yeux noisette, si expressifs sous la frange des longs cils bruns ? Trop las pour y réfléchir, il affirma :

— Il n'est pas venu pour moi, mais pour toi. Tu l'obsèdes. S'il demandait ta main, l'épouserais-tu ?

Cette fois, elle le regarda bien en face et protesta :

— Jamais ! Je n'épouserais pas un homme qui a failli te tuer. D'ailleurs, un Beaufort ne s'allie pas avec la fille d'un aide de camp et d'une paysanne. S'il me proposait quelque chose, ce ne serait ni son nom, ni son titre.

Cette déclaration mit du baume au cœur de Jérôme. Il ne sentait presque plus sa blessure. Leur existence allait reprendre son cours comme avant, mieux qu'avant, malgré l'incertitude des temps. Aucun d'eux ne s'aperçut qu'Edgar était sorti discrètement de la pièce.

Élisabeth avait menti pour ne pas inquiéter Jérôme. Edgar étant absent, c'était elle qui avait reçu le comte de Beaufort. Elle n'avait pu faire autrement. Ils s'étaient tenus face à face dans le petit salon, à bonne distance tout de même. La terne clarté du jour d'hiver révélait les traits tirés, le cerne violet sous les yeux d'Hugues. Tandis qu'elle tentait de le considérer avec détachement, il la fixait avec une sorte d'avidité désespérée.

— Je regrette, avait-il déclaré après d'interminables minutes de silence. Vraiment. Mais si je ne m'étais pas défendu, votre ami m'aurait tué.

— Si vous ne vous étiez pas introduit nuitamment dans cette maison, rien ne serait arrivé.

Elle avait été surprise de son propre sang-froid. D'eux deux, Hugues semblait le plus déstabilisé.

— Oui, avait-il admis, c'est entièrement ma faute. Comment puis-je réparer ?

Ces accents de sincérité l'avaient touchée. S'il s'attardait, elle serait capable de retomber dans le panneau, aussi avait-elle préféré abréger l'entretien.

— En sortant de nos vies. De toute façon, étant donné les événements, nos routes vont se séparer.

— Croyez-vous ? avait-il lancé, l'ironie fleurissant à nouveau au coin de sa lèvre. Je pense au contraire que vous aurez besoin de moi prochainement.

Et dire que j'étais sur le point de me laisser attendrir... L'ancien Hugues resurgissait, désagréable et sûr de lui.

— Et moi, je ne le pense pas, lui avait-elle retourné.

Devant sa détermination, il avait changé de ton, passant de l'arrogance cynique à une familiarité déplacée dans ces circonstances.

— Voyons, Élisabeth. Paris tombera bientôt aux mains des alliés, et le roi reviendra, nous le savons tous. À ce moment-là, ceux qui ont soutenu ce régime seront en fâcheuse posture.

Songeait-il à Edgar qui avait prêté de l'argent à Napoléon ? Oui, sûrement.

— Je vous renouvelle mon appui sans condition, avait-il ajouté. Souvenez-vous-en !

Elle avait négligé de répondre, se bornant à secouer la tête, et il était parti. La tension accumulée durant cette courte entrevue s'était alors relâchée, et elle s'était reposée sur le sofa avant de remonter au chevet de Jérôme. Dieu merci, il dormait, et elle pouvait donner libre cours à ses souvenirs. Ceux-ci l'avaient transportée loin de cette chambre où flottait une odeur douceâtre de médicament, au bal des Bassano. Le parfum des bougies mêlé aux fragrances suaves émanant des cheveux des élégantes montait vers elle. Une voix chaude l'enrobait de compliments. « Élisabeth, un prénom ravissant. » Son cœur se serra à cette évocation. Les attentions d'Hugues de Beaufort, sa cour empressée, ses délicatesses, tout cela n'avait été qu'un mirage. Le retour à la réalité, comme l'avait prévu Jérôme, était dur.

Dur aussi de devoir affronter Eva, songeait-elle tandis que Jérôme sombrait dans une douce somnolence. Tôt ou tard, la jeune fille reviendrait à la charge. Élisabeth la savait résolue à obtenir l'amour de Jérôme, pas à la manière insidieuse de Beaufort, mais avec une volonté égale. Comme si elle avait été dotée d'un sixième sens, Jeanne entra et lui glissa à l'oreille qu'Eva attendait en bas. Une fois sur le palier, toutes deux échangèrent librement.

— Une vraie sangsue, je vous jure ! grommela Jeanne. Elle devrait pourtant comprendre que Monsieur Jérôme ne veut plus la voir, mais non. Si elle pouvait, elle camperait devant le porche.

— Elle aime Jérôme.

— Ouais. Elle s'y accroche, surtout !

Les poings sur les hanches, Jeanne était l'image même de la réprobation.

— Les hommes détestent ça, enchaîna-t-elle. Vous, au moins, vous le laissez respirer.

— Ce n'est pas pareil.

— Allons donc ! C'est du pareil au même, sauf que vos sentiments sont généreux et les siens égoïstes.

Jamais Jeanne n'avait exprimé aussi nettement sa pensée. Percée à jour, Élisabeth se sentit rougir violemment.

— Ils ne sont payés de retour ni d'un côté ni de l'autre, parvint-elle à formuler.

— Pour la Dubreuil, c'est cuit, mais pour vous, je n'en jurerais pas. Monsieur Jérôme a une de ces façons de vous reluquer ! Isidore me reluquait comme ça, au début.

Élisabeth sourit à cette dernière remarque. S'il arrivait à Jérôme de la contempler avec affection, il ne la désirait pas comme un homme désire une femme. Comme il avait désiré Eva, sans doute… Jeanne se posta au bas de l'escalier.

— Au cas où la Dubreuil chercherait à forcer le passage, précisa-t-elle.

Au seuil du salon, une bouffée de jasmin assaillit Élisabeth, l'odeur caractéristique laissée par Eva dans son sillage. La fille du baron arpentait la pièce de long en large, indice de sa nervosité. Sa robe en jaconas vert saule, qui s'accordait à la nuance de ses prunelles et soulignait sa poitrine haute, avait été sélectionnée avec soin pour plaire à Jérôme. De même, sa coiffure : de minces serpentins noirs descendant le long de ses tempes et de son cou gracieux, enfermé dans la fraise de tulle mise à la mode par l'impératrice.

À son entrée, Eva s'immobilisa et lança avec alacrité :

— Ah ! te voilà enfin ! Je finissais par croire que l'on me condamnait cette porte. Montez-vous tous autour de Jérôme une garde de Cerbère ?

— Il n'est pas en état de recevoir des visiteurs.

Elle s'était demandé de quel ton user avec la jeune femme, avant d'opter pour un mode neutre. Ce qui n'eut pas l'agrément d'Eva, à en juger par le pli entre ses sourcils et la moue dépitée de ses lèvres peintes en corail.

— Même moi, sa fiancée ? s'indigna-t-elle. Je devrais être à son chevet au lieu de toi, une simple amie. Son oncle ne peut faire barrage, étant favorable à notre union, c'est donc ta faute.

Orgueilleuse et entêtée, elle préférait rendre une autre responsable de son échec. Même si Jérôme n'avait pas parlé de rupture, Élisabeth était persuadée que cette dernière était effective. Eva ajouta, de plus en plus vindicative :

— Hugues ne te suffit pas. Sous tes airs de sainte-nitouche, tu veux tous les hommes à tes pieds. Je vois clair dans ton jeu !

— Tu te trompes, dit Élisabeth, s'efforçant d'observer un maintien calme et digne. J'ai signifié son congé au comte de Beaufort. Quant à Jérôme, je ne l'accapare pas, il est libre de choisir qui il veut aimer.

— Et ce ne sera pas toi. Comment peux-tu espérer rivaliser ? Les hommes n'aiment pas les nigaudes empotées dans ton genre. Dès qu'il ira mieux, il m'appellera, et notre relation reprendra comme avant.

Ses mains gantées d'un vert identique à sa robe s'agitaient en tous sens, et sa petite tête se dressait, telles celles des vipères dans l'herbe, au bord du Noireau. « Méfie-toi, elles pourraient te piquer », disait Jérôme à Élisabeth pour la mettre en garde. *Dire que je l'ai crue mon amie ! En réalité, elle s'est constamment servie de moi pour atteindre de son but.*

Elle déclara alors, les mains bien à plat sur sa jupe de lainage écossais :

— Je n'en doute pas. Je ferai part à Jérôme de ta visite.

Son discours porta à son comble l'exaspération de son interlocutrice. Élisabeth s'attendait à un éclat, mais Jeanne n'eut pas à intervenir, pas plus qu'à restituer le witchoura, arraché à la patère d'une main rageuse.

— Bon vent ! s'écria-t-elle, comme la porte se refermait sur Eva avec fracas.

Chapitre 18

De son ongle, Élisabeth gratta les arabesques dessinées par le givre sur les vitres du salon. L'hiver 1814 était particulièrement rigoureux, et Isidore avait le plus grand mal à se procurer du bois. De même pour le beurre et certaines denrées. Depuis le début de l'année, l'avancée des alliés freinait les approvisionnements, et les prix flambaient. Jeanne se plaignait de payer le pain le triple de ce qu'il coûtait habituellement. Encore les Morin étaient-ils privilégiés. La rente avait beau baisser, la banque avait assez de liquidités pour voir venir, d'après Edgar. Les restrictions provoquaient de la grogne dans les faubourgs, mais la colère populaire était dirigée vers l'ennemi, responsable de tous les maux. Les blouses bleues[1], comme on les appelait, étaient les meilleurs soutiens de l'Empire, quand les ministres demeuraient dans une prudente expectative ou trahissaient carrément comme Talleyrand, suspecté de miser sur le retour des Bourbons tout en ménageant Napoléon.

Noël avait été triste bien que Jérôme fût assez rétabli pour se lever et tenir sa place à la table guéridon. Élisabeth

1. Durant la campagne de France, les paysans appelés « blouses bleues » à cause de leur tenue de travail ont aidé les soldats napoléoniens en harcelant sur le territoire les troupes des alliés.

avait déployé des trésors d'inventivité pour fabriquer des pantins pour les petits Chalis. Avec leur corps bourré d'étoupe, des boutons en guise d'yeux et une chevelure de laine, ils avaient remporté un franc succès. Elle éprouvait un peu de honte à avoir délaissé les enfants d'Armande au profit de Jérôme.

Elle retourna se rasseoir au petit meuble servant de bureau. Le bruit lointain du canon rythmait son écriture.

Chère maman,

Les alliés sont à présent aux portes de Paris, mais ne te fais pas de souci ; nos bataillons défendront la ville. Les troupes du maréchal Marmont et la garde nationale sont là pour nous protéger.

Elle s'interrompit et mordilla sa plume. En réalité, elle était loin d'être aussi optimiste. Trente-neuf mille hommes seulement contre cent mille Russes, Prussiens et Autrichiens coalisés. Quelle chance avaient ces braves d'arrêter la marche inexorable de l'ennemi ?

Jérôme se remet. Hier, il a pu faire une courte promenade dans le quartier, soutenu par Isidore et moi.

Elle se montrait volontairement vague à ce propos pour ne pas inquiéter sa mère. Elle termina sa lettre et la cacheta. Partirait-elle ? Élisabeth en doutait. Ni Jérôme ni elle ne sortiraient ce jour-là, tout comme Jeanne, Isidore et les autres domestiques. Edgar le leur avait interdit. Paris était devenu un camp retranché où l'odeur de la poudre à canon avait remplacé celle de la poudre de riz. Plus de concerts, plus de bals, plus personne aux terrasses pour profiter du timide soleil de mars. Paradoxalement, la ville grouillait de soldats des corps d'armée stationnés aux abords de Paris, et des files interminables de charrettes, d'animaux et de civières s'étiraient des portes de la capitale aux faubourgs.

Jérôme s'éveilla en entendant le pas d'Edgar dans l'escalier. Après avoir peint un peu, il avait somnolé une bonne partie de l'après-midi. Il n'avait guère d'autre choix que de rester à la maison, ce dont il ne se plaignait pas vraiment. Il se fatiguait vite. Retrouverait-il un jour son allant, sa vigueur d'autrefois ? Le médecin l'assurait, c'était juste une question de temps. Entendant rentrer son oncle, il enfila une robe de chambre et se traîna hors de la pièce. Élisabeth l'avait devancé dans le vestibule, où Isidore achevait de soulager Edgar de sa pelisse. Celui-ci affichait une mine grave de mauvais augure.

— Vous devez partir en Normandie séance tenante, leur annonça-t-il. Toutes nos connaissances ont déjà gagné la province : les Malemort, les Chalis, les Portal.

Savoir Pierre loin d'Élisabeth causa à Jérôme une certaine satisfaction. Il avait toujours jugé ce garçon indigne de son amie. Élisabeth demanda si les Dubreuil avaient aussi quitté la capitale.

— Non, répondit Edgar. Pour le baron, cela équivaudrait à déserter, et sa fille ne tient pas à s'enterrer à la campagne.

Il gratifia Jérôme d'un regard significatif. *Il pense qu'Eva reste pour moi. Sans doute a-t-il raison, mais cela ne changera pas ma décision de ne pas retourner rue Visconti.* Il n'avait pas revu la jeune fille, et celle-ci ne lui avait pas écrit.

— J'ai tout arrangé avec Madeleine, enchaîna l'oncle. Vous serez plus en sûreté là-bas.

— Pourtant, les réfugiés affluent, remarqua Jérôme. Au point qu'on ne sait où loger tout ce monde.

Élisabeth et Jeanne avaient rassemblé provisions, vêtements et couvertures pour nourrir, vêtir et réchauffer ces gens qui manquaient de tout. Edgar eut un haussement d'épaules.

— Pardi ! Ils redoutent les Cosaques, réputés piller, violer et tuer. Vous, vous n'avez rien à craindre, à Saint-Georges, ils n'iront pas de ce côté.

— Vous ne venez pas avec nous ? s'enquit Élisabeth.

Le ton ferme d'Edgar s'adoucit devant son inquiétude.

— Non, ma chère Élisabeth, je ne puis abandonner mes affaires en ce moment. La Bourse tangue, la rente s'effondre. Je crains que la banque Morin n'y survive pas.

Jérôme se cabra à ces mots.

— Alors, Élisabeth partira seule ! Moi, je reste ici avec vous. Mon père, s'il était en vie, n'abandonnerait pas la lutte. Tout n'est pas perdu. La régente, le roi de Rome[1] et Joseph Bonaparte se trouvent encore dans la capitale. Quant à l'Empereur, dès qu'il se sera débarrassé des coalisés, il viendra nous secourir.

— Le temps d'arriver, Paris sera tombé, dit sombrement Edgar. Le frère de Napoléon a si peu foi en son retour qu'il traite en secret avec l'ennemi, et Marie-Louise se prépare à fuir. L'Empereur le lui a ordonné, il refuse de voir sa femme et son fils aux mains des Autrichiens.

Jérôme chancela, autant sous l'effet de la douleur qui se réveillait que de son impuissance face à la situation. Élisabeth ne l'avait pas quitté des yeux.

— Sans cette maudite jambe, je serais à la barrière du Trône, à me battre aux côtés des élèves de l'École polytechnique, martela-t-il, les poings serrés.

Ravalant des larmes de rage, il s'appuya sur le bras

1. Marie-Louise d'Autriche, seconde épouse de Napoléon, et leur fils, qui porte le titre de roi de Rome depuis sa naissance.

secourable d'Élisabeth. Le regard de son oncle pesa un instant sur eux, puis Edgar s'exclama :

— Allons ! Pas de regrets inutiles ! Le temps presse. Nicéphore attend devant la porte avec le briska. Prenez le minimum de bagages. Votre séjour sera peut-être plus court que prévu.

Insinuait-il que la chute de Paris était imminente ? En plein désarroi, Jérôme n'insista pas. Pendant que Jeanne empaquetait leurs affaires à tous deux, Élisabeth l'aida à s'habiller. Le col de sa chemise bâillait, et sa redingote flottait autour de son corps. Enfiler ses chaussures s'avéra une torture tant les semaines d'alitement avaient raidi ses muscles.

Le pont des Tuileries étant bloqué par des militaires en armes, Nicéphore fit un grand détour. Il se servit maintes fois de son fouet pour frayer un passage à la voiture dans les rues et les artères encombrées. Les véhicules entrants, trop chargés, versaient régulièrement, et leur contenu hétéroclite se répandait sur la chaussée. Les roues du briska passaient sur des ustensiles de cuisine divers, sur des matelas, sans que le robuste cocher s'en émût outre mesure. Nicéphore ouvrait la voie à des landaus, des cabriolets et des berlines abritant des gens fortunés, pressés d'échapper à un siège.

À la sortie de la capitale, le briska fut arrêté à plusieurs reprises par des hommes en armes et ses occupants durent exhiber leurs papiers. En comparaison, le voyage jusqu'en Normandie fut presque une partie de plaisir.

Pourquoi la ferme lui semblait-elle si petite, le potager si minuscule, le verger si étriqué ? Ils paraissaient avoir rétréci en dix-huit mois. Élisabeth n'en revenait pas. Une fois passé les premières effusions, elle avait remarqué à quel point sa mère avait vieilli. Ou alors, elle la voyait avec d'autres yeux, ceux de la Parisienne qu'elle était devenue. Devant ces fils blancs dans les cheveux pareils aux siens, ces rides profondes, ces mains crevassées qu'elle essuyait à sa jupe luisante d'usure, Élisabeth eut honte de son manteau de taffetas ambre doublé d'une fourrure chaude et moelleuse. Pourquoi n'avait-elle pas envoyé plus d'argent à sa mère ? Mais cette dernière ne lui en tenait pas rigueur.

— Laisse-moi te regarder. Oui, tu ressembles aux images de ces revues de mode dont tu raffolais. Je suis fière de toi.

— Tu exagères, maman. Sous ces beaux habits, je suis toujours la petite Élisabeth qui chapardait les pommes pas mûres.

Ce n'était pas tout à fait exact. Elle avait changé et promenait sur son environnement un regard incrédule. Jérôme, lui, n'avait pas l'air le moins du monde dépaysé. Il reprenait possession de la chaumière et du paysage avec une tranquille assurance. Ne pouvait-elle l'imiter, se réjouir du ravissement de sa mère devant son cadeau : un châle de cachemire brun ?

C'était Jérôme qui avait arrangé le vêtement sur les épaules de Madeleine d'un geste naturel et charmant. Lui encore qui avait répondu de bonne grâce à ses multiples questions sur leur existence à Paris. Il avait même brièvement évoqué le duel, sans en préciser le motif. Après, il avait fallu s'asseoir à table, déguster le cidre de l'année et la tarte aux pommes.

Élisabeth avait trouvé au premier un goût sur et à la seconde un côté étouffe-chrétien. Sans compter cette crème onctueuse et écœurante. Des bulles de champagne pétillaient dans sa tête, des mets délicats défilaient dans sa mémoire pendant que Jérôme, très à l'aise, buvait et dévorait. Se retrouver dans sa chambre étroite, grelotter dans des draps rêches, se laver à l'eau glacée du broc lui avait fait regretter le confort et le raffinement de l'hôtel Morin. *Je ne suis plus à ma place ici,* s'était-elle dit. *Je ne pourrai pas non plus demeurer indéfiniment sous le toit d'Edgar. Quoi faire en ce cas et où aller ?* Elle s'était endormie sur cette incertitude.

Les jours suivants avaient un peu atténué cette mauvaise impression. Le doux soleil d'avril, le ciel bleu et la douceur de l'air y étaient pour beaucoup. Dans sa Normandie natale, Jérôme était pareil à un poisson dans l'eau. Il se rétablissait à toute vitesse, reprenait forces et couleurs. Élisabeth le surprit même en train de fendre du bois dans la cour de la ferme et le gronda pour son imprudence. Mais comme il était beau ! Le spectacle de ses cheveux châtains et du hâle léger de ses avant-bras que dévoilaient les manches de sa chemise roulées à la hauteur du coude avait accéléré son pouls. Il passait ses journées au bord du Noireau, à dessiner la rivière et les arbres s'y reflétant. Elle le rejoignait parfois et s'asseyait, immobile, le profil tourné vers le cours paisible pour ne pas donner l'impression de le couver des yeux. Il changeait alors d'inspiration et la crayonnait à grands traits.

L'un de ces après-midi de printemps, elle lui apporta la lettre d'Edgar, reçue le matin même.

— Elle a mis une semaine à arriver, indiqua Jérôme. Veux-tu que je la lise tout haut ? Ce n'est pas secret, tu sais.

Elle avait une boule dans la gorge. Et si Edgar parlait du retour du seul Jérôme ? Pourquoi pas, après tout ? Elle ne lui était rien, et les Chalis pouvaient dénicher une autre bonne d'enfants. Jérôme commença à lire :

— « Mon cher neveu, les événements se sont succédé

avec une telle rapidité que je n'ai pas trouvé un moment pour t'écrire. C'est fait, les troupes alliées sont entrées dans Paris par le faubourg Saint-Martin. Les Cosaques d'abord, en uniforme rouge, puis le tsar en personne et le roi de Prusse. Les gens des beaux quartiers les ont entourés et fêtés, mais le peuple est resté muet. Je tiens ces informations d'Isidore. Pour ma part, je n'ai pas voulu assister au triomphe des alliés et à la trahison de certains des nôtres. Le Sénat a nommé Talleyrand à la tête du gouvernement provisoire. Il ne va pas tarder à rappeler le comte de Provence[1]. À présent que les armes se sont tues et que nos connaissances reviennent les unes après les autres, les Chalis en tête, je désire ton retour. Ton oncle affectionné. »

— Quel gâchis ! s'exclama Jérôme en repliant le feuillet. Nous avions des canons, des fusils et des vivres, de quoi tenir jusqu'à l'arrivée de l'Empereur. Nous avons été trahis par notre propre camp… Et nous devons rentrer dans ce Paris livré à l'ennemi.

La gorge d'Élisabeth ne se desserrait pas. Elle finit par lâcher :

— Ton oncle parlait de toi, pas de moi. J'en déduis que je dois rester ici.

— Quelle idée ! Non, il n'en est pas question. Tu rentres avec moi ou je ne rentre pas.

Le cri du cœur. Celui d'Élisabeth manqua un battement. Elle se pendit au cou de son ami et déposa un baiser sur sa joue. Le geste se voulait fraternel, mais elle ressentit un émoi d'une tout autre nature. Jérôme avait rougi. L'espace de quelques secondes, elle crut qu'il allait l'embrasser. Il se contenta de lui effleurer doucement l'épaule.

1. Frère cadet de Louis XVI, il devint roi de France sous le nom de Louis XVIII à la Restauration.

— Nous rentrerons ensemble ou pas du tout, répéta-t-il. Armande doit être aux cent coups. Je parie qu'elle répète partout que tu es indispensable à ses marmots !

Et si c'était à lui qu'elle était indispensable ? Elle refoula cette pensée. Jérôme, son presque frère. L'envisager autrement était inimaginable. Lui, de son côté, devait rêver d'Eva en secret. Une si fascinante créature ne se laissait pas oublier facilement. Une fois à Paris, peut-être ferait-il le premier pas. Lui avec Eva et elle avec Portal ? Non, pas avec Pierre. Il était versatile et avait un petit pois dans la cervelle.

Laissant Jérôme à ses dessins, elle reprit le chemin de la maison. Malgré les mauvaises nouvelles et le chagrin probable de sa mère, retourner à Paris la remplissait d'allégresse. Revoir Edgar et les petits Chalis lui causait une joie profonde. Il n'y avait pas de temps à perdre.

Elle gagna sa chambre et commença à remplir son sac de voyage. Selon les recommandations de l'oncle, elle avait emporté peu d'effets, privilégiant les tenues les plus simples, dont les robes données par Eva ne faisaient pas partie. La toilette jaune paille arborée à l'Opéra constituait l'exception. Son luxe jetait une note incongrue dans l'armoire normande rustique. Au lieu de la plier, Élisabeth ôta sa robe de linon et enfila le fourreau par-dessus la fine brassière qui lui servait de corset. La pièce ne possédait pas de glace, mais la seule caresse de la soie sur sa peau représentait un pur bonheur. Elle se mit à tournoyer, comme Hugues de Beaufort le lui avait appris, un bras arrondi pour enlacer un cavalier imaginaire, l'autre retenant sa traîne. Un vibrant appel venu de l'extérieur l'arracha à sa danse.

— Oh ! hé ! Y a-t-il quelqu'un ?

Hugues en Normandie. Mon Dieu ! Son sang se figea dans ses veines. Pas le temps de se changer. Et s'il venait au comte l'idée malencontreuse de monter sans y être invité ? Tant pis, elle descendrait comme elle était.

Elle se lança dans l'escalier, pestant contre sa jupe étroite qui entravait chacun de ses pas, et traversa la salle sombre. Sa mère se trouvait à Flers pour les courses indispensables, et Jérôme près de la rivière. Elle devrait donc affronter seule le comte de Beaufort. Elle releva la tête, redressa les épaules et sortit.

Hugues se tenait debout près de la barrière séparant la ferme de la route, d'une suprême élégance, comme toujours, du haut-de-forme gris perle aux souliers vernis. Les marques de fatigue s'étaient estompées sur son visage, et il rayonnait à nouveau d'une mâle séduction. Elle se maudit d'y être encore sensible. Déterminée à résister coûte que coûte, elle s'exclama, après avoir respiré un bon coup :

— Quelle surprise de vous voir ici ! Elle n'est pas très agréable, je le crains.

Sa remarque eut l'air de le déconcerter, puis se reprenant, il partit d'un rire sarcastique.

— Ma chère, comme vous y allez ! Quant à moi, permettez-moi d'être également étonné. Y a-t-il bal à la ferme ?

— Ma tenue ne vous plaît pas ?

— Bien sûr que si. Je crois même la reconnaître. N'est-ce pas celle de l'Opéra ? Vous m'avez provoqué, ce soir-là, jusqu'à me faire perdre le bon sens.

— Je vous croyais plus solide.

— Eh bien ! Pas du tout. Vous, femmes, détenez le pouvoir de réduire un homme à néant par un seul de vos regards.

Comme il parle bien ! Si je ne le connaissais pas, je répondrais à la douceur de cette voix, à l'appel pressant de ces yeux noirs.

— Cessez de plaisanter ! trancha-t-elle. À quoi dois-je votre visite ?

— L'envie de vous revoir, de m'assurer que votre ami se rétablissait.

— Vous n'avez pas parcouru plus de cinquante lieues pour cela, je suppose ?

Elle ne lui avait pas proposé d'entrer, et il jouait nonchalamment avec sa canne, la faisant virevolter. À la fin, il en planta l'extrémité dans l'herbe et répliqua :

— Non, j'avais quelques… personnes à rencontrer à Rouen. Aussi ai-je décidé de joindre l'utile à l'agréable.

Une lueur sinistre traversa ses prunelles, si caressantes l'instant précédent. Un frisson courut le long des omoplates d'Élisabeth. Quelle folie de se dénuder ainsi le dos en avril ! Elle informa Hugues que Jérôme était guéri et ne conserverait aucune séquelle.

— Je m'en réjouis. Vous n'aurez donc plus aucune raison de rester ici. L'ordre règne de nouveau à Paris. Les souverains d'Europe sont traités en libérateurs et, sous peu, Louis XVIII fera son entrée en grande pompe. Je ne doute pas qu'Edgar Morin se mette à son service. La finance n'a pas d'opinion politique, c'est bien connu.

Vous mentez ! faillit-elle lui assener. *Edgar ne peut pactiser avec l'ennemi.* Mais s'il disait vrai ?

— Je vous choque ? ajouta-t-il d'un ton affable. Morin aura raison de faire des risettes au nouveau régime. Cela prouvera son bon sens.

Les pans de sa redingote soulevés par le vent dévoilèrent soudain la cocarde blanche au revers de son gilet. C'en était fini de l'épopée impériale, de cette merveilleuse aventure à laquelle le père d'Élisabeth avait participé. Les émigrés revenaient dans les fourgons des alliés, résolus à balayer vingt-cinq années d'un revers de manche.

La gorge serrée, elle demanda quel sort ses vainqueurs réservaient à Napoléon.

— Les alliés l'envoient à l'île d'Elbe, un minuscule carré de terre au large de la Corse, où il n'aura plus l'occasion de nuire.

Élisabeth mesura une nouvelle fois le fossé qui la séparait de cet homme. Si l'amour ne l'avait pas aveuglée, elle se serait détournée de lui dès le début, au lieu de rechercher sa compagnie. Mais fallait-il nommer ainsi ce feu de paille vite consumé ? Il en existait un autre, à la flamme inextinguible.

— Cessons de parler de Bonaparte, reprit Hugues. Ce sujet est d'un ennui mortel, et je déteste m'ennuyer. Pas vous ?

— Je ne m'ennuie jamais.

— Même dans ce trou de campagne ?

— Je suis normande et fière de l'être. Je n'ai pas été élevée dans la soie, comme vous.

Une grimace déforma la belle bouche sensuelle du comte.

— Moi qui étais venu vous arracher à cet exil…

Élisabeth jeta un coup d'œil à la berline stationnant le long de la clôture. Elle aussi était pavoisée aux couleurs de la monarchie. Hugues pouvait bien déployer ses arguments, plus jamais elle n'y monterait.

— Et dans quel but, s'il vous plaît ? s'écria-t-elle, tournée vers lui. Faire de moi votre maîtresse de six semaines ou de six mois ?

Il accusa le coup avant de persifler :

— Je vous croyais différente des autres femmes, tel n'est pas le cas. Harponner un homme, de préférence riche et bien en vue, voilà votre but à toutes. Votre amie, Eva Dubreuil, m'a supplié de l'épouser, il y a quatre ans. Oui, elle comme les autres. Le mariage ! Un piège où je ne tomberai pas.

— Cela me convient. Je n'ai nulle envie de vous épouser.

Elle lut sur son visage l'incrédulité et la rage, en plus d'un autre sentiment, difficile à cerner. La rejoignant d'un bond, il l'attrapa par les poignets et les serra à les briser.

— Élisabeth, vous me torturez. Je vous aime. Notre dernière conversation m'avait accablé et, lorsque j'ai trouvé le courage de me représenter rue Jacob, votre Isidore a refusé de me dire où vous étiez avant de me jeter dehors. Par bonheur, Stéphane de Malemort connaissait votre destination.

— Vous vous êtes imposé un détour inutile. Je ne vous aime pas et je ne vous aimerai jamais.

D'un coup, elle se sentit libérée.

— Est-ce Jérôme que vous aimez ? demanda-t-il.

En dépit de la sourde menace contenue dans ces paroles, elle répondit posément :

— Peut-être bien, après tout.

— Vous avez tort de le préférer à moi. Les jeunes gens ne savent pas s'y prendre avec les femmes. Ils sont maladroits, soucieux uniquement de leur plaisir. Notre chère Eva a dû être déçue.

Élisabeth ne broncha pas sous ce flot de bile. Plus rien ne pouvait la toucher venant de lui.

— Eh bien ! fit-il, il n'y a plus rien à ajouter. Je vous souhaite beaucoup de bonheur, ma chère. Au plaisir de nous revoir à Paris !

Chapitre 19

Hugues ôta son chapeau et s'inclina de manière ostentatoire. Sous son sang-froid apparent se dissimulait une colère qu'il tentait à grand-peine de réprimer. Sa tendre agnelle avait changé, des crocs lui étaient poussés. Avec quel aplomb lui avait-elle tenu tête ! Au fond, cette résistance ne lui déplaisait pas. La chasse n'en serait que plus excitante. Sur le point de donner au cocher le signal du départ, il se retourna. Jérôme remontait le pré, et Élisabeth courait à sa rencontre, papillon jaune dans le couchant. Elle se suspendit à son cou et l'embrassa non pas sur la joue, mais sur la bouche. Hugues en éprouva une gêne au niveau du plexus, une sensation pénible d'étouffement. « J'aurais dû tuer ce blanc-bec », énonça-t-il tout haut, avant de passer la tête par la vitre ouverte.

— À Rouen !

Les bonapartistes de Rouen feraient les frais de la colère déchaînée en lui par cette petite buse. Ainsi qu'il le lui avait avoué, il n'était pas seulement en Normandie pour ses beaux yeux. La confrérie des Chevaliers avait signalé à Rouen plusieurs foyers hostiles au retour du roi, et il entendait bien mettre au pas ce monde-là avec l'aide de fervents légitimistes. Louis XVIII le remercierait de le servir avec autant de zèle. Un poste d'ambassadeur, peut-être ? Il se prit à rêver d'une vie excitante et chargée d'honneurs. Déjà, il avait éprouvé un sentiment d'ivresse en arborant au matin du 31 mars la cocarde blanche, et en sillonnant avec ses amis les rues désertes de Paris après la reddition de Marmont. Avec quel enthousiasme avait-il crié « Vive le roi ! » à l'unisson de ses « frères » sans que la police intervînt ! Il n'avait rien perdu non plus de l'entrée des alliés par la porte Saint-Martin. Des années qu'il attendait ce jour ! Après l'humiliation de l'émigration et celle de devoir manger dans la main des suppôts d'un régime exécré, il tenait enfin sa revanche.

Cet élan l'avait porté tout le long de la route vers la Normandie, pour se briser contre la résistance de cette petite qu'il aurait rejetée après l'avoir possédée une ou deux fois. Triste et risible. Comme elle lui avait lancé son mépris à la figure sans se départir de son calme ! À sa place, Agathe l'aurait apostrophé avec ce langage de poissonnière dont elle usait quand elle s'énervait. La paysanne se comporterait en comtesse, s'il lui en offrait l'occasion. « Je n'ai nulle envie de vous épouser », avait-elle déclaré, et ces mots sonnaient vrai. Si sa prochaine position au sein de la nouvelle Cour ne lui avait interdit de se mésallier, il aurait peut-être franchi le pas. Élisabeth lui était apparue si désirable dans le contre-jour qui rendait transparente la soie de sa robe ! Le soleil illuminait de rose ses épaules nues et transformait sa chevelure en or en fusion. Il refusait de voir ces trésors gaspillés par un jeune crétin incapable de les apprécier. *Il ne l'aura pas, j'y veillerai,* se jura-t-il en se rencognant sur la banquette.

La présence des alliés n'empêchait pas Élisabeth de sortir. Elle se promenait dans les parcs, arpentait les rues, achetait un bouquet au marché, glissait un sou dans la main d'un mendiant. Jérôme ne l'accompagnait pas, sous prétexte que la vue des uniformes ennemis déambulant dans Paris lui était insupportable. Il prétendait redouter pour elle des avances déplacées de la part des officiers, les hommes de troupe restant stationnés dans les casernes, excepté les Cosaques, admis à camper sur les Champs-Élysées. Mais, à part de lourdes galanteries débitées à son passage, les occupants se conduisaient bien dans l'ensemble.

Elle avait espéré convaincre Jérôme d'assister à l'entrée du roi dans Paris, mais là encore, il avait refusé. Tant pis, elle se passerait de lui. Edgar avait abondé dans son sens :

— Ma chère enfant, vous ne reverrez pas de sitôt pareil spectacle.

— Celui d'un roi podagre sans la moindre prestance, avait grommelé Jérôme.

— On le prétend libéral ; en tout cas, plus que son frère d'Artois, une relique de l'Ancien Régime. Il faudra voir à l'usage, avait enchaîné Edgar.

Un goût amer avait envahi le palais d'Élisabeth. Jérôme avait haussé les épaules.

— Je ne vous comprends pas, mon oncle. Vous, le frère d'un officier de Napoléon tué glorieusement au combat, vous montrer prêt à pactiser avec ces gens…

— Il ne s'agit pas de pactiser, mais de redresser la France. Ces guerres incessantes l'ont épuisée, et le peuple aspire à la paix.

Élisabeth était prise entre deux feux, partagée entre sa fidélité à l'Empire et une curiosité commune à la plupart des Parisiens. De plus, il fallait prendre en compte le désir de ne pas déplaire à Jérôme. Depuis leur retour, il n'avait plus évoqué la scène dans le pré, comme si le sujet était tabou. Elle se remémorait avec nostalgie leur baiser au milieu des premières jonquilles. Dès l'instant où leurs lèvres s'étaient jointes, elle avait su qu'il était celui qu'elle attendait. Tous ces détours, ces hésitations, ces erreurs, quand l'amour se trouvait à portée de main ! Il suffisait de le cueillir, comme les pommes du verger à l'automne. La bouche de Jérôme avait cette même saveur acide qui lui chavirait les sens. Alors, comment interpréter les paroles incroyables qu'il avait prononcées ?

— Je regrette, Élisabeth. Tu étais bouleversée et j'en ai profité. Oublions cela, veux-tu ?

Il l'avait écartée de lui d'un geste ferme, mais le désarroi s'était inscrit dans son regard, de même que la honte. Ivre encore des sensations éprouvées, elle avait vacillé sous le coup qu'il lui portait.

— Je ne comprends pas. Pourquoi oublier ? Je suis venue de moi-même dans tes bras, je m'y sentais tellement en sécurité ! Hugues me fait peur.

Les mâchoires de Jérôme s'étaient serrées, ses poings crispés, comme s'il s'apprêtait à tordre le cou à son rival.

— Cet homme… Je regrette de ne pas l'avoir expédié en enfer ! Au-delà des opinions politiques qui nous divisent, il le mérite pour t'avoir tourmentée.

— En ce moment, tu m'effraies autant que lui, avait-elle confessé sombrement.

— J'en suis désolé. Ne pense plus à ce baiser, il ne représente rien et n'aurait pas dû exister.

Il racontait n'importe quoi. Le désir qui les avait enflammés était bien réel, pourquoi le nier ? Elle avait laissé retomber les bras le long de son corps, tels des objets inutiles. Jérôme avait ajouté, sans doute pour atténuer la dureté de ses propos :

— Mon attitude envers Eva prouve que je ne suis pas mûr pour m'engager dans une relation sérieuse, surtout par des temps aussi incertains. Quant à toi, tu as vécu une expérience très pénible et tu ne sais plus où tu en es.

Si, je le sais ! avait-elle été sur le point de s'écrier, avant de se rendre compte de l'inanité de cette protestation. Jérôme n'était pas prêt à transformer leur relation amicale en un lien plus tendre. Elle avait un peu compté sur le retour à une vie normale pour hâter cette évolution, mais les jours défilaient et le miracle ne s'était pas produit. Il la traitait en bonne camarade, pas en amoureuse. À croire qu'il avait oublié cet élan impérieux qui les avait jetés l'un vers l'autre.

Elle avait fini par se persuader qu'il n'y avait aucun mal à se mêler à la foule parisienne par cette belle journée de début mai. Le soleil ardent la dispensait de châle, mais pas de chapeau, Jeanne l'ayant tancée pour s'être promenée visage et tête nue durant des jours.

— Votre teint a la couleur des œufs bruns. Si ce n'est pas malheureux après avoir pris toutes ces précautions pour le blanchir ! Et vos mains sont un désastre.

Aussi Élisabeth dissimulait-elle ces dernières sous des gants de dentelle et s'était-elle coiffée d'une paille blonde, légèrement inclinée sur le front, et retenue sous le menton par un ruban de faille jaune.

Elle emprunta les venelles derrière les boulevards pour rejoindre la rue Saint-Denis où passerait le cortège. Des draps blancs, suspendus à certaines façades, indiquaient la couleur politique des habitants. Au fur et à mesure de sa progression, la foule se faisait plus dense, composée en majorité de badauds dont seuls les plus âgés se rappelaient le dernier roi. À quoi ressemblait celui qui n'avait pas mis les pieds en France depuis le début de la Révolution ? Les portraits, distribués avec générosité par ses partisans, le montraient majestueux, le nez typiquement bourbonien.

Élisabeth avait l'intention de demeurer en retrait,

mais la presse la propulsa derrière les dos larges, voûtés ou maigrichons de la première rangée. À l'annonce du passage de la calèche royale, un frémissement agita l'assistance, chacun tendit le cou, se haussa sur la pointe des pieds, et les gardes nationaux eurent fort à faire pour contenir cette marée humaine. Entre les hauts-de-forme et les capotes empanachées de plumes, Élisabeth aperçut la Vieille Garde s'avançant sur la chaussée d'un pas lent et bien accordé. Sous les hauts bonnets à poils, pas un muscle de la figure ne bougeait. Que pouvaient bien penser ces hommes qui avaient suivi l'Empereur dans ses campagnes victorieuses, à présent réduits à escorter un roi de pacotille ? *La mort de papa a été inutile,* se dit-elle pour la première fois de sa vie.

Les tambours, le claquement des drapeaux et les cloches ne suffisaient pas à créer une ambiance de fête. Le carrosse contenant le souverain parut enfin, déclenchant quelques maigres vivats. Tassé sur des coussins, Louis XVIII correspondait au portrait à l'acide tracé par Jérôme : un homme obèse au ventre serré dans un gilet et aux grosses jambes emmaillotées de soie blanche. Il soulevait son tricorne et saluait mécaniquement.

Assise près de lui, sa belle-fille, la duchesse d'Angoulême, une grande femme maussade, n'avait plus rien de la petite prisonnière du Temple dont le sort tragique avait ému tout le monde. « Elle a l'air d'un grenadier », surprit Élisabeth. « Quelle Cour nous préparent ces gens ! » s'exclama une autre personne. Prévenue par Edgar que des provocateurs légitimistes figureraient dans le public, elle s'abstint de commentaire.

Les sabots des huit chevaux au harnachement fleurdelisé résonnèrent sur le pavé dans un silence à peu près total, rompu par des acclamations émanant du balcon d'une maison pavoisée de blanc. Blanche aussi la toilette de la femme aux mains battant à un rythme régulier. Malgré la distance, impossible de s'y méprendre. *Agathe de Vandeuil.* Si Élisabeth ne l'avait pas reconnue à ses cheveux roux, l'homme debout près d'elle aurait confirmé son identité. Il se tenait droit, laissant planer sur la populace au-dessous un regard qu'elle devinait railleur.

Consciente qu'il pouvait la repérer à sa robe jaune, Élisabeth recula pour se confondre dans la marée humaine. La pression de ces corps en transpiration se resserrait autour d'elle lorsqu'une brèche s'ouvrit, à la faveur de laquelle elle put se faufiler et accéder au bout de trottoir encore libre. Elle jeta un coup d'œil machinal sur le balcon où Agathe et Hugues plastronnaient et le découvrit vide. Avec horreur, elle vit le couple venir dans sa direction. Comment avait-il pu traverser la chaussée défendue par la garde nationale ? Mystère ou passe-droit ? Faire volte-face eût été indigne de la fille d'Henri Chanteaume. Elle attendit donc, s'appuyant au mur frais.

— Tiens ! Mais c'est la petite paysanne bonapartiste ! s'exclama Agathe. Où sont vos sabots, ma chère ? Laissés dans votre ferme normande, je présume.

Ses yeux verts étincelaient d'une joie méchante. L'une des mains qui applaudissaient le roi tout à l'heure se resserrait à présent sur le bras d'Hugues. Élisabeth rétorqua :

— Vous présumez mal. Je vais pieds nus quand je suis là-bas.

Un instant interdite, Agathe éclata de rire.

— Quel sens de la repartie, ma petite ! N'est-ce pas, Hugues ? Avec vous, elle a été à bonne école.

Elle toucha l'épaule de son compagnon avec son ombrelle de dentelle – blanche, naturellement. Il se raidit et lança :

— Cet échange ne mène à rien, Agathe. Allons plutôt chez Tortoni nous rafraîchir.

— Alors, nous devrions emmener notre amie. Elle

sue comme un porc, à se frotter à ces gueux. J'espère au moins que le spectacle vous a plu ? enchaîna-t-elle, s'adressant à Élisabeth.

— Non, il m'a édifiée.

La raillerie s'effaça de la figure d'Agathe, au profit d'une grimace. *J'ai visé juste,* se réjouit Élisabeth. Hugues montrait des signes manifestes d'impatience. À l'évidence, il aurait préféré être ailleurs. Elle ne réussissait pas à croiser son regard, dérobé sous ses longues paupières bistre. Agathe observa, l'air mi-figue, mi-raisin :

— De l'esprit, décidément. Je vous prenais pour une sotte et je reconnais mon erreur.

— Finissons-en ! trancha Hugues, de plus en plus excédé. Des divertissements plus palpitants nous attendent.

— Vous avez raison. Asticoter cette fille n'est pas si amusant. À bientôt, ma chère, et prenez le temps de vous décrasser. Les remugles de vos nippes offenseraient les narines les moins délicates.

Elle ponctua d'un petit rire cette ultime pique et continua son chemin, flanquée d'un Hugues pas fâché de s'éloigner. *Oh ! j'aurais dû lui envoyer à la tête les affreuses taches de rousseur autour de son nez et de son décolleté !* regretta Élisabeth. Mais le dédain de Beaufort n'était-il pas, au final, plus pénible que les piqûres d'aiguille de sa compagne ?

— Cette engeance nous déteste, soupira Agathe au bout de quelques pas. À part quelques ovations, je n'ai vu que mines fermées et mains inertes.

Le peuple avait même conspué les maréchaux hâtivement ralliés à la monarchie. Par contre, les habitants du faubourg Saint-Germain favorables à l'Empire ne s'étaient pas déplacés.

— Pardi ! Ils sont terrés dans leurs hôtels particuliers en attente de jours meilleurs. Cette racaille nous recevait il y a peu, je vous le rappelle.

— Oui. Cela les flattait d'accueillir dans leurs cercles des représentants des plus vieilles familles aristocratiques.

— Ce n'était plus le cas cette dernière année. Chalis m'a chassé de sa maison de campagne comme un malpropre. Je m'en souviendrai, je n'ai pas la mémoire courte.

Les poings d'Hugues se serrèrent imperceptiblement. Non, il n'avait pas oublié la façon dont Chalis l'avait congédié : « Mon cher, compte tenu de la tournure des événements et de vos opinions, vous comprendrez que je vous ferme ma porte. » Quant à Armande, son obstination à faire barrière entre sa protégée et lui l'avait irrité.

— Ses pareils et lui ne songent qu'à remettre Boney sur son trône, ajouta-t-il. Je les aurai à l'œil grâce à Stéphane, le seul à me conserver son estime.

— Je ne doute pas de votre capacité à manipuler ce pauvre garçon.

— En même temps, je l'aime bien.

Agathe partit d'un rire moqueur.

— Vous, aimer quelqu'un ? Ce serait bien la première fois.

Il négligea de relever l'insolence. Après tout, Agathe avait raison, il n'était guère sentimental, et son amitié pour Malemort était de nature superficielle. Parmi ses ennemis, il n'avait pas cité les Morin, à dessein. La Bourse connaissait un regain de vigueur, et le banquier ne serait pas le dernier à retourner sa veste. *Dans ce cas, je n'aurai pas la moindre prise sur Élisabeth,* se disait-il, contrarié. Il avait eu toutes les peines du monde à feindre l'indifférence lors du vif échange avec Agathe. La jeune fille s'était montrée à la hauteur, et il enrageait de la distance qui existait désormais entre eux.

Les derniers carrosses étaient passés, et un flot continu se déversait sur la chaussée dégagée par la garde nationale. Des lâchers de colombes et de ballons décorés de lys s'élevaient en flèches immaculées dans le ciel bleu. Agathe remarqua :

— Dieu merci, les troupes d'occupation ne feront plus long feu. Mon hôtel a été réquisitionné pour loger deux officiers russes et vous avez pu constater l'état du salon…

En effet, il avait fallu enjamber les bouteilles de vodka vides dont quelques gouttes avaient taché le tapis d'Aubusson, et marcher sur des brassées d'uniformes. Hugues se força à sourire.

Chapitre 20

Des bouffées d'air tiède pénétraient par les fenêtres de la salle à manger transformée en galerie de peinture. Les domestiques avaient poussé les meubles contre les murs, dépendu *Bonaparte au pont d'Arcole* et le portrait d'Élisabeth, pour accrocher les autres toiles de Jérôme. Le cadre bucolique de la campagne normande servait de décor à la plupart, mais les Tuileries, enfin achevées, y figuraient ainsi qu'un étonnant portrait de Madeleine penchée sur son métier à tisser. La seule toile à avoir été écartée représentait un aigle aux ailes déployées, lacérant un drapeau blanc avec ses serres. L'oncle Edgar avait battu le rappel de ses amis et relations : les Chalis, les Malemort, les Villefujier, les Portal, y compris Pierre qui n'avait pas tenu rigueur à Élisabeth de son refus. Les seuls à avoir boudé cet événement mondain étaient le baron Dubreuil et sa fille.

— Je les avais invités par simple correction, avait expliqué Edgar. Je savais que Jérôme préférait qu'ils ne viennent pas.

De ce dernier point, Élisabeth était sûre, mais elle n'aurait pas aimé voir évoluer la belle Eva dans l'une de ses toilettes époustouflantes. Aucun partisan du régime en place n'avait été convié. On était entre soi, ce qui n'empêchait pas de baisser la voix et de lancer des regards furtifs à droite et à gauche, comme si les murs avaient eu des oreilles. Les mouchards de la police du roi s'insinuaient même parmi les domestiques, selon le père d'Armande de Chalis. Réflexion qui avait suscité un sursaut indigné chez Isidore, en faction dans le vestibule.

Sensible à cette atmosphère pesante, Élisabeth écoutait les uns et les autres évoquer les différents sujets d'actualité : la préparation de la Charte, les négociations autour du traité de paix, les basses manœuvres de Metternich pour démembrer la France, qui se heurtaient à la volonté du tsar, la mise en demi-solde d'une partie de l'armée. Cela sans quitter des yeux Jérôme.

Les yeux de celui-ci brillaient de la satisfaction d'être reconnu, même par un cercle restreint et acquis à son oncle. Le clou de l'événement avait été la brève apparition de David. Même déchu de ses fonctions de peintre officiel de la Cour, sa renommée demeurait grande et sa présence flatteuse.

Edgar n'étant plus visible, Élisabeth avisa Jeanne qui passait les rafraîchissements, et lui demanda si elle ne l'avait pas aperçu.

— Monsieur a filé à l'anglaise, chuchota la domestique. Ça lui arrive de plus en plus souvent de sortir le soir.

Élisabeth ne l'ignorait pas, mais ce soir-là était spécial.

— Il aurait pu au moins attendre le départ des invités ! protesta-t-elle.

— La gueuse n'attend pas. Quand le démon du sexe tient les hommes, difficile de les garder au logis, et Monsieur ne fait pas exception.

Il n'allait pas si souvent chez Caroline Hanzy, avant, songea Élisabeth. Il lui arrivait de s'asseoir au salon avec eux et de commenter les nouvelles du *Moniteur* tout en fumant le cigare.

Elle se mit en quête de Jérôme dans le but de lui en toucher deux mots. Ce dernier discutait avec Armande devant un tableau reproduisant la ferme des Chanteaume. Le dos de son ami, habillé de drap brun terne, contrastait avec celui d'Armande, d'un bleu chatoyant, surmonté d'un imposant chapeau à plumes.

— Votre chaumière champêtre est merveilleuse, mon cher Jérôme ! susurrait la voix de cette dernière, en extase devant la toile. Je vous l'achète séance tenante. Ses couleurs s'accorderont avec celles de mon boudoir.

— Permettez-moi de vous l'offrir, madame.

— Oh ! c'est adorable ! En remerciement, je montrerai vos œuvres à tous mes visiteurs et, bientôt, vous croulerez sous les commandes.

Quand elle se fut éloignée, radieuse, dans un frou-frou de soie et une oscillation de plumes, Élisabeth plaisanta :

— Tu ne t'enrichiras pas de cette façon !

— Attends un peu que je sois célèbre…

Il lui adressa un clin d'œil. Leur connivence était intacte. Elle devrait s'en contenter, à défaut d'autre chose. Sa physionomie devait refléter une pointe d'inquiétude, car il lui demanda :

— Qu'y a-t-il ? Ce n'est pas la perspective de voir mes toiles distribuées gratis qui te préoccupent.

Elle l'attira dans un recoin de la pièce où ils ne risquaient pas d'être dérangés et lui confia ses appréhensions au sujet d'Edgar. À son étonnement, Jérôme accueillit ces propos avec scepticisme.

— Tu as trop d'imagination, ma douce. Mon oncle est trop prudent pour entrer dans une conspiration. C'est un homme de chiffres, pas d'action. Je le crois plutôt déterminé à préserver les intérêts de la famille.

— En courtisant les Bourbons ? Tu disais…

Elle s'interrompit, se rendant compte qu'elle avait

élevé la voix et que plusieurs têtes se tournaient vers eux. Jérôme dit d'un ton apaisant :

— Oui, je sais. Je suis loin de l'approuver, rassure-toi, mais nous vivons une époque troublée. Nul ne sait de quoi demain sera fait. Edgar a besoin de se détendre. Après tout, c'est un homme encore jeune.

Il fait comme si j'ignorais l'existence de Caroline Hanzy, s'agaça Élisabeth. *Me croit-il tombée de la dernière pluie ?* Cette propension à la traiter en petite fille était irritante. D'autre part, elle lui évitait toute tentation charnelle.

Jérôme lâcha son pinceau sur un soupir. La lumière de l'extérieur était insuffisante pour éclairer sa toile, et celle, artificielle, des bougies dénaturait les couleurs. Il avait espéré pouvoir la retoucher à son retour de l'Académie, et le retard dans sa commande le contrariait. Certes, Jean de Chalis ne lui en voudrait pas, mais après les fastidieuses séances de pose de sa femme, il devait être impatient de suspendre le tableau dans leur grand salon.

Jérôme reconnaissait que les portraits n'étaient pas son fort ; celui d'Élisabeth faisait exception. En ce moment, elle lisait en bas en attendant l'heure du dîner, comme souvent. Il s'en voulait d'avoir suscité en elle de faux espoirs. Leur baiser l'avait ému et même transporté. *Ah ! ces douces lèvres entrouvertes, à la fois candides et d'une expérience instinctive !* La peur de la traiter de la même façon qu'Eva l'avait dissuadé de poursuivre. Désormais, il gardait ses distances, quitte à désespérer son amie, dont il devinait la tristesse à ses airs pensifs et à son regard où une ombre s'invitait.

Le temps d'effacer avec un coin de chiffon une dernière bavure à la robe bleue dans laquelle Mme de Chalis ressemblait à un oiseau de paradis, la nuit était tombée, et on n'y voyait goutte dans l'atelier. Les jours avaient beau s'allonger en ce mois de février, ils demeuraient courts, et cette brièveté participait à l'atmosphère ambiante. La fête impériale était bel et bien finie, même si, dans le peuple, on continuait à croire à un miracle. Les termes du traité de paix qui enfermait la France dans les frontières étriquées d'avant 1792 avaient indigné Jérôme, comme bien d'autres, et malgré les avantages de la Charte octroyée par Louis XVIII, il ne se consolait pas de l'abdication de Napoléon.

Il enleva sa blouse grise tachée de peinture et descendit. Un léger pincement à la cuisse le rappela à l'ordre lorsqu'il prétendit dévaler l'escalier. Dans le vestibule, il se heurta à Jeanne.

— Doit-on servir, Monsieur Jérôme ? s'enquit-elle. Monsieur n'est toujours pas là.

— Il ne tardera pas. Mets trois couverts.

Edgar ne manquait jamais le repas du soir, même s'il ressortait ensuite, en général. Jérôme remontait dans son atelier peaufiner les détails de son œuvre en cours qui n'avaient pas besoin d'éclairage naturel. Une excuse pour ne pas se retrouver en tête à tête avec Élisabeth. Celle-ci s'ennuyait, il en avait conscience. Armande avait engagé un percepteur pour ses fils, et une bonne d'enfants n'était plus nécessaire. *Élisabeth doit méditer de retourner à Rouen pour prendre quelque emploi subalterne,* supputait-il, et paradoxalement, tout son être se révoltait à cette idée.

Ils dînèrent à deux sur la table guéridon, en discutant de banalités. Élisabeth chipotait. À chaque claquement de sabots sur les pavés, à chaque bruit de portière, elle dressait l'oreille. Jérôme lui enjoignit de ne pas se tourmenter. Son oncle avait sûrement été retenu à la banque. Le timbre de la porte résonna à ce moment.

— Tu vois ! fit-il, la prenant à témoin.

— C'est bizarre, je n'ai pas entendu de voiture.

Depuis quelque temps, Edgar prenait des fiacres pour se rendre à son travail, et son cocher s'en lamentait. « Monsieur ne fait plus appel à moi. » Deux voix masculines leur parvinrent : celle d'Isidore et une autre, qui n'appartenait pas à son oncle. Les yeux de Jérôme croisèrent ceux d'Élisabeth, et l'inquiétude de son amie le gagna. Sans s'être concertés, ils se précipitèrent.

Isidore soutenait un homme blessé. Une traînée de gouttelettes sanglantes s'étirant de l'entrée au milieu du vestibule en témoignait. Le regard de Jérôme remonta du carrelage sali aux longues jambes maigres, avant de se poser sur la veste où une tache rouge s'élargissait. Au-dessus du col amidonné, la longue figure de Raoul de Villefujier lui apparut, livide, une crispation de souffrance aux commissures des lèvres. Jérôme soulagea Isidore de son fardeau, et le poids du soupirant transi d'Eva le fit fléchir. À eux deux, ils joignirent leurs efforts pour traîner Raoul jusqu'au salon. Alors qu'ils étaient sur le point de l'installer sur le sofa, Jeanne surgit, un plaid à la main.

— Le dallage se nettoie, mais pas ce damas, précisa-t-elle en étendant le tissu sur toute la surface.

— Une sage précaution, murmura le blessé sans ouvrir les yeux. Si jamais la police fouille cette maison, ce sang pourrait vous attirer des ennuis.

— Pourquoi la fouilleraient-ils ? demanda Élisabeth.

La réponse de Raoul confirma les pires craintes de Jérôme :

— À cause de l'imprimerie clandestine dans la cave de Caroline Hanzy. Depuis des mois, nous nous réunissons chaque soir dans son entresol : Edgar, le baron Dubreuil, Jean de Chalis, son père et d'autres. Au début, il ne s'agissait que de réfléchir à un moyen de faire revenir l'Empereur.

Il s'interrompit, à bout de forces, le front luisant de sueur.

— Ne parlez pas trop, intervint Isidore, vous vous fatiguez. Voyons cette blessure. Mon père était chirurgien dans la Grande Armée, et je m'y connais un peu.

Avec mille précautions, il ôta son veston à Raoul. Le devant de la chemise était imbibé de sang.

— Lorsque la police a débarqué, expliqua le blessé, j'ai dégainé le pistolet que j'emporte toujours avec moi et j'ai tiré sur l'un des argousins pour semer la confusion et permettre à mes amis de s'échapper. Mal m'en a pris. Si je l'ai manqué, lui ne m'a pas raté.

D'un « Chut ! » autoritaire, Isidore le fit taire. Après avoir palpé le bord de la plaie, il déclara que le comte de Villefujier avait de la chance, la balle était ressortie sans toucher d'os. Il réclama son mouchoir à Élisabeth, auquel il ajouta des serviettes de table pour endiguer l'hémorragie. Le saignement se ralentit sous la pression des mains du domestique à travers les linges.

Un flot de questions se bousculaient au bord des lèvres de Jérôme, dont la principale finit par jaillir. Edgar avait-il été pris ?

— Je l'ignore, avoua Raoul en hochant tristement la tête. Je suis sorti et j'ai couru sans me retourner, et sans me soucier de la douleur à mon épaule. Comment ai-je pu arriver jusqu'ici à pied ? L'être humain a en lui des ressources insoupçonnées, il faut croire.

Villefujier était jeune, pas plus de vingt-cinq ans. Jérôme n'imaginait pas Edgar, à quarante-trois ans, détalant comme un lièvre dans les rues de Paris. Il penchait de plus en plus pour une arrestation.

— Pourquoi ne m'a-t-il rien dit ? murmura-t-il en une plainte douloureuse. Je vous aurais aidés.

— Il voulait te protéger. Une carrière prometteuse

s'ouvre devant toi. L'exemple de David l'a incité à ne pas te compromettre.

— Je n'ai pas le talent de David.

Un silence suivit. Bien que la respiration de Raoul fût plus régulière, l'extrême pâleur de son visage trahissait son épuisement.

— Vous ne pouvez pas rester ici, lui dit Isidore. C'est trop dangereux, à la fois pour vous et pour les habitants de cette maison. Je vais vous conduire au faubourg Saint-Antoine chez mon cousin. Il est tonnelier et pour l'Empereur. Sa femme s'y entend en herboristerie, elle vous soignera.

— En ce cas, ce sont eux que je mettrai en danger.

— Tu n'as pas le choix, souligna Jérôme. Tu seras plus en sécurité parmi nos ouvriers et nos artisans que dans les beaux quartiers.

— Certes, mais je dois d'abord…

Il désigna le hall d'une main incertaine et reprit :

— Dans les poches de ma redingote…

Jeanne apporta le vêtement aux poches exagérément gonflées. Raoul en retira des liasses de papiers froissées, sur lesquelles Élisabeth et Jérôme se penchèrent avec curiosité. « Bon peuple de Paris, l'heure est venue de vous soulever contre vos tyrans et de rétablir les valeurs de la Révolution », purent-ils lire. Suivait la liste des décisions absurdes prises par Louis XVIII. Raoul précisa :

— Les seuls exemplaires que j'ai réussi à sauver. Nous nous disposions à répandre ces feuillets à travers tout Paris les jours prochains. Si vous vous demandez pour quelle raison, voici la réponse : un courrier émanant de l'Empereur en personne.

Il fit jouer un ressort dans sa boucle de ceinture, et un déclic se produisit, laissant découvrir une lettre pliée. Ses doigts manipulèrent le billet avec ferveur et, cette fois, il lut lui-même :

— « La prochaine éclipse de Lune aura lieu entre le 27 février et le 2 mars. Il faut quitter l'île ces jours-là. Puis laisser le destin mener les navires. Les nôtres et ceux de l'ennemi. »

— Et nous sommes fin février, commenta Jérôme, partagé entre la joie que lui causait la nouvelle et ses craintes quant aux incertitudes de l'avenir.

— Oui, et notre appel ne sera pas relayé. Je me demande qui nous a dénoncés. Nous prenions tant de précautions…

— Un voisin de Caroline, peut-être, ou une rivale du théâtre, suggéra Élisabeth.

— Plutôt des royalistes. Les Chevaliers de la Foi ont jugé la Charte trop libérale.

Raoul esquissa une grimace et porta la main à son épaule. Le nom énoncé avait titillé Jérôme. Hugues de Beaufort n'appartenait-il pas à cette confrérie ? De là à relier l'irruption de la police au comte… Non, c'était par trop absurde !

Il envoya Isidore prévenir le cocher de ranger le briska, non pas devant le 26, mais dans la petite rue derrière la maison, au cas où leur domicile serait surveillé. De leur côté, Élisabeth et Jeanne s'efforcèrent d'aider le blessé à enfiler sa redingote. Ce fut peine perdue, et elles se contentèrent de lui en couvrir le dos.

Avant de sortir, soutenu par Isidore, Raoul désigna les feuillets restés sur le canapé :

— Brûlez-les ! recommanda-t-il à Jérôme. Votre sécurité est à ce prix.

— Moi qui pensais les distribuer à ta place…

— Non, ne prends pas ce risque inutile ! Que les

Parisiens accueillent ou non l'Empereur en triomphateur, les dés en sont jetés.

Au bruit de pas inégaux sur le dallage du hall succédèrent la fermeture de la porte donnant sur la rue arrière et les grésillements du feu. La main d'Élisabeth était venue d'elle-même se placer dans celle de Jérôme. Debout face à la cheminée, ils regardèrent en silence le papier se recroqueviller sous l'action des flammes. Les mots dansèrent un instant devant leurs yeux, avant de se décomposer et de noircir jusqu'à devenir un misérable petit tas de cendre.

— Il y a autre chose que je dois détruire, déclara Jérôme.

Il avait barbouillé uniformément de peinture grise le tableau hostile à la Restauration, qui lui avait coûté des heures de travail. Des ailes de l'aigle, subsistaient de petits traits dorés et du drapeau, un peu de blanc.

— Quel dommage ! s'était récriée Élisabeth devant le saccage. Tu aurais pu te contenter de le recouvrir d'un drap.

— Je pourrai toujours gratter l'enduit par la suite. À présent, nous devons nous assurer que mon oncle ne cache pas de document sensible dans son bureau.

Ils redescendirent et procédèrent à une inspection minutieuse du contenu des tiroirs dont aucun n'était fermé à clé. Il s'agissait pour la plupart de dossiers relatifs à la banque, sans rapport avec la politique. Cet examen leur prit une bonne heure. Tout en triant les papiers, ils guettaient chaque bruit provenant de la rue. Mais en dehors des aboiements lointains d'un chien et du passage de quelque ivrogne en goguette, le quartier était tranquille, comme si, sur l'autre rive de la Seine, la police de Montesquiou n'avait pas fait irruption dans un logement de comédienne.

Les papiers remis en ordre, tous deux avaient discuté de la conduite à tenir. Fallait-il attendre qu'Edgar se manifestât ou prendre les devants en se rendant à la préfecture de police ? Faute de tomber d'accord – Élisabeth en tenait pour la première option —, ils décidèrent de remettre au lendemain. D'ici là, il y aurait peut-être du nouveau. Jérôme lui suggéra alors d'aller se coucher pendant qu'il guetterait le retour d'Isidore.

— De toute façon, je ne dormirai pas, se justifia-t-il.

— Crois-tu que je dormirai, dans l'ignorance du sort d'Edgar et la perspective de voir les argousins envahir la maison d'un moment à l'autre ?

Finalement, elle céda, et il s'installa dans le fumoir. Le cigare allumé pour se détendre les nerfs n'obtint pas l'effet escompté. Il en vint à la conclusion que seule la présence d'Élisabeth l'aurait apaisé. Il aurait tout donné pour poser la tête sur son épaule ou contre sa poitrine, et attendre le jour en sa compagnie. *Si c'est pour la repousser ensuite, mieux vaut t'abstenir, mon vieux*, soupira-t-il en se carrant dans le fauteuil.

Il finit par s'assoupir dans cette position inconfortable. Isidore rentra peu avant l'aube. Il avait laissé Raoul de Villefujier en de bonnes mains, et Nicéphore avait emprunté de nombreux raccourcis pour embrouiller d'éventuels poursuivants. Jérôme remonta à l'étage baigné d'ombre. Il s'immobilisa, hésitant, devant la porte d'Élisabeth. L'ouvrir, se glisser entre les draps, prendre son amie dans ses bras et s'unir à elle dans une étreinte aussi tendre que fiévreuse. Mais cette intrusion ne lui en rappellerait-elle pas une autre ?

Un léger souffle lui parvint à travers la cloison. Elle dormait. Il passa son chemin et, le cœur lourd, rejoignit son lit solitaire.

Chapitre 21

Des voix propulsèrent Jérôme sur ses pieds. *La police, déjà ?* Une lueur grise envahissait l'atelier. L'emballement de son cœur se calma à l'écoute de timbres féminins dont l'écho lui revenait, assourdi. Celles d'Élisabeth et de Jeanne, mêlées à une autre, au timbre familier. Il s'habilla en hâte des mêmes vêtements que la veille et, arrivé sur le palier, découvrit Eva Dubreuil. Il eut la tentation de se rejeter en arrière, une réaction puérile, indigne de lui. Mieux valait affronter l'adversaire ; enfin, une pâle copie de la flamboyante Eva : celle du Théâtre-Français et de la soirée aux Tuileries, celle qui avait tenté de l'attirer dans son lit par des manœuvres tortueuses.

Il remarqua au premier coup d'œil le désordre de sa toilette, le négligé de sa coiffure et, par-dessus tout, sa mine défaite et les cernes d'insomnie sous ses yeux verts. Cette Eva-là lui semblait plus humaine. Elle lui annonça d'un air tragique qui n'était pas une composition :

— Mon père n'est pas rentré de la nuit, et je suis tombée des nues quand la police a investi notre hôtel, ce matin. J'ai appris à la fois son arrestation et ses activités politiques.

Sa voix se brisa sur ces derniers mots et, spontanément,

Élisabeth posa une main compatissante sur son bras. Eva poursuivit :

— Si vous savez quelque chose, éclairez-moi, je vous en prie. Je suis prête à tout entendre.

— Nous ne savons rien, dit Jérôme, à part qu'Edgar est impliqué et en fuite. Un… ami nous a prévenus.

Par-dessus la tête brune et lisse d'Eva, Élisabeth lui lança un regard interrogateur auquel il répondit par un signe muet de dénégation. En dehors des habitants du 26, l'irruption de Raoul en pleine nuit et le projet de l'Empereur devaient rester secrets.

— Il était bizarre depuis quelque temps, mais jamais je n'aurais pensé… à son âge, murmura Eva. Il paraissait s'accommoder du nouveau régime.

Jérôme renchérit :

— Edgar aussi a bien donné le change. Que penses-tu faire, maintenant ?

Redressant le menton, elle déclara d'un ton résolu qui contrastait avec sa détresse précédente :

— Me rendre rue de Jérusalem pour faire libérer mon père. Au besoin, j'en appellerai à Louis XVIII.

Compte-t-elle déployer ses charmes auprès d'un roi infirme et impuissant ? Non, plutôt le supplier, et à mon avis, ce ne sera pas suffisant. N'empêche ! Un sentiment de culpabilité vis-à-vis d'elle le poussa à proposer :

— Je vais avec toi.

— Non, tu attirerais fâcheusement l'attention sur toi. Edgar étant libre, je ne vois pas de raisons de prendre un tel risque.

À ce moment, les yeux de Jérôme croisèrent ceux d'Élisabeth et y lurent, non pas une mise en garde, mais, au contraire, un encouragement.

— Au nom de l'amitié entre nos deux familles, se justifia-t-il.

Avait-il rêvé les lèvres d'Eva, pincées en un rictus douloureux ? En tout cas, elle se reprit vite.

— C'est d'accord, tu viens avec moi si tu me promets de me laisser parler.

— J'aurai du mal à me taire, étant concerné, répondit-il avec un soupçon d'ironie.

Tandis que Jeanne décrochait de la patère sa redingote et son haut-de-forme, Isidore apporta *Le Moniteur.* Les trois jeunes gens se précipitèrent sur le journal, sans y découvrir le moindre article relatif à l'arrestation.

Durant le trajet en fiacre, Eva demeura quasiment muette. Une attitude déconcertante de la part d'une demoiselle si loquace. Son angoisse bien naturelle au sujet de son père expliquait sans doute ce silence. À mi-parcours, pourtant, elle ouvrit enfin la bouche. Jérôme redoutait une allusion à ce qui les avait un temps rapprochés, mais elle lâcha, pensive :

— Je ne comprends pas pourquoi votre hôtel n'a pas été fouillé. C'est comme si…

— Comme si quoi ?

— Quelqu'un cherchait à vous épargner.

Il s'était déjà interrogé sur cette omission et n'avait pas trouvé de réponse. Eva suggéra :

— Le roi veut ménager ton oncle, peut-être. Il a toujours besoin d'argent, et Edgar peut lui en prêter.

— Après avoir renouvelé sa fidélité à Napoléon ? Ce serait aberrant.

Ses sens en alerte l'avertissaient que quelque chose ne tournait pas rond.

— Pas dans cette période troublée où chacun peut changer de camp d'un jour à l'autre, avança-t-elle.

Il reconnut la justesse de cet argument. Tout en devisant, ils atteignirent l'île de la Cité. En temps normal, les motifs allégoriques qui ornaient le porche de la préfecture de police auraient attiré l'œil d'un peintre comme Jérôme, mais en ces circonstances, il ne les remarqua même pas. Un factionnaire dans une guérite gardait l'entrée. Il ne les empêcha pas de pénétrer dans une cour cernée de bâtiments gris. Un véhicule cellulaire entra à leur suite, d'où un homme menotté fut descendu manu militari. L'espace d'un instant, Jérôme le prit pour son oncle dont il avait la taille et l'allure, avant de reconnaître son erreur. L'homme, poussé vers une porte, disparut à leurs yeux. À l'intérieur de la préfecture se croisaient des employés circulant, des dossiers sous le bras, et des argousins en noir remorquant des prisonniers hagards à la démarche pleine de lassitude. Ils scrutèrent ceux-ci avidement, mais aucun n'était Edgar ou le baron. Eva finit par héler un policier.

— Je voudrais des nouvelles du baron Dubreuil qui a été conduit ici hier soir. Je suis sa fille.

La figure jaune en lame de couteau se renfrogna, puis les lèvres minces lâchèrent, comme à regret :

— Ah ! celui-là ! Il est toujours dans nos locaux. On ne l'a pas encore interrogé.

— Par pitié, laissez-moi le voir, le réconforter. Il n'est plus très jeune et en mauvaise santé.

— Dans ce cas, il aurait dû réfléchir avant de se mettre dans de sales draps. Rentrez chez vous, nous vous avertirons de son transfert à la Force. Alors, on vous autorisera une visite.

Eva répéta avec désespoir :

— La Force… Cette prison aux cellules humides et glacées… il n'y résistera pas. Je vous en prie…

Jérôme ne put prévenir son geste pathétique de s'agenouiller sur les planches mal équarries et sales qui recouvraient le sol, et d'enlacer les jambes de l'homme, très gêné.

— Allons, mademoiselle, pria-t-il. Ne vous donnez pas en spectacle !

La position d'Eva avait attiré l'attention, et quelqu'un sortit de l'un des bureaux : un homme bien mis, haut cravaté, qui n'aurait pas dénoté dans un salon. Il demanda d'un air hautain :

— Quel est ce tapage ?

Apercevant Eva à genoux, la tête penchée, les bras retombés le long du corps dans une posture d'accablement, les plis de sa jupe étalés autour d'elle, il ajouta :

— Je connais cette personne, je l'ai vue aux Tuileries.

L'un de ces fonctionnaires impériaux, maintenus à leur poste par Louis XVIII, songea Jérôme. Ferait-il du zèle ? À sa manière d'aider Eva à se relever, il pencha plutôt pour de la mansuétude.

— Vous avez une excellente mémoire, dit-elle avec un faible sourire. Monsieur…

— Inspecteur Pelletier. Qui vous a vue une fois ne peut vous oublier, mademoiselle Dubreuil.

Sur cette galanterie, il les invita à entrer dans la pièce qu'il venait de quitter et referma soigneusement la porte. Après quoi, il se cala dans un fauteuil et leur désigna deux chaises branlantes.

— Désolé, l'État ne peut rien vous offrir de plus décent. Les caisses des ministères ont été vidées par les guerres de l'Empire.

L'ironie perceptible dans ce discours fit se contracter les sourcils de Jérôme.

— Que vous serviez, monsieur, lui rappela-t-il, rompant la promesse à Eva de ne pas intervenir.

— Jérôme !

Elle mimait l'indignation. L'inspecteur, loin de se formaliser de cette attaque, eut un mince sourire.

— L'Administration n'a pas de maître, monsieur… Morin, c'est bien cela, n'est-ce pas ?

Jérôme opina du chef.

— La finance ne devrait pas en avoir non plus, enchaîna Pelletier. Hélas, certains font exception, et votre oncle est du lot, mon cher.

Et je l'admire d'avoir le courage de ses opinions, s'apprêtait à lui assener Jérôme, mais Eva le devança :

— Edgar Morin a été entraîné, comme mon père, par des fanatiques. Je demande grâce pour ces innocents.

— Nous saurons déterminer le degré de responsabilité de chacun, soyez-en sûre. La libération de Mlle Hanzy en est la preuve.

— Caroline Hanzy est libre ? s'étonna Jérôme.

— Oui. Elle a été assignée à résidence à Noisy : sous surveillance, je le précise. Concernant les fuyards, MM. de Villefujier, Morin, Chalis et Malemort, si vous avez des informations, mieux vaut nous les communiquer, dans leur intérêt et le vôtre.

Alors que l'inspecteur s'adressait à lui spécifiquement, Jérôme maîtrisa son frémissement intérieur et énonça calmement :

— Bien entendu, mais j'ignore leur sort, d'où cette démarche commune à Mlle Dubreuil et à moi.

Eva approuva vigoureusement de la tête, et quelques mèches de sa chevelure aile de corbeau échappèrent aux épingles pour aller caresser sa joue. Pelletier semblait sous le charme. *La diablesse n'est pas abattue au point de ne pas utiliser ses armes,* constata Jérôme.

Lorsqu'ils se retrouvèrent dans la cour, il lui dit d'un ton léger :

— L'inspecteur est prêt à te manger dans la main.

— Oui. Je suis irrésistible pour tous les hommes, sauf pour un.

— Eva…, commença-t-il, mal à l'aise.

— Rassure-toi, je plaisantais. J'ai admis une bonne fois pour toutes que tu n'étais pas pour moi. Je ne t'ennuierai plus avec cela.

Il eut de la peine à dissimuler son soulagement. Elle ne le relancerait plus, et cette évidence était une satisfaction dans le désarroi où il se trouvait.

— Pour l'instant, seul mon père m'importe, poursuivit-elle. Pelletier a promis de faire son possible pour accélérer l'enquête et adoucir ses conditions de détention.

— Tant mieux. De mon côté, je guetterai un signe d'Edgar.

Les fiacres déjà occupés passant devant eux à toute vitesse, ils arpentèrent le quai des Orfèvres en attente d'une voiture libre. Le vent piquant et tempétueux qui s'engouffrait sous la redingote de Jérôme et gonflait la jupe d'Eva comme une voile les empêcha de percevoir une présence derrière eux. Ils finirent par se retourner en entendant un toussotement et se trouvèrent face à un très jeune homme au physique stupéfiant. Avec son nez grec, ses yeux d'un bleu lumineux et ses cheveux blonds à l'ondulation impeccable, il ressemblait à un archange descendu du ciel pour aboutir sur le pavé parisien. Cette apparition inattendue plongea Jérôme dans la perplexité, d'autant que le garçon annonça :

— J'ai un message de la part d'Edgar Morin, pour son neveu.

— Êtes-vous un employé de sa banque ? s'enquit Jérôme, méfiant.

— Pas exactement, répondit l'apollon après une hésitation. Ce serait trop long à expliquer. Le mieux est que vous me suiviez.

— Vous me mènerez à mon oncle ?

— Oui. C'est ce que vous désirez, n'est-ce pas ?

Jérôme se sentit soudain tiré par la manche. Absorbé par l'étrange adolescent, il avait presque oublié la présence d'Eva.

— Permettez ! l'apostropha-t-elle, péremptoire. J'ai deux mots à dire en particulier à mon ami.

Elle l'entraîna à l'écart tandis que le garçon demeurait figé, pareil à une statue de marbre habillée de noir et cravatée de mousseline.

— Cela sent le piège à plein nez, lui assena-t-elle. Tu ne vas quand même pas tomber dedans ?

— Ce type est peut-être réellement envoyé par Edgar.

— Cette gravure de mode ? Un jour, mon père a évoqué devant moi de très beaux et très jeunes hommes appartenant à un cercle royaliste. Si je pouvais me rappeler lequel…

— Les Chevaliers de la Foi ? tenta Jérôme.

— Oui.

— S'en prendre à moi n'aurait pour eux aucun sens.

Il jeta un regard en direction du garçon, dressé au bord du quai avec, en toile de fond, les eaux grises de la Seine. *Un excellent sujet de peinture.* Eva déclara après un court silence :

— Crois-moi, mieux vaut retourner auprès d'Élisabeth. Là est ta place. Edgar finira bien par se manifester.

Attentives et honnêtes, ses prunelles d'une profondeur d'émeraude sous la double grille des cils noirs accrochèrent son regard.

— Tu l'aimes, insista-t-elle, et elle t'aime. Tu devrais le lui dire.

— Mais… toi ?

— Tu n'as pas à t'embarrasser de moi. Je me consolerai.

— Avec Pelletier ?

Il effleura du bout des doigts le cou gracieux de la jeune fille. Eva répondit, une esquisse de sourire aux lèvres :

— Dieu merci, je ne suis pas dans un tel manque d'affection.

Un fiacre débouchait de la rue de Jérusalem. D'un geste prompt de sa main gantée, Eva arrêta le véhicule. Avant d'y monter, elle se tourna une nouvelle fois vers Jérôme.

— Fais attention à toi ! lui recommanda-t-elle. Je n'aimerais pas qu'il t'arrive malheur.

— Si je ne revenais pas, tu veillerais sur Élisabeth, n'est-ce pas ?

— Naturellement. Veux-tu que je l'informe de ta démarche ?

— Non. Elle risquerait de s'inquiéter inutilement.

Eva grimpa sur le marchepied, et le claquement de la portière résonna dans l'air glacé. Jérôme retrouva en quelques enjambées le jeune homme qui n'avait pas bougé, insensible au froid mordant et aux bourrasques.

— Je suis à vous, dit celui-ci, sans que ses traits, d'une parfaite symétrie, marquassent la moindre émotion.

Chapitre 22

Les heures défilaient, et Jérôme ne revenait pas. D'abord, Élisabeth n'osa pas envoyer Isidore rue Visconti, de peur d'être intrusive. De plus, l'éventualité que son ami fût retombé dans les filets d'Eva la torturait. Pourquoi pas, après tout ? La fille du baron était si belle, si persuasive, et son inquiétude au sujet de son père propre à toucher le cœur tendre de Jérôme.

En début d'après-midi, elle n'y tint plus. Isidore revint peu après, bredouille. L'hôtel des Dubreuil, ravagé de fond en comble par les sbires du ministre de l'Intérieur, était peuplé de domestiques en plein désarroi. Le majordome lui avait confié que sa jeune maîtresse résiderait chez une amie de pension, le temps de remettre tout en ordre. Isidore avait fait un détour par la rue Saint-Germain-des-Prés et constaté que des policiers montaient la garde devant l'hôtel des Chalis, dont les volets fermés indiquaient que ses habitants avaient pris la poudre d'escampette. *Mon Dieu ! Armande et les petits garçons !* avait pensé Élisabeth.

Elle avait encore attendu, puis, incapable de rester en place, s'était enveloppée de sa mante couleur feuille-morte. Jeanne l'avait interceptée, la main sur la poignée de la porte.

— Vous ne devriez pas sortir, Mademoiselle. Monsieur Jérôme va arriver. Il a dû être retenu là-bas.

— Eva est rentrée, même si elle ne s'est pas attardée. Le mieux est de me rendre à la préfecture de police.

— Laissez-moi vous accompagner. La nuit est presque tombée et les rues ne sont pas sûres.

Élisabeth refusa, par besoin de se prouver qu'elle n'était plus la petite fille apeurée qu'Edgar et Jérôme avaient prise sous leur aile. Une fois tourné l'angle de la rue Jacob, un frisson la saisit, comme si elle avait quitté un nid douillet pour aborder une zone incertaine et pleine de dangers. *Je suis folle,* se répéta-t-elle. *J'évolue depuis trop longtemps dans ce quartier pour le redouter.* Elle attribua sa sensation d'insécurité aux réverbères encore éteints et à l'absence de promeneurs.

À mi-chemin du quai Conti, des pas précipités retentirent derrière elle : des bottes d'homme, vraisemblablement, tant les talons martelaient fort le pavé. Elle accéléra l'allure pour atteindre un espace plus fréquenté, mais l'individu la rattrapa avant et abattit la main sur son épaule.

— Ne craignez rien, chuchota une voix qui se voulait rassurante. Je ne vous veux aucun mal.

— Qui êtes-vous ?

— Peu importe. Celui qui m'envoie seul compte.

— Edgar Morin ? hasarda Élisabeth, retrouvant à la fois son courage et sa respiration.

— Chut ! Venez avec moi et vous aurez une bonne surprise.

— Ai-je le choix ?

Il la lâcha sans répondre et, s'avançant, passa le bras sous le sien. Il la dominait d'une tête, mais un coup d'œil glissé à son profil n'apprit rien à Élisabeth sur son visage au front caché par un chapeau de castor et au menton enfoncé dans une écharpe. Le messager d'Edgar ? Elle croyait de moins en moins à cette fable. L'espoir de croiser un passant fut réduit à néant quand la silhouette massive d'une berline se découpa sur la grisaille du crépuscule. Un halo de brume cernait l'œil jaune de ses lanternes allumées. Élisabeth nota que les portières ne comportaient ni armoiries ni signes particuliers. Pourtant, l'ensemble lui semblait familier. Cette impression se renforça lorsque son curieux compagnon la poussa à l'intérieur. Cette banquette ne lui était pas inconnue. Ce confort, ce velours doux au toucher... La vision d'une écharpe jaune oubliée ranima ses souvenirs. *Hugues de La Ferté-Beaufort.* Malgré le blason masqué par un artifice quelconque, il s'agissait bien de la berline d'Hugues, le commanditaire de ce rapt. Comme celle-ci s'ébranlait, elle tâtonna vers la portière, mais l'homme au chapeau veillait.

— Que vouliez-vous faire ? l'interrogea-t-il d'une voix grinçante, en lui saisissant le poignet. Sauter ? Vous auriez pu vous rompre le cou. « On » ne me pardonnerait pas de livrer un colis endommagé.

Une vulgaire marchandise, c'est ainsi que Beaufort la considérait ? Élisabeth ne l'avait pas vu depuis l'entrée du roi dans Paris et le pensait occupé à filer le parfait amour avec cette peste d'Agathe : erreur grossière ! En réalité, il tissait patiemment sa toile dans le but de l'isoler.

— Qui, « on » ? demanda-t-elle à brûle-pourpoint.

— Vous pouvez le deviner aisément. Ce « on » vous attend avec impatience.

Oui, seul Hugues avait une intelligence assez diabolique pour échafauder un tel plan. En premier lieu, dénoncer Edgar et ses amis, en second lieu, écarter Jérôme afin d'avoir le champ libre pour enlever celle qui lui résistait. L'incertitude des temps le servait ; de même, ses accointances avec le nouveau pouvoir. Comment avait-elle pu se méprendre à ce point sur son compte ?

Son ravisseur la tenait toujours, craignant sans doute qu'elle ne récidivât. Il avait dénoué son écharpe et, grâce à l'alternance d'ombre et de lumière produite par les becs de gaz, Élisabeth reconnut en lui le majordome qui l'avait si mal reçue rue de Lille. Histoire de titiller son amour-propre, elle lui assena :

— Vous feriez mieux de vous borner à ouvrir la porte au lieu de vous livrer à de basses besognes.

L'autre salua cette attaque d'un rire sardonique.

— Vous avez compris, je vois. « On » me paie grassement pour cet acte, et je ne vous dis pas quels autres services je lui rends. Cela offenserait vos jolies petites oreilles.

La colère l'emportait chez elle sur la peur. Elle avait hâte de lancer à Hugues ses quatre vérités. Poursuivre la passe d'armes avec le majordome ne présentait pas d'intérêt et lui userait les nerfs, aussi s'enferma-t-elle dans le mutisme.

La voiture traversa la place du Carrousel, dépassa les Tuileries, scintillant comme les bijoux de chez Foncier, et s'enfonça dans le quartier qu'elle avait arpenté trois ans plus tôt, le cœur battant d'espoir. La berline s'arrêta pile devant la demeure où elle avait rêvé de pénétrer et qui, par un singulier retournement, devenait sa prison.

L'homme la poussa sur le trottoir, la força à gravir les marches du perron. Par une cruelle ironie du sort, la porte s'ouvrit cette fois en grand pour la recevoir. Elle laissa une servante la débarrasser de son manteau et la conduire dans un salon qui fleurait bon l'Ancien Régime. Son luxe et son raffinement l'auraient éblouie en temps ordinaire. L'acajou et les lignes droites à l'antique n'avaient pas droit de cité dans cette pièce, tout en bois de rose et rondeurs : celles de la commode, de la table dressée pour deux personnes, du canapé et des fauteuils jaunes pékinés. Élisabeth enregistra ces détails, évitant avec soin la cheminée où le propriétaire des lieux s'adossait.

— Voyez, j'ai fait redécorer le salon à votre couleur favorite, annonça-t-il. Ce décor vous plaît ?

Cette désinvolture la suffoqua. Elle avala une grande goulée d'air et se força à affronter Hugues. Les mois écoulés ne l'avaient pas changé, à peine si les plis allant des ailes du nez aux commissures de la bouche se creusaient davantage. Elle l'observait avec détachement et s'étonnait de ne plus vibrer à la vue de ce corps modelé par la fréquentation des salles d'escrime : larges épaules, torse puissant prolongé par une taille mince, des hanches étroites et des jambes élancées. Elle répliqua fermement :

— Comment pourrait-il me plaire ? Je suis ici contre mon gré.

— Je ferai en sorte que vous l'oubliiez.

Il se détacha de la cheminée et s'avança vers elle d'un pas nonchalant, mais inexorable. Élisabeth ne recula pas. De toute façon, le majordome de faction dans le vestibule rendait un repli impossible.

— Non, jamais, dit-elle. Pour cela, il aurait fallu vous conduire autrement.

— Comment ? Vous ne m'avez pas pardonné ma petite comédie rue Saint-Denis ? Je ne pouvais pas prendre ouvertement votre parti, convenez-en ! Mlle de Vandeuil m'aurait crevé les yeux avec son ombrelle.

— Lâche, en plus…

Une étincelle menaçante brasilla dans les yeux noirs du comte avant de s'éteindre.

— Non, prudent. Je mourais d'envie de la planter là et de vous emmener profiter des festivités de ce grand jour.

— Je ne serais pas venue et, pour moi, ce n'était pas un grand jour.

— Vous me bassinez avec votre Empereur ! s'exclama-t-il, maussade. Laissons-le là où il est et songeons à nous. J'ai le projet de vous faire découvrir La Ferté-Beaufort. Que diriez-vous d'un petit voyage à deux ? Le printemps est superbe en Poitou.

— Je n'irai nulle part sans connaître le sort d'Edgar Morin et de Jérôme.

— Ah ! nous y voilà ! Eh bien ! J'ignore tout de celui du premier. Quant au second, je le garde au frais. L'endroit où il se trouve est moins confortable que cet hôtel, mais il n'y moisira pas longtemps, si vous êtes sage.

Un vertige saisit Élisabeth. Par bonheur, l'un des accoudoirs du fauteuil le plus proche lui offrit un appui providentiel.

— Où est-il ? murmura-t-elle dans un souffle. Je vous conjure de me le dire.

Hugues fit un pas dans sa direction. Il s'arrêta à quelques pouces d'elle et observa avec tristesse :

— Tu aimes ce jeune crétin, je vois. Pourtant, lui ne t'aime pas comme je t'aime. Je sais, j'ai accumulé les maladresses, mais tu dois me donner une chance.

Élisabeth balançait entre la nécessité d'amadouer Beaufort et l'envie de lui opposer un refus définitif. Elle décida de louvoyer.

— Je ne sais pas. Libérez-le et je reconsidérerai peut-être ma position.

— Peste ! La petite fille a fait du chemin depuis le bal des Bassano, persifla-t-il. Ma chère, vous n'êtes pas en mesure de négocier. Je laisserai le jeune Morin partir à condition que vous me suiviez dans mes terres.

Elle se trouvait au pied du mur. Cet homme avait plusieurs longueurs d'avance, de l'expérience. Comment espérer le circonvenir ? En gagnant du temps.

— Je m'y engage, si vous évitez à Edgar Morin la prison.

— J'ai obtenu que sa maison ne soit pas dévastée,

c'est déjà beaucoup. Quel besoin avait cet imbécile de se fourrer dans cette histoire de presse clandestine ? Je le pensais moins ennemi de ses intérêts.

Je l'admire, alors que je vous méprise. Élisabeth se mordit les lèvres pour empêcher ces mots de sortir. Hugues s'approcha davantage. De loin, il pouvait faire illusion. De près, les stigmates d'une vie dissipée, cernes, bouffissures et pâleur malsaine, apparaissaient nettement. Devant cette dégradation, la pitié se mêla chez elle au ressentiment.

— Assez parlé de ces deux-là ! trancha Beaufort. Un excellent repas nous attend.

Il désignait la table scintillante de cristaux et de porcelaine.

— Je meurs de faim. Pas vous ?

— Non. Je désire une seule chose : rentrer chez moi.

Un sourire cynique se dessina sur les lèvres d'un si parfait modelé.

— Ce n'est pas chez vous. Avez-vous réfléchi à cela ? Edgar Morin réserve sûrement à son neveu un parti plus en rapport avec sa condition. La jeune épousée jugera la présence sous son toit d'une jolie fille inopportune. Vous serez bonne pour retourner dans votre ferme. Et je doute qu'une personne accoutumée à l'oisiveté et à la soie s'accommode de cette médiocrité.

Qu'en savez-vous ? lui aurait-elle rétorqué si une domestique en bonnet et tablier blancs ne s'était présentée à cet instant. L'allusion à un mariage de Jérôme avec une femme de son milieu lui avait broyé le cœur. Et si Hugues avait raison ? Si Jérôme, cédant à la pression de son oncle, rentrait dans le rang ?

— Je peux vous offrir tellement mieux ! reprit-il. Par exemple, acquérir une maison dans un lieu de votre choix et la mettre à votre nom.

— Dans la perspective où vous vous serez lassé de moi ?

Les sourcils d'Hugues se contractèrent.

— Lointaine, ma chère, très lointaine. Épuiser vos charmes prendra très longtemps.

Au moins était-il franc. *N'importe quelle autre femme sauterait sur l'occasion, mais pas moi.* Pour donner le change, elle promit de réfléchir. La servante passait les plats avec un visage hermétique. Élisabeth se força à absorber quelques bouchées de poulet à la crème, mais refusa la coupe de champagne proposée. Mieux valait garder la tête froide.

— Dommage, je pensais trinquer à nos amours, commenta Beaufort.

Il se leva, contourna la table et lui enveloppa les épaules d'une étreinte possessive. Se dégager, souffleter cet être abject, le griffer : une longue estafilade qui laisserait une cicatrice. Une haine violente, étrangère à sa nature, la soulevait, mais elle serra les dents en pensant au malheureux Jérôme, séquestré dans quelque cave humide. Hugues se pencha et lui ploya la tête en arrière. Ses lèvres dures écrasèrent les siennes. Élisabeth mesura la différence entre cette prise de possession égoïste et le baiser tendre et passionné donné dans le pré. Beaufort ne se contenterait pas de sa bouche, il s'emparerait de toute sa personne sans le moindre égard, la moindre délicatesse. Après avoir dégrafé le haut de son corsage, il parcourut fiévreusement son cou et la naissance de sa gorge. L'irruption du majordome la sauva d'une investigation plus poussée.

— Je ne voudrais pas déranger, Monsieur le comte, déclara-t-il après un coup d'œil à Élisabeth dont Hugues venait de s'écarter, M. de Bertier de Sauvigny désire vous voir d'urgence. Je l'ai conduit dans le fumoir.

— Tu as bien fait. Je l'y rejoins de ce pas.

Dès que l'homme fut sorti, Hugues donna libre cours

à sa mauvaise humeur. La contrariété marquait ses traits, leur ôtait toute séduction.

— La peste soit de ce Bertier de Sauvigny ! s'écria-t-il. Ne peut-il me laisser en paix dans mes affaires intimes !

Il s'adoucit en s'adressant à elle.

— Ma chérie, pardonnez-moi ce fâcheux contretemps. Ce n'est que partie remise. Vous avez besoin de repos avant ce long voyage vers le Poitou. Une chambre vous a été préparée, garnie de tous les raffinements indispensables à une jolie femme.

— A-t-elle servi à Agathe de Vandeuil ou à d'autres ?

— Non. Je n'ajouterai pas la goujaterie à mes nombreux défauts.

Il lui baisa la main d'un geste désuet, inapproprié à la situation, et quitta la pièce. Élisabeth respira. C'était toujours du temps de gagné. Si seulement elle pouvait avertir Isidore et Jeanne de sa présence rue de Lille… Aucun secours ne pouvait venir des domestiques d'Hugues, dévoués au maître qui les rétribuait généreusement. La femme de charge requise pour la conduire à l'étage affichait la même impassibilité que la servante qui avait passé les plats. Se montraient-ils plus amènes envers Agathe ou était-ce leur manière habituelle de se comporter avec les invités ? *Une invitée malgré elle,* se dit Élisabeth, amère. Son guide ne fut pas plus loquace une fois dans la chambre vantée par Hugues. Elle se borna à aller et venir, et à rectifier l'ordonnance de certains objets : la garniture en porcelaine blanche et or sur la table à coiffer, les fleurs d'un vase ou les embrasses des tentures.

Résolue à la dérider, elle s'exclama au bout de plusieurs minutes d'un pesant silence :

— Comme cette pièce est jolie !

Elle l'était, en effet, tendue de jaune, comme le salon.

Hugues n'avait pas lésiné sur les frais. Avec un sourire engageant, elle ajouta à l'intention de la femme :

— Est-ce vous qui avez arrangé cette chambre ?

— Non, c'est Monsieur, marmonna l'intéressée, occupée à lisser les plis imaginaires d'une courtepointe damassée.

Élisabeth n'insista pas. Montrant le ravissant déshabillé jonquille en travers du lit, la femme de charge demanda d'un ton neutre si elle désirait de l'aide pour se déshabiller.

— Non, je m'en chargerai moi-même.

Elle n'était pas pressée d'ôter ses vêtements qui lui servaient de rempart contre l'avidité d'Hugues. Combien de temps faudrait-il à ce dernier pour expédier son visiteur ?

La domestique s'étant retirée sur une petite révérence, Élisabeth s'approcha des fenêtres donnant sur la cour. Trop haut pour espérer sauter sans se rompre les os. Les ouvrir en grand et crier pour alerter quelqu'un ? Avec la nuit et l'éloignement de la rue, la possibilité d'être entendue était quasi nulle. Et Hugues n'aurait aucune peine à inventer une explication plausible.

Pour dissiper son angoisse, elle ouvrit l'armoire d'acajou à deux battants et resta stupéfaite devant son contenu. Il y avait là une demi-douzaine de robes à dominante jaune et ambrée parmi lesquelles une toilette blanche jetait une note incongrue, tel un perce-neige au milieu d'un champ de tournesols éclatants. Des négligés, un costume de voyage vert olive et – sujet de perplexité pour Élisabeth – une tenue d'équitation à brandebourgs y figuraient également. Une inspection de la commode livra des dessous de Mlle Minette, la célèbre lingère. Hugues avait dû prendre de la peine à constituer cette garde-robe qu'elle ne mettrait pas. Portes et tiroirs refermés sur ces trésors sans le moindre regret – *je ne suis pas à vendre* —, elle se pelotonna sur une chauffeuse et se prépara à l'inévitable.

Chapitre 23

Cette visite tombait on ne pouvait plus mal, au moment où il s'apprêtait à posséder la femme qui l'obsédait depuis trois ans. *Au diable Ferdinand Bertier de Sauvigny* ! fulminait Hugues. *Pourtant, tu étais bien content qu'il te donne un coup de main,* lui souffla la voix de la raison. Il écouta cette dernière. Bertier de Sauvigny devait être ménagé. Son précieux auxiliaire détestait les révolutionnaires qui avaient massacré son père et exécrait l'Empire. Pour l'heure, il affichait une mine sombre et refusa le cigare offert.

— Votre affaire de cœur avance-t-elle ? lui demanda-t-il d'un ton brusque.

— Pas aussi vite que je le voudrais. La jeune personne est rétive. J'ai dû employer les grands moyens pour la convaincre.

— C'est à ce point ? D'ordinaire, vous ne manquez pas d'arguments avec les créatures du beau sexe. J'espère que vous n'avez pas trop outrepassé la loi. Montesquiou se repent déjà d'avoir déployé autant de moyens pour une prise ridicule. Villefujier est introuvable et les Chalis père et fils ont fui vers l'Allemagne, à ce qu'on dit. « Je ne peux tout de même pas arrêter la femme et les enfants de Chalis à la campagne, et fouiller le faubourg Saint-Antoine de fond en comble », a tempêté le ministre.

— Et Edgar Morin ?

— Volatilisé ! Sa théâtreuse n'a rien voulu dire, ou elle ne savait rien. Montesquiou ne s'est pas donné le ridicule d'insister. D'ailleurs, ce n'est pas Morin qui l'intéresse, mais les autres. Tout ce joli monde n'a pas digéré le retour à l'ordre ancien et complote pour faire revenir Bonaparte.

— Dieu nous en préserve ! Les alliés nous tomberaient à nouveau dessus et, cette fois, ils montreraient moins d'indulgence.

Bertier de Sauvigny approuva.

— Si vous voulez un conseil, dit-il, partez séance tenante avec votre oiselle.

— Demain matin, alors, je préfère ne pas rouler de nuit en hiver. Cela me laisse peu de temps pour me préparer.

— Allons donc ! J'ai aperçu votre berline dans la cour. Charger deux ou trois malles ne prendra pas beaucoup de temps au cocher.

— Dites-moi, cette idée de hâter mon départ vient-elle de vous ou du ministre de l'Intérieur ? s'enquit Hugues, intrigué.

— Des deux. Vous garder au vert est une façon de vous protéger, au cas où le pouvoir changerait de camp et où les gens que vous avez dénoncés voudraient prendre leur revanche. Vous nous serez trop précieux dans l'avenir, mon cher.

C'était donc cela ! Hugues en aurait été flatté si ce départ hâtif n'avait bousculé ses projets concernant la jeune fille installée à l'étage.

Bertier de Sauvigny prit congé de lui avec plus de chaleur qu'au début de l'entretien. Hugues sortit pour donner l'ordre d'atteler avant l'aube et distribua ses instructions à son personnel. Cette dernière tâche accomplie, il monta et découvrit Élisabeth, non pas déshabillée et couchée, comme il s'y attendait, mais vêtue et dans un fauteuil, profondément endormie. À la faible lueur des bougies presque consumées, il la contempla, ému malgré lui. Avait-il eu un jour cet abandon dans le sommeil ? Oui, avant l'irruption des brutes sanguinaires dans son paisible univers. Le grand-père d'Élisabeth aurait pu en faire partie. Il prit la main où le menton s'appuyait et la porta à ses lèvres. Comme ses poignets étaient fins ! La paysanne avait des attaches de princesse. Les cils ombrant sa joue d'un croissant châtain papillonnèrent et révélèrent un regard embrumé. À qui avait-elle rêvé ? Pas à lui, il l'aurait parié. Non, à ce jeune idiot qui ne l'avait pas touchée, il en était sûr. Tout, en elle, indiquait la jeune fille non éveillée. Il se félicitait d'être le premier à faire émerger de la chrysalide un superbe papillon. Pareille récompense valait bien ces longs mois à guetter patiemment un faux pas de ses adversaires. Quelques paroles maladroites de Stéphane de Malemort avaient suffi. Les yeux noisette émergèrent des brumes du sommeil pour se poser sur lui, la main tressaillit dans la sienne, et le corps entier exprima le recul. Hugues détacha ses doigts et s'écarta de quelques pas.

— Ai-je dormi longtemps ? demanda-t-elle.

— Pas très, non.

— Je ne me suis pas déshabillée.

Elle glissa un coup d'œil vers le lit avant de revenir à Hugues.

— Dois-je… ?

— Ce ne sera pas nécessaire, nous partons pour le Poitou à la première heure. Je vous invite à endosser le costume prévu à cet effet. S'il ne vous plaît pas ou s'il n'est pas à vos mesures, nous en achèterons un autre.

Un clair soulagement avait succédé à l'inquiétude

dans les prunelles d'Élisabeth. Hugues décida de ne pas s'en formaliser.

— Il me plaît beaucoup, dit-elle en se levant. Mais vous n'auriez pas dû dépenser autant d'argent pour moi. J'ai mes propres toilettes.

— Les rebuts d'Eva. Si vous y tenez, nous passerons les prendre rue Jacob. En même temps, vous informerez les domestiques de votre départ sans vous étendre sur les détails.

— Et Jérôme ?

Bien qu'il s'attendît à cette question, le rappel lui tapa sur les nerfs. Il répondit néanmoins de bonne grâce :

— Je donnerai des ordres pour qu'il soit libre comme l'air. Êtes-vous rassurée ?

Elle acquiesça d'un hochement.

— Vous ne perdrez pas au change, je vous le garantis, ajouta-t-il. Amélie va venir emballer ces effets et vous recoiffer. Je vous laisse vous reposer encore un peu avant de nous mettre en route.

Il s'éloigna vers la porte avant de se raviser. Élisabeth était demeurée debout et aplatissait les plis de sa jupe, regardant l'armoire d'un air hésitant. La flamme vacillante d'une des dernières bougies allumées faisait luire les panneaux cirés et semait des brindilles d'or dans sa chevelure en désordre.

— Il me tarde de vous admirer dans votre costume, déclara-t-il avec un sourire engageant. Ce vert avec vos cheveux… Ce sera ravissant.

Elle ne réagit pas, ne parut même pas avoir entendu. Dépité, il s'en fut rédiger un message à l'intention du jeune gardien de Jérôme Morin, le confrère à la face d'ange. Il confia le billet à son fidèle majordome avec mission de ne le remettre que le lendemain à 11 heures.

D'ici là, Élisabeth et lui seraient loin, et une nuit au frais ne pouvait pas nuire à son rival.

Un rai de lumière anémique filtrait à travers les barreaux du soupirail semi-circulaire. De ses dix doigts, Jérôme massa son crâne endolori. Le coup violent assené par son compagnon l'avait neutralisé pour plusieurs heures. Combien exactement ? Impossible à dire. Sa montre brisée indiquait 10 heures du matin : l'heure approximative de son enlèvement. Il n'en revenait pas d'être tombé dans un tel traquenard. À l'instigation de qui ce garçon d'une beauté et d'une douceur si trompeuses l'avait-il expédié dans cet endroit sinistre, dont les murs suintaient l'humidité ? Une cave, à n'en pas douter. Quelques bouteilles pleines garnissaient les claies et d'autres, cassées, laissaient s'écouler des ruisseaux noirâtres sur le sol de terre battue. À défaut de nourriture, il pourrait toujours boire. Ses mains n'étaient pas entravées, ses pieds non plus. Se tenant la tête, il alla à la porte, secoua le verrou, tapa sur l'épais vantail de bois : en vain. Pourtant, on parlait et on riait au-dessus de lui, des pieds martelaient le plancher. On ne se trouvait pas dans une demeure particulière. L'ambiance bruyante suggérait plutôt un café ou une auberge.

Il se haussa sur la pointe des pieds pour atteindre le soupirail. Là aussi, peine perdue. Il faisait jour, c'était son unique certitude. Le reste se perdait dans une brume confuse.

Soudain, il tendit l'oreille. Des pas résonnaient tout près de lui. Le verrou claqua, la lourde porte livra passage à son agresseur. Vêtu de la même tenue que la veille, il tenait sous le bras le *Journal des débats*.

— Il est temps pour vous de filer, annonça-t-il.

— Pour que vous me liquidiez dès que j'aurai tourné le dos ?

Le garçon eut un haut-le-corps. Il écarta les bras en un geste théâtral, ce qui fit tomber le journal, puis il retourna les poches de sa redingote noire.

— Voyez ! Je ne suis pas un criminel.

— Qui vous a payé pour exécuter cette sale besogne ? La police du roi ?

— Vous vous moquez ! s'écria le jeune homme, la main sur le cœur. Nous ne sommes pas de cette trempe-là. Nous agissons pour le bien de chacun de nous, pas sous une autorité quelconque.

— *Nous* ?

Le jeune homme ne répondit pas, mais ses doigts se déplacèrent et dévoilèrent un morceau du gilet sur lequel était épinglée la cocarde blanche. *Les Chevaliers de la Foi.* Quel benêt il avait été de ne pas prêter l'oreille aux mises en garde d'Eva !

— Le comte de Beaufort est votre commanditaire, n'est-ce pas ? l'interrogea-t-il d'une voix blanche.

— J'ignore le sens de ce terme. Hugues de Beaufort est mon ami, mon frère. Je lui rends service quand je peux.

— Où est-il en ce moment ?

Jérôme saisit le garçon au col et le secoua d'importance.

— Vas-tu me le dire, à la fin ? s'emporta-t-il.

L'autre ne se démonta pas pour si peu, plus soucieux de sa superbe cravate que des menaces de son prisonnier. Conscient qu'il n'obtiendrait rien de plus, Jérôme le repoussa brutalement et s'élança vers la porte ouverte. Un escalier vermoulu menait à une salle aux solives enfumées. Des clients attablés buvaient de la bière ou du guinguet. Jérôme comprit où le membre de la confrérie l'avait caché : dans l'un des nombreux établissements plus ou moins mal famés bordant les Champs-Élysées. Sans doute le comte était-il de mèche avec le tenancier.

Le spectacle de la rue confirma son intuition. Négligeant la migraine qui commençait à cogner à ses tempes, il erra à la recherche d'un fiacre. Une fois qu'il l'eut trouvé et que le cocher lui eut demandé sa destination, il balança entre la rue de Lille et la rue Jacob. La première se trouvait plus près, mais il n'était pas sûr que Beaufort y eût conduit son amie.

— Faut vous décider, mon petit monsieur, plaisanta le cocher, un grand costaud aux longues moustaches. Peut-être qu'à pile ou face…

L'idée de laisser le sort d'Élisabeth aux mains du hasard révulsait Jérôme. Peu importait ! Il ne fallait plus tergiverser. Le napoléon d'or jeté sur le pavé retomba sur l'effigie de l'Empereur avec un tintement métallique. *Alea jacta est,* se dit-il en ramassant la pièce. Le cocher lança avec un rire joyeux :

— Le petit Caporal vous portera chance. Alors, cette rue ?

— Rue Jacob.

— C'est comme si c'était fait.

À peine le temps de s'engouffrer dans la voiture, l'homme abattit son fouet sur le dos des chevaux. Jamais les Champs ne furent avalés à une telle vitesse ni le pont des Tuileries franchi aussi allègrement. Les essieux grinçaient avec un bruit épouvantable, la caisse paraissait se disloquer à chaque cahot. L'estomac vide de Jérôme se soulevait, et sa tête faillit plus d'une fois heurter les bords de cuir de la capote.

Tout en se cramponnant à la banquette, il prit de bonnes résolutions. Plus question désormais de se mentir à soi-même. Les derniers événements avaient provoqué un choc salutaire. Élisabeth était trop précieuse pour risquer de la perdre. Dès Edgar retrouvé, il épouserait la jeune fille, et tant pis si la différence de conditions choquait les milieux huppés du faubourg Saint-Germain !

L'arrêt brutal du fiacre le projeta en avant. Pourvu que… L'espoir se ranima en lui, tandis qu'il apercevait la berline stationnée avec arrogance devant le 26. Son œil averti repéra les contours incertains des armoiries des portières, comme si elles avaient été nettoyées à la hâte. *Beaufort a pris ses précautions.* Il descendit du fiacre et tendit le napoléon au cocher.

— Pour votre heureuse initiative !

— C'est trop, monsieur. Tant mieux si j'ai pu vous rendre service.

Jérôme plaça derechef la pièce dans la grosse patte et récolta des « merci » à n'en plus finir. Avec un mélange d'espoir et d'appréhension, il franchit le seuil de l'hôtel Morin.

— Que faites-vous ici ? demanda-t-il abruptement.

La question concernait Hugues de Beaufort, planté dans le hall avec autant de naturel que s'il avait été propriétaire de la demeure, mais le regard de Jérôme englobait les trois autres personnes : Élisabeth, Jeanne et Isidore. Ces derniers étaient figés, telles des statues de cire. Même Jeanne, si volubile d'habitude, ne pipait mot. Quant à Élisabeth, elle lui apparut pâle et absente. Sa mante s'ouvrait sur un costume vert foncé, très seyant, qu'il ne lui connaissait pas. À son entrée, elle avait esquissé un mouvement vers lui, mais Beaufort la tenait bien serrée. Jérôme eut le temps de capter un éclair de colère dans les yeux du comte, vite effacé au profit d'une expression nonchalante. Éludant la question, celui-ci prononça ces paroles doucereuses :

— Ravi de vous voir en bonne forme. Pour un peu, nous vous rations. Sans ce fâcheux incident… Oui, une roue de la voiture s'est cassée et il a fallu réparer… Nous nous trouverions à des lieues de Paris.

Les yeux de Jérôme descendirent vers la malle, aux pieds d'Élisabeth, pour remonter jusqu'à son visage, impassible.

— Ne direz-vous pas au revoir à votre ami, ma chérie ? suggéra Beaufort sur le même ton suave. Vous ne vous reverrez pas avant longtemps.

Élisabeth ne broncha pas, tout ressort aboli. Que lui avait fait ce salaud pour la réduire à cette poupée de chiffon ? Elle lui abandonna une main inerte et froide dont le contact le bouleversa.

— Tu ne vas pas partir avec cet homme qui nous a causé tant de tort ? fit-il.

Sa tentative de lui insuffler un semblant d'énergie se heurta à un mur. Elle se contenta de répondre :

— Si. Ne me tourmente plus, je t'en prie. Au nom de notre amitié.

— Le lien qui nous unit porte un autre nom, du moins, je le croyais. Cet homme a dû te droguer pour annihiler ta volonté. Peut-être même t'a-t-il…

Il n'acheva pas, foudroyé par une hypothèse rejetée de toutes ses forces jusqu'ici. Beaufort avait déployé son charme pervers, et Élisabeth était retombée dans ses bras. *Moi qui la pensais différente des autres !* Elle avait détourné la tête.

— Vous avez entendu Élisabeth ? s'impatienta le comte. Finissons-en ! Isidore, prenez cette malle et suivez-nous !

Le domestique ne broncha pas. Ses yeux croisèrent ceux de Jérôme, quêtant son approbation. Il ne put que la lui donner. En dépit de la chaleur du vestibule, il se sentait glacé, désespéré, comme après la mort de sa mère.

Jeanne se frappa soudain le front et fila en direction du salon pour en rapporter un volume relié en veau.

— Un peu plus, vous oubliiez *Corinne ou l'Italie*, Mademoiselle. Si vous voulez, je l'ajoute au reste.

Élisabeth accorda à peine un regard à son roman préféré, comme si son existence passée ne la concernait plus.

— C'est inutile, jeta-t-elle d'une voix morne. La bibliothèque de la Ferté-Beaufort renferme un nombre considérable de livres, selon Hugues.

Son élan coupé net, Jeanne hasarda :

— Je vous accompagnerais, s'il n'y avait Monsieur et Monsieur Jérôme.

— Votre présence serait superflue, souligna sèchement Hugues. Nous ne manquons pas de personnel au château.

Jérôme regarda le couple franchir le seuil, la mort dans l'âme. Élisabeth ne se retourna pas. La fermeture de la porte lui arracha un douloureux sursaut.

— Ce n'est pas possible, murmura-t-il. Pas possible qu'elle ait changé à ce point.

— À mon avis, elle honore une promesse, suggéra Jeanne. Si vous l'aviez vue entrer avec sa pauvre figure et quasiment muette ! Oui et non, c'est tout ce que j'ai pu lui tirer en empaquetant ses effets.

Isidore rentra et avec lui une bouffée d'air glacial. La crispation de ses mâchoires et de ses poings renseignait sur son état d'esprit.

— J'aurais bien cassé la gueule à cet aristo de malheur, grommela-t-il, mais lui et ses pareils sont tout-puissants, maintenant.

Ils ne le resteront pas longtemps. L'Empereur reviendra sous peu. Il se produisit alors en Jérôme comme un déclic. Beaufort n'emmènerait pas Élisabeth, il l'en empêcherait ! Avec détermination, il dit à Isidore de faire atteler la voiture.

— Je peux les rattraper. Ils ne sont pas loin, et le briska est plus rapide.

— Ah ! je vous retrouve ! Hélas, nous jouons de malchance. Nicéphore a conduit les chevaux chez le maréchal-ferrant.

— Le plus sage serait de prévenir la police, intervint Jeanne.

Jérôme soupira, accablé :

— Beaufort est en cheville avec elle. Le ministre de l'Intérieur lui a laissé les mains libres contre la livraison de la presse clandestine.

Une idée jaillit soudain. Eva était peut-être rentrée. Si par hasard il pouvait emprunter son cabriolet, il pourrait plus aisément se faufiler dans les encombrements de Paris qu'avec le briska. Il ressortit et fila vers la rue Visconti au pas de charge. Le soleil de midi, quoique bas, illuminait la pierre gris pâle de l'hôtel Dubreuil. Extérieurement, rien ne transparaissait des bouleversements de la fameuse nuit. Le majordome mutique lui ouvrit et s'effaça, lui livrant une vision de pots brisés et de terre répandue que des servantes s'affairaient à balayer. Eva évoluait au milieu d'elles, passablement désemparée. Elle sembla se ressaisir à sa vue. Lui prenant les mains, Jérôme déclara avec une sorte d'emphase :

— Tu es ma providence, Eva !

Les lèvres de la jeune fille marquèrent un pli désabusé.

— J'aurais aimé entendre ces mots de ta bouche en d'autres circonstances. Entre et raconte-moi !

D'une voix haletante, il relata ce qui s'était passé depuis la veille et souligna l'urgence de la situation. Au fur et à mesure de son discours, il suivait sur son visage la course rapide et changeante de ses impressions : étonnement, colère, indignation. Quand il eut fini, elle l'informa simplement que son cabriolet était à sa disposition.

— Mon majordome l'avait emprunté pour venir me prévenir de la libération de mon père, et il n'a pas eu le temps de le rentrer. Tu le trouveras place Saint-Sulpice.

— Ton père est libre ? C'est une merveilleuse nouvelle.

— Oui, mais il est très affaibli. Je ne sais s'il se remettra de son incarcération.

À nouveau, Jérôme fut frappé par la transformation opérée en elle. Dépouillée de l'assurance et de l'invincibilité qui l'animaient autrefois, elle lui offrait le spectacle d'une femme abattue et lasse. Nul parfum entêtant ne flottait plus autour d'elle. Sa robe de basin noir, dénuée d'ornements, ne flattait pas son teint. L'ombre mauve sous ses yeux et son chignon serré la vieillissaient.

Oubliant un instant la raison de sa venue, il se livra à ce constat mélancolique : *J'aurais pu l'aimer si elle m'avait montré ce visage-là.* Il observa gravement :

— Si je puis aussi t'aider, n'hésite pas à me demander.

— Merci. Hâte-toi, maintenant ! Sauver Élisabeth est le plus urgent. Je t'accompagnerai si tu veux. Peut-être pourrais-je raisonner Hugues.

— Dans l'état où il se trouve actuellement, Beaufort ne t'écouterait pas. Il est capable de s'en prendre à quiconque se mettrait en travers de son chemin.

— Justement.

Eva s'absenta quelques minutes et revint avec un pistolet à crosse d'ébène, qu'elle lui tendit aussitôt.

— L'arme de mon père, chargée et prête à servir. Tu as raison, Beaufort est redoutable. Il l'a amplement prouvé.

Chapitre 24

Jérôme avait rarement mené un attelage, mais la volonté qui l'animait était plus forte que la crainte de verser. Le cheval d'Eva, habitué à parcourir Paris à petit trot, se jouait des obstacles. Le véhicule, léger, paraissait voler au-dessus des lourdes charrettes, des hauts phaétons, des robustes tilburys et autres voitures.

Il s'engagea dans le boulevard d'Enfer[1], sachant que Beaufort prendrait cette direction. La berline n'était toujours pas en vue, et sa nervosité allait croissant. Voyons… Avec une demi-heure d'avance tout au plus, Beaufort ne pouvait le précéder de très loin.

La berline apparut aux abords de la place d'Enfer, tel un gros scarabée noir, puis grossit pour ressembler bientôt au monstre de bois, de tôle et de fer qui avait emporté Élisabeth. Le cœur de Jérôme bondissait au rythme de la bête qu'il cravachait. Le cabriolet s'accrocha au sillage de l'autre voiture et ne le lâcha plus. Dans un fracas de sabots et un cliquetis de harnais, les deux attelages franchirent ensemble la Barrière, gardée par de rares soldats là où il y en avait des centaines l'année précédente. Jérôme n'envisageait pas d'avoir recours à eux, passés au service du roi.

1. Ancienne dénomination du boulevard Raspail.

Une fois sur la route, il devint évident que le joujou d'Eva, taillé pour le pavé parisien, ne pouvait rivaliser avec la puissante berline. Il eut beau inciter le cheval à forcer l'allure, ils furent rapidement distancés. La voiture devant eux disparaissait dans des nuages de poussière. En dépit de l'écart considérable entre les deux attelages et du vent glacial s'engouffrant sous la capote rabattue, il n'était pas question d'abandonner la poursuite.

Bientôt, la berline disparut de sa vue. Jérôme ralentit afin de laisser sa bête souffler un peu. Avisant un paysan qui poussait une charrette de foin, il tira sur les rênes. Le cheval, soulagé, hennit de satisfaction.

— Avez-vous vu passer une voiture noire avec un homme et une jeune fille à l'intérieur ? demanda-t-il à l'homme.

Il craignait que Beaufort eût emprunté un de ces chemins de terre perpendiculaires à la voie principale, afin de le semer.

— Pour sûr, répondit le paysan. Elle ne doit pas être bien loin. L'homme s'énervait contre le cocher parce qu'une roue avait été mal réparée et s'était détachée. La demoiselle est descendue, le temps qu'on rafistole en attendant le prochain relais. J'ai remarqué sa mine triste à fendre le cœur.

Baissant la voix comme si quelqu'un d'autre avait pu écouter, il ajouta :

— C'est-y vrai, ce qu'on raconte, monsieur ?

— Quoi ? demanda distraitement Jérôme, impatient de se remettre en chemin.

— Que le petit Caporal aurait débarqué sur une plage du Midi et remonterait vers Paris par les Alpes. Tant mieux ! Il foutra dehors les Bourbons et ces gros richards qui mangent la laine sur le dos du pauvre peuple.

« Il faut quitter l'île entre le 27 février et le 2 mars »,

disait le billet exhibé par Raoul et aussitôt remis en place avec une sorte de dévotion. Aujourd'hui était le 1er mars. Si la nouvelle se confirmait, si l'exilé d'Elbe avait réussi son coup, il n'y avait plus rien à redouter. Un instant suffoqué par la joie, Jérôme se reprit et donna au paysan une accolade fraternelle.

— Mon père était avec lui à Austerlitz, à Marengo et à Friedland. Aujourd'hui, il serait au premier rang de ses fidèles. Vive l'Empereur !

L'homme lui fit écho. Ce point noir minuscule qui se traînait au bout d'une ligne droite bordée de peupliers dénudés, n'était-ce pas la berline de Beaufort ? Jérôme remonta en voiture et le bai brun d'Eva repartit. Il se reposerait plus tard. On aurait dit qu'il avait saisi l'enjeu de la course folle, à sa façon de redoubler d'ardeur. Par la vitre arrière de la voiture, Jérôme distingua bientôt la nuque de Beaufort, surmontée d'un haut-de-forme, et la capuche brun doré d'Élisabeth.

Entendant galoper derrière eux, tous deux se retournèrent. Les yeux de Jérôme croisèrent ceux de son amie, pleins de stupéfaction et d'espoir. Hugues de Beaufort la saisit par le menton pour l'obliger à regarder droit devant elle. Les deux équipages se trouvaient maintenant au même niveau, leurs roues se heurtant parfois avec un bruit sec et métallique. À ce jeu-là, le fragile cabriolet ne résisterait pas longtemps.

Jérôme, résolu à jouer son va-tout, tenta une double manœuvre : dépasser la berline et la contraindre à s'arrêter. Deux opérations réussies. Il sauta lestement à terre. Avec le pistolet du baron en poche et la nouvelle du retour de l'Empereur, il se sentait capable d'affronter une dizaine de Beaufort.

— Descendez ! lui ordonna-t-il, sinon j'ai de quoi vous y obliger.

Dégainant l'arme, il la pointa en direction de la voiture. Le cocher ne bougea pas de son siège, peu enclin à défendre un maître qui l'avait méchamment admonesté, de l'avis du paysan. Hugues s'exécuta avec une moue dédaigneuse.

— Je rends hommage à votre ténacité, mon cher. Je vous avais sous-estimé. Moi, je ne suis pas armé, voyez !

Il montrait ses poches vides avec une sorte d'ingénuité. Jérôme saisit la balle au bond.

— Quelle erreur ! Vous devriez l'être, avec tous ces bonapartistes qui accompagnent Napoléon dans sa marche vers Paris.

Une exclamation s'éleva du fond de la berline, tandis qu'Hugues soupirait, fataliste :

— Ainsi, il y est arrivé. Il a intérêt à en profiter, car sa victoire sera de courte durée. Je lui donne trois mois maximum pour abdiquer.

— Cela suffit ! s'impatienta Jérôme, le pistolet maintenant braqué sur son ennemi. Qu'Élisabeth descende !

— Si elle le veut bien.

— Oh oui ! Je le veux, lança une voix claire.

En deux temps, trois mouvements, elle mit pied à terre et rejoignit Jérôme. Le cocher de Beaufort avait dégringolé de son perchoir et examinait les dégâts au cabriolet : des éraflures à la carrosserie légère et un rayon brisé.

— Vous pourrez repartir, annonça-t-il à Jérôme. À condition de rouler à un train raisonnable.

— Nous ne sommes pas pressés, souligna Élisabeth avec un sourire rayonnant. Nous avons toute la vie devant nous.

Jérôme se dit qu'elle n'avait jamais été plus jolie, de cette beauté qui émane du cœur autant que de l'apparence. Les mirages de la capitale l'avaient effleurée sans entamer sa nature profonde. Comment avait-il pu se laisser prendre aux grâces factices d'une Eva Dubreuil ?

Jamais il n'aurait atteint auprès d'elle cette plénitude heureuse où il baignait maintenant. Il avait l'impression de déboucher d'un tunnel noir au bout duquel brillait une chaude lumière.

Comme Élisabeth grimpait dans le cabriolet avec la légèreté d'une plume, Beaufort jugea bon d'ironiser :

— Quel empressement à aller de l'un à l'autre ! Les femmes me surprendront toujours. Préférer un jeune barbouilleur à un homme d'expérience et un représentant du passé à un futur ministre du roi…

Il crânait, mais l'expression de ses yeux trahissait son dépit de se voir rejeté et aussi autre chose, que Jérôme n'essaya pas d'analyser. Le comte poursuivit, à son adresse :

— Je vous la rends intacte. Elle peut remercier un de mes amis… et le hasard. Puisque nous sommes quittes, puis-je prendre congé ?

Sans attendre d'acquiescement, il remonta dans la berline dont il claqua la portière avec une violence qui démentait son calme apparent. Après avoir rangé son arme, Jérôme vint s'installer à côté d'Élisabeth.

— Bon vent ! s'exclama-t-il avec un geste vague en direction de la voiture. Je comprends qu'il soit pressé de s'éloigner. Pour lui, ça commence à sentir le roussi.

— Crois-tu qu'il reviendra un jour à Paris ?

Jérôme fronça les sourcils. « Je lui donne trois mois maximum pour abdiquer. » Un avertissement de mauvais augure. Il préféra temporiser :

— Oui, mais sois tranquille, il ne t'ennuiera plus. Seule la petite Élisabeth Chanteaume l'intéressait. Mme Jérôme Morin sera infiniment moins attrayante pour lui.

Elle demeura quelques secondes interdite, puis sa figure irradia la joie.

— Une demande en mariage des plus originales !

Sous la légèreté du ton, Jérôme décela une émotion profonde.

— Oui, approuva-t-il : sur une route poussiéreuse, sans fleurs, sans bague ni gants beurre frais, la tignasse en broussaille et des habits passablement froissés.

— Peu importe l'endroit et les circonstances, je suis heureuse que tu aies changé d'avis pour nous deux.

— Non, ma douce, je n'ai pas changé d'avis. Je t'ai toujours aimée. Simplement, je ne me rendais pas compte à quel point.

Il fit virer le cabriolet, qui repartit en sens inverse avec un bruit de casserole. Durant les premières lieues, ils ne se parlèrent ni ne se touchèrent. Jérôme ne sentait plus la morsure de la bise. Élisabeth finit par se déganter et poser la main sur son bras. Il en ressentit aussitôt d'infimes vibrations dans les extrémités. Entre ses doigts libres, les rênes se relâchèrent, et le cheval finit par s'arrêter.

Machinalement, il rangea l'attelage au bord d'un talus. Élisabeth s'appuya à son épaule, et il perçut sa chaleur à travers sa redingote et le taffetas de la mante. Ils restèrent un moment ainsi, à savourer la présence de l'autre, puis il se tourna, emprisonna dans ses mains ce visage qu'il connaissait depuis toujours et le parcourut de sa bouche, commençant par le front satiné pour finir par le menton. Il revint aux lèvres délicatement entrouvertes pour accueillir son baiser.

Hugues attendit que le roulement du cabriolet eût décru pour redescendre de voiture. Il avait souvent vu le véhicule garé rue de Lille, à l'époque pas si lointaine où Eva lui courait après. Plus d'une fois il avait été tenté, mais la petite rouée lui tenait la dragée haute et exigeait le mariage. Or, si la jeune Dubreuil constituait un parti plus enviable que la paysanne normande, elle n'en était pas moins une fille de bourgeois anobli par Napoléon. *À présent que Morin l'abandonne, elle va en être réduite à épouser l'un de ces rejetons d'aubergiste ou de marchand de vin au blason fraîchement acquis,* songea-t-il avec une jubilation méchante. Cette perspective le consolait un peu de la perte d'Élisabeth.

Une heure plus tôt, en découvrant le joujou d'Eva accroché à ses basques, il avait eu un mouvement d'humeur et ordonné à son cocher de forcer l'allure. Mal lui en avait pris, la roue changée à la hâte n'avait pas résisté au galop d'enfer. *On ne peut pas gagner à tous les coups,* admit-il, laissant ses regards errer sur la portion de route où Élisabeth avait disparu. Sans ces malencontreux contretemps, il aurait passé la nuit suivante à initier la jeune fille. Il aurait eu raison de ses réticences, à la longue, il n'en doutait pas. D'étape en étape, ses défenses seraient tombées sous ses caresses savantes et, au terme du voyage, la vierge prude se serait muée en une maîtresse experte. Un vrai délice. *Imbécile de cocher !* D'autre part, vu l'urgence du départ, pouvait-on lui reprocher d'avoir paré au plus pressé ?

Il opéra une volte-face et considéra l'étendue plate offerte à ses yeux. Autant voir le bon côté des choses. Bertier de Sauvigny avait eu du flair en l'expédiant en province. Sous peu, il aurait une carte à jouer. Il suffisait d'avoir de la patience. Pour le reste, ses sens frustrés s'accommoderaient mal de l'abstinence. *Agathe !* Leur liaison de trois années avait eu beau connaître des hauts et des bas, il reviendrait à elle avec plaisir. À l'arrivée à Étampes, il lui enverrait une lettre l'appelant à le rejoindre à La Ferté-Beaufort. Elle serait trop heureuse de quitter Paris en ébullition. Il convoqua le souvenir de son parfum acide de rousse, de ses seins menus et du triangle fauve au bas de son ventre, dans l'espoir de chasser de sa mémoire celle qu'il ne posséderait jamais.

Les domestiques avaient eu beau nettoyer et remettre en ordre, rien ne pourrait effacer la vision des sièges et des tables renversés, des bibelots en miettes et des tiroirs vidés de leur contenu, répandu sur le sol. Le somptueux salon vieil or où Jérôme et elle avaient valsé et le jardin d'hiver où elle lui avait arraché un baiser n'avaient pas été épargnés. Pire que tout, son père s'en allait doucement malgré les médications des médecins relayés à son chevet. Eva ne sortait plus de l'hôtel, de peur qu'il ne s'éteignît en son absence. Pourtant, la douceur étonnante de ce mois de mars et l'atmosphère de liesse auraient dû la pousser dehors. Par les fenêtres ouvertes du petit salon où elle se réfugiait généralement, elle percevait des effluves embaumés et les échos lointains des bals populaires et des feux d'artifice. Pour elle, le temps des divertissements était bel et bien fini. À vingt-deux ans, elle se sentait vieille comme le monde. Plus le goût de rameuter sa bande, rentrée de la campagne ou d'exil, de dévaliser l'atelier de Leroy, de s'étourdir au champagne. Seul Jérôme aurait eu le don de réchauffer son cœur meurtri. Certes, Élisabeth et lui la soutenaient dans l'épreuve par de fréquentes visites, mais ils avaient d'autres choses en tête, à commencer par leur mariage, fixé mi-avril. Ces deux-là étaient si soudés qu'une ombre n'aurait pu se glisser entre eux. Si elle l'avait compris plus tôt, cela lui aurait évité de courir après une chimère. Quant à Pelletier, après l'avoir reçu deux ou trois fois, elle lui avait fait comprendre avec tact que ses assiduités étaient importunes. Donner pour successeur à Jérôme un fonctionnaire de la police du roi aurait équivalu à une déchéance.

Le timbre de la porte d'entrée interrompit sa morne rêverie. Ce soir, elle avait donné congé aux domestiques pour qu'ils profitassent des festivités. *Ils l'ont bien mérité.* Elle interrogea le majestueux miroir doré au-dessus du manteau de la cheminée. Était-ce la belle et brillante Eva, cette créature à la mine de papier mâché ? Elle se pinça les joues pour les colorer et se traîna dans le vestibule qui, privé de lumière, présentait un aspect lugubre. Quel que fût le visiteur, il la prendrait comme elle était, en simple robe d'intérieur et les cheveux épars.

— Eva ! Ma chère amie !

— Raoul !

Il était bien la dernière personne qu'elle s'attendait à voir. En fait, dans la confusion autour de l'arrestation de son père et de ses comparses, suivie de la réinstallation de Napoléon aux Tuileries, elle avait complètement oublié Raoul de Villefujier. « Ton éternel soupirant », plaisantait le baron. Elle peinait à reconnaître dans cet homme aux yeux fiévreux, aux joues hérissées d'une barbe de plusieurs jours et à l'habit chiffonné, le dandy tiré à quatre épingles des cercles parisiens. Sa chevelure en désordre aurait pu servir de nid aux oiseaux. S'il éprouva un choc similaire à sa vue, il ne le montra pas.

— Méchant qui ne m'a pas donné de ses nouvelles ! le taquina-t-elle.

— Je me cachais jusqu'à une date très récente, ensuite, la plaie de mon épaule s'est rouverte. Votre père ne vous a pas parlé de l'échange de coups de feu dans l'entresol de Caroline Hanzy ?

— Il n'a pas prononcé trois mots depuis son retour. Jérôme a dû me le dire, mais je ne l'ai pas retenu. Je suis impardonnable.

— Vous êtes mille fois pardonnée, affirma Raoul, la voix enrouée par l'émotion. Comment auriez-vous pu vous soucier de moi, alors que vous vous débattiez dans les ennuis ? J'ai fait un détour par la rue Jacob avant de venir ici, et Jérôme m'a appris votre malheur. C'est à moi de me reprocher de n'avoir pas été à vos côtés. Tout en me terrant chez ces braves gens, je n'ai cessé de penser à vous. J'ai accouru dès que l'état de ma blessure me l'a permis, sans même passer à mon hôtel pour changer de linge.

Celui-ci m'aime, songea-t-elle, troublée par ce discours enflammé et ce regard brûlant. *Je ne puis en douter. Pourquoi n'est-ce pas Jérôme qui me contemple, comme si j'étais une chose infiniment précieuse ?* Les larmes lui montèrent aux yeux. Raoul se méprit sur le sens de ce chagrin.

— Dieu, quel imbécile je suis ! Je vous attriste au lieu de vous réconforter.

— Ne vous tourmentez pas ! Votre présence est en soi un réconfort, assura-t-elle, essuyant ses pleurs avec sa manche. Mais je manque à tous mes devoirs.

Elle le précéda dans le salon, plus intime et plus douillet, et pendant qu'il s'installait sur le canapé, elle prit dans le meuble à alcools de son père un flacon de cognac et deux verres. Ils burent à l'Empereur et évoquèrent les récents événements, en particulier la remontée triomphale depuis le sud de la France. Raoul avait eu des échos du périple par *Le Moniteur* et le cousin d'Isidore qui avait assisté au départ du Bourbon – à sa fuite, plutôt – en pleine nuit. Le lendemain, Napoléon le remplaçait aux Tuileries. Ce dernier avait immédiatement formé un gouvernement et s'était attelé à une nouvelle Constitution. D'après Raoul, les royalistes allaient lui mener la vie dure, sans compter les nations européennes, coalisées contre lui.

— Il aura besoin de notre soutien, conclut-il, surtout si les choses tournent mal.

— Je vous le défends bien ! Voyez ce qui arrive à mon père ! Je ne voudrais pas vous perdre, vous aussi.

Il la considéra, incrédule.

— Vraiment ? Vous tiendriez à moi à ce point ?

Au tour d'Eva de détailler cet ami de longue date ; un frère, presque, qu'elle n'avait jamais envisagé sous l'angle sentimental. Il ne possédait pas la séduction de Jérôme, ses yeux bruns, veloutés, ses cheveux légèrement bouclés où elle avait aimé plonger les doigts, son corps aux si justes proportions. En revanche, il était fiable : une épaule sincère, sur laquelle s'appuyer. *La gauche, pour l'instant*, se dit-elle avec un petit rire intérieur.

Et tout haut, plus sérieusement :

— Oui. Je viens à l'instant de m'en rendre compte.

Raoul s'empara de sa main qui reposait sur l'accoudoir du fauteuil et, la portant à ses lèvres, en couvrit la paume de petits baisers rapides. Eva, remuée par des sensations oubliées depuis l'abandon de Jérôme, frémit.

— Je vous avertis, poursuivit-elle, je reste plus folle que sage, même si j'ai l'impression d'avoir mûri ces derniers mois.

— Folle ou sage, j'aime chacune de vos facettes et je ne veux nulle autre femme pour mère de mes enfants.

Elle le fixa, ébahie.

— Eh bien ! Vous allez vite en besogne, mon cher. J'ai du mal à me représenter en Mme de Villefujier, flanquée de deux ou trois bambins. Mais je vous promets d'y réfléchir.

— J'ai attendu des années. Alors, quelques mois de plus ou de moins…

— Pour le reste, il n'y a pas besoin d'attendre les noces, souffla-t-elle avec une moue tentatrice.

Entre les pétarades du feu d'artifice tiré au-dessus de la Seine et les cris d'enthousiasme s'élevant des quais, ils célébrèrent à leur façon le retour de l'Empereur.

Il la rassura, mentit.

[illegible]

[illegible]

[illegible]

[illegible]

[illegible]

[illegible]

[illegible]

[illegible]

[illegible]

Épilogue

Edgar avait cédé sa chambre aux nouveaux mariés.

— Vous y serez plus à l'aise, leur avait-il expliqué. Étant célibataire, je n'ai pas besoin d'autant de place, et Jérôme aura son atelier pour lui seul.

De fait, la pièce était immense. Des tapis recouvraient la majeure partie du parquet ciré, un grand lit d'acajou sculpté avec des tentures incarnates s'adossait à un mur. Çà et là étaient disposées de petites tables marquetées, et deux fauteuils tendus du même rose passé que les tapis décoraient le devant de la cheminée. Les palmettes, les abeilles et les griffes de lion décorant le mobilier témoignaient des opinions de l'occupant des lieux, comme la toile sulfureuse de Jérôme qui, débarrassée de sa croûte grise, trônait en bonne place. L'armoire rappelait à Élisabeth celle de la rue de Lille. Elle avait fait un paquet du contenu avant de renvoyer le tout à l'hôtel de Beaufort. Malgré le chic des toilettes et la finesse de la lingerie, elle ne porterait rien qui lui vînt d'Hugues. Le souvenir des heures passées sous le toit du comte et dans la berline hantait ses cauchemars. Le moment où elle avait dû mentir à Jérôme avait été la pire épreuve de son existence, avec la mort de son père. À l'apparition du cabriolet, son cœur avait failli éclater de bonheur.

— Le jeune sot ! s'était écrié Hugues. Il va se tuer.

Vous ne le connaissez pas, avait-elle eu envie de rétorquer : des paroles retenues pour ne pas exaspérer le comte. Elle avait craint l'accident quand les deux véhicules s'étaient touchés, mais, là encore, Jérôme s'était montré à la hauteur. Et quelle joie de voir Beaufort en mauvaise posture ! À présent, avec le recul, cet être égoïste lui inspirait de la pitié tant sa solitude devait être grande.

— Enfin seuls ! s'écria-t-elle, la porte refermée sur eux.

Les jours précédents, elle avait été emportée dans un tourbillon d'essayages, de visites à l'une ou l'autre relation des Morin et de réjouissances, dont Jérôme ne voulait rater aucune. Selon lui, ce n'était pas de sitôt qu'on verrait un empereur entrer dans sa capitale, salué par une foule en délire. Élisabeth ne reconnaissait plus dans ce garçon souriant et affable le Jérôme taciturne des derniers mois.

Il souligna, l'air malicieux :

— Ta mère et Edgar seraient peinés s'ils t'entendaient. Tu étais pourtant heureuse de les retrouver.

Sa mère avait débarqué à Paris la veille. Quant à Edgar, pendant qu'ils se rongeaient d'inquiétude, il était tout bêtement dissimulé dans les sous-sols de sa banque. Ses employés les plus fidèles le ravitaillaient, mais par prudence, il leur avait interdit de prévenir son neveu. Élisabeth approuva d'un signe de tête.

— Après la cérémonie à l'église de Saint-Germain-des-Prés et la collation prise avec maman et lui, n'as-tu pas envie d'un peu d'intimité ? demanda-t-elle.

— Si, mon ange.

Elle décela une note d'inquiétude sous sa gaieté. Il restait près de la porte, comme s'il redoutait d'approcher du lit. Il fixait même avec une sorte d'appréhension les chandelles à son chevet, les rubans argentés aux coins des oreillers – une attention de Jeanne – et la chemise de nuit mousseuse de dentelles en travers de la courtepointe. *Il pense à Eva,* se dit-elle, un peu désemparée. À elle, novice en la matière, revenait la double tâche de l'apaiser et de lui faire oublier l'enchanteresse. Elle s'avança résolument au milieu de la pièce et dégagea ses épaules d'un mouvement souple. Sa robe de mariée en blonde de Caen et sa lingerie glissèrent de sa gorge, de ses hanches. Sa nudité radieuse se refléta dans le regard de Jérôme.

Durant un long moment, il conserva une immobilité de statue et elle craignit qu'il n'établît des comparaisons à son désavantage. Mais il vint à elle et, geste incroyable, s'agenouilla à ses pieds. Elle attira des deux mains la tête de son époux vers elle, à l'affût de son regard dans lequel elle plongea le sien. Les mèches de sa chevelure effleurèrent le front et les joues de Jérôme.

— Aime-moi ! l'implora-t-elle. J'attends ce moment depuis si longtemps.

Il obéit, et leur fusion fut si totale, si naturelle, que hormis une légère douleur, Élisabeth ressentit une plénitude charnelle qu'Hugues n'aurait pu lui procurer en dépit de sa science amoureuse.

Un peu plus tard, quand la lueur mourante des bougies dessina de courtes ombres sur le mur face au lit, Jérôme murmura :

— Concernant Eva, je voulais te dire…

Élisabeth sentit un bref pincement au cœur à ce rappel. Vite, elle posa un doigt sur les lèvres de Jérôme.

— Chut, je ne te demande rien. C'est le passé, et nous n'en reparlerons plus jamais.

Le 1er juin 1815, par une matinée ensoleillée et chaude, des dizaines de milliers de Parisiens avaient envahi le Champ de Mars pour assister à la fête dite du Champ de mai, en l'honneur de la promulgation de l'Acte additionnel aux constitutions de l'Empire. Parmi eux, Élisabeth, Jérôme et Madeleine, qui s'y étaient rendus en briska. Madeleine, dont c'était la première visite dans la capitale, n'en revenait pas de parader en voiture découverte, à l'égal des grandes dames pour qui elle travaillait. À cause des nombreux encombrements et malgré les grands coups de fouet de Nicéphore, destinés à leur frayer un passage, le trio arriva juste à l'instant où le canon annonçait le départ de Napoléon des Tuileries. Une foule nombreuse s'agglutinait déjà autour des tribunes dressées au niveau du premier étage de l'École militaire afin de jouir du spectacle de l'Empereur sur son trône : un fauteuil pourpre, abrité par un dais à franges. *Nous serons trop loin, nous ne verrons rien,* déplora Jérôme en son for intérieur, jusqu'à ce qu'une trouée providentielle lui permît de se faufiler dans les premiers rangs, entraînant dans son sillage son épouse et sa belle-mère. Cette place privilégiée leur permettait de voir à la fois Napoléon et les députations militaires rassemblées avec les corps de l'État et les autorités sur les gradins d'un amphithéâtre aménagé pour l'occasion. Parmi eux, il repéra Jean de Chalis, fraîchement élu député de la nouvelle Chambre. Armande et leurs enfants devaient se trouver quelque part dans l'assistance.

— Nous sommes aux premières loges pour applaudir l'Empereur, s'enthousiasma Madeleine. Si mon pauvre Henri pouvait être là, comme il serait heureux et fier !

— Il l'est par notre pensée, souligna Élisabeth, enfermant l'épaule de sa mère dans une brève étreinte.

Jérôme, lui, notait sur les visages plus de curiosité que de réelle adhésion. Ce déploiement de fastes, ces drapeaux tricolores flottant au vent, cette abondance de troupes, ne servaient-ils pas à masquer un profond désarroi et des incertitudes quant à l'avenir ? Le plébiscite voulu par Napoléon n'avait guère rencontré de succès, et Prussiens et Anglais se regroupaient pour affronter une armée française réduite à la portion congrue. De plus, la révolte grondait en Vendée, terre royaliste.

Jugeant inopportun de ternir la joie générale, Jérôme se joignit aux vivats qui saluaient l'arrivée du cortège avec, en tête, la voiture des princes et celle des dignitaires d'Empire. Élisabeth observa, pensive :

— Il y a un an, j'ai vu ces gens acclamer Louis XVIII. Le peuple est bien versatile.

— Oui, il acclamerait le roi de la même façon, s'il revenait demain.

— Je le crains. Espérons que cela n'arrive pas.

La vêture des frères de l'Empereur et de Cambacérès avait suscité de l'étonnement et quelques moqueries. Jérôme entendit derrière lui :

— Ce satin blanc et ces abeilles dorées… On se croirait en carnaval.

La stupéfaction fut à son comble lorsque l'Empereur descendit du carrosse du sacre. Au lieu du célèbre chapeau, de la redingote grise et des bottes auxquels tous s'attendaient, Napoléon s'était coiffé d'une toque garnie de plumes et affublé d'un invraisemblable manteau doublé d'hermine et brodé d'or. Un autre commentaire désobligeant émana de la même personne :

— La mascarade continue. Je n'ai jamais rien vu dc plus ridicule.

Jérôme se retint de se retourner pour assener à l'insolent une remarque bien sentie. À quoi bon créer du scandale ? Cet homme avait raison, au fond. L'Empereur se décrédibilisait en voulant impressionner. Il monta à la tribune et prit place sur son trône pour assister à la messe. Était-ce le soleil qui tapait fort à travers son chapeau ou la voix devenue monocorde ? L'attention de Jérôme se relâcha après le premier discours de Napoléon. Il se désintéressa de la remise des drapeaux et des aigles et préféra s'absorber dans la contemplation de la nuque d'Élisabeth, au-dessous de la paille garnie d'une touffe de violettes : l'emblème des bonapartistes, arboré sur les chapeaux pour les femmes et au revers des redingotes pour les hommes. Il fut pris d'une furieuse envie d'écarter les petits cheveux follets et de poser sa bouche sur le coin de peau laiteuse. S'il se penchait un peu, il verrait le troublant sillon de sa gorge dans l'entrebâillement du fichu croisé et éprouverait dans ses reins l'élancement familier. Chaque nuit apportait son lot de délices et lui faisait guetter la suivante avec fébrilité. Pourtant, la première avait été source d'angoisse avant que son épouse toute neuve ne dénouât la situation. Il en revécut chaque minute, tandis que serments et harangues se dévidaient.

Une fois sortie du cerceau bouillonnant de ses jupons, Élisabeth était apparue à ses yeux émerveillés, nue comme la Vénus de Botticelli émergeant de l'onde. Le reflet des bougies nuançait de rose les perles du collier de Victoire Morin, et modelait la chair d'ombres si douces et de courbes si lumineuses qu'il s'était agenouillé devant cette statue vivante. De ses deux mains, il avait entouré la taille flexible, puis dévotement, avait caressé des lèvres le ventre plat et la courbe des petits seins, s'attardant aux pointes délicates qui durcissaient au contact de sa bouche. Les yeux clos, la tête renversée en arrière, Élisabeth s'abandonnait. Il sentait trembler contre lui ses jambes dépouillées de leur gaine de soie.

Soudain, il s'était relevé, l'avait basculée dans ses bras avant de la porter sur le lit. Elle l'avait regardé se dévêtir avec curiosité et sans la moindre trace d'appréhension. Il s'était débarrassé de ses vêtements en pestant tout bas contre ses gestes gourds et la résistance inattendue de son nœud de cravate. Depuis le lit, un petit rire avait fusé. *Ma parole, elle se moque de moi !* Mais, comme ses bras se tendaient, il lui avait pardonné et laissé ceux-ci se refermer autour de son cou lorsqu'il l'avait rejointe.

Il avait pris la bouche offerte et l'avait dévorée tandis que, de ses mains, il complétait les caresses amorcées plus tôt. Le corps souple y répondait naturellement. La certitude qu'Élisabeth ne le jaugeait pas, ne le jugeait pas, avait chassé ses craintes. À l'inverse d'Eva, elle l'acceptait tel qu'il était. Quand, avec une douceur attentive, il s'était enfoncé au creux de son intimité, elle n'avait ni gémi ni repoussé l'assaut. Immobile en elle, il s'était redressé et appuyé sur les coudes, avait sondé ses yeux dorés, grands ouverts, traquant une douleur, une réticence, mais il n'en avait trouvé aucune. Au contraire, ce regard l'invitait à poursuivre. Il s'était à nouveau allongé sur elle et l'avait enfermée dans ses bras pour la river à lui et, lentement, s'était mû dans ce corps si bien adapté au sien. Son plaisir avait éclaté peu après, le laissant pantelant et déçu de ne pas avoir totalement comblé sa femme.

J'y ai réussi la fois suivante, se dit-il avec une légitime fierté.

De l'index, il caressa la nuque convoitée, arrachant un petit sursaut à Élisabeth.

— Tu écoutais vraiment ? s'étonna-t-il.

— Oui. Tu n'écoutais pas, toi ?

Tournée de trois quarts, elle lui présentait un profil frémissant d'indignation.

— Non. Tout cela est trop long, interminable. Les gens bâillent. J'ai hâte de voir l'Empereur passer sa garde et la garde nationale en revue.

— Moi aussi, je l'avoue. Dire qu'Edgar va manquer le défilé !

— À mon avis, il ne perd pas au change. Et il a enfin compris que le travail et la politique ne constituaient pas l'essentiel de la vie.

Ils échangèrent un regard complice. Edgar se trouvait chez Caroline Hanzy. Il ne la leur avait pas encore présentée, mais ils avaient bon espoir de la rencontrer un jour.

— Il ne pourra jamais l'épouser, regretta Jérôme. Les dames du faubourg Saint-Germain refuseraient de la recevoir.

— Peut-être pas. Elles me reçoivent bien, moi, la paysanne normande.

— Ce n'est pas pareil, tu…

Les salves de fusil et les roulements de tambour annonçant le défilé couvrirent la suite. Les uniformes bleu de roi et écarlate de la garde nationale, blanc et noir de la garnison de Paris et de la garde impériale, se répandirent sur le Champ de Mars. Jérôme eut un serrement de cœur au passage des troupes qui, dès le lendemain, se mettraient en marche vers la Belgique pour livrer les ultimes batailles de l'Empire. *Que Dieu les protège !*

Il ne put en supporter davantage et, sous prétexte d'échapper au bruit assourdissant, il invita les deux femmes à s'éloigner vers l'esplanade des Invalides. La main droite d'Élisabeth tenait une minuscule ombrelle de guipure, et la gauche s'appuyait tendrement au bras de son époux. Tous deux avaient reçu un carton d'invitation pour le grand bal donné aux Tuileries avant le départ de l'Empereur. À cette occasion, Edgar serait décoré de la Légion d'honneur, récompense de sa fidélité. Les Chalis, les Malemort et les Portal assisteraient à la réception, mais pas Eva ni son fiancé, le baron Dubreuil étant décédé une semaine plus tôt. Ils danseraient sur un volcan, mais s'efforceraient de l'oublier le temps d'une soirée. L'heure était à la fête.

Vous avez aimé *Des illusions parisiennes*,
retrouvez la suite de la série « Péchés à la capitale »
disponible dès juillet dans votre collection Aliénor

Retrouvez en mai
dans votre collection

Aliénor

Paul D'Hayures

Les remparts de Saint-Valéry

Baie de Somme, 1595

Présomptueux, inconvenant et défiant... Gabriel du Geai d'Élincourt a tout pour déplaire à Alixe, fille d'Avroult et d'Estries, orpheline dans son cœur. À peine cet homme a-t-il mis pied à terre sur son domaine des quais de Saint-Valéry qu'il se montre froid et davantage enclin à critiquer la gestion de cette ville de commerce que de poser un regard sur elle, alors qu'il est son promis. Comme si cet homme auquel elle se refusait de toute son âme, ne daignait même pas croiser l'immensité de ses yeux forestiers !

Laura Guilmet - *lauréate du Prix Librinova*

Comtesse malgré moi

Alsace, XVe siècle

Le présent les sépare. Le passé les réunira. Flora est tiraillée. Hugo, fils du comte de Wangenbourg qui l'a enfermée dans les geôles du château après que ses vaches ont ravagé les vignobles seigneuriaux sans qu'elle puisse rembourser les dégâts, lui offre de la libérer en secret. Bien sûr l'homme est fort séduisant et semble sincère lorsqu'il lui propose de purger la fin de sa peine dans un petit logement jouxtant les écuries, mais pourra-t-elle vraiment respecter sa promesse de ne point s'échapper, alors que sa mère agonise en ce moment même ?